Exquisite Prose Reader
Chinese Prose

主编　王景科

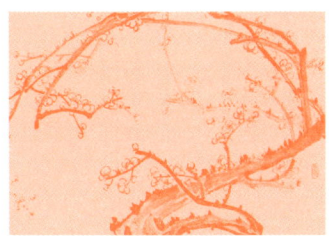

精美散文读本

中国卷

山东友谊出版社
Shandong Friendship Publishing House

序

王景科

精美散文好比一杯清茶,很淡很淡,然而,当你以一种特有的心情去品尝时,你会发现越品越香。精美的散文有时不是单纯地读,而是要靠读者去细细品味。

品味精美散文,首先要善于感悟作者创作散文时的灵性。有了那份灵性,作者以手中的笔指点江山,江山会"如此多娇";作者以手中的笔点石画木,便会出现点石成金、化腐朽为神奇的艺术效果;作者以手中的笔铺展心绪,便会展示出情理之中、意料之外的惊人境界……

品味精美散文,其次要善于体验作者创作散文时的心境。喜、怒、哀、乐、悲、恐、惧等多种情感在散文中会得到充分的展示,由于作者创作时的心境与情感不同,呈现在散文中的情感基调也大不一样。有时如铿锵的进行曲,让读者感到应奋然前行;有时如舒缓的小夜曲,让读者心旷神怡;有时恰似一江春水自然透亮,让读者为之精神一振;有时又好像是知己在话家常,令读者为之倾倒;有时也像是饮了一杯醇厚浓香的白酒,使读者如痴如醉……只要你能走进作者情感的语境之中,便会不由自主地被散文作品中的情感所陶冶、所感化。

品味精美散文,再次要探究散文作者创作散文时的精神追求。有的作者在散文中追求一种人文情怀,通篇便以人文话题为表达方式,充满人文气息;有的作者在作品中追求一种精神质量,这种精神或是寂静空旷，或是唯美主义，或是理性的畅想，或是淡泊名利，境界的差异使得各自的精神追求绚丽多彩。而当下的散文创作中更被作者关注的、也更被读者喜爱的不是那些被认为有追求的"追求"，而是某些不是追求的"追求"。比如更闲适的、更随意的甚至是跟着感觉走的具有消费性的某些文本，笔者并不反对这一类散文，因为正是有了这些散文的存在，才更突出了那些有精神追求的精美散文的价值。

品味精美散文，还应立足于对中国传统文化解读的视角。当今散文的创作可谓是古代散文、现代散文的发扬与光大，源与流的关系是不容切断的。中国是一个散文大国，中国又是一个散文作者居多的国家。散文创作在发展中也不免受到西方的影响和浸染，然而，散文始终是传统文化中不可或缺的重要组成部分。在解读精美散文的同时，我们不妨从中解读一下传统文化在其中的积淀或消解已处在了什么程度上。这不仅是作者传播传统文化责任的具体体现，更是读者从中吸取优秀传统文化的最好途径和方式。

在图书的海洋中，散文以其独特的艺术魅力闪耀着五光十色，这些光与色是任何人也遮挡不住的。尤其是那些精美的篇章，更如天上的灿烂群星，将文坛装扮得分外妖娆，令人目不暇接。

这不，摆在你面前的《精美散文读本》正期待着你将她打开，带你领略其中的光与色，情与景，人与事的描摹、诉说，或许在你读某些篇章的时候会产生心灵与心灵的碰撞，也可能是你正困惑时遇到了一位智者在对你进行劝说、开导，更可能像一杯泡好的清茶，正等待你的品味，等待你对她的评说。你不妨打开她，略读一二，看看有什么感想或是启发。

目录

故乡的野菜　周作人 / 001

幽默的叫卖声　夏丏尊 / 005

没有秋虫的地方　叶圣陶 / 009

秋天的况味　林语堂 / 012

雷雨前　茅　盾 / 016

异国秋思　庐　隐 / 025

翡冷翠山居闲话　徐志摩 / 020

桨声灯影里的秦淮河　朱自清 / 030

给我的孩子们　丰子恺 / 040

大明湖之春　老　舍 / 046

说几句爱海的孩气的话　冰　心 / 051

常德的船　沈从文 / 055

雅舍　梁实秋 / 065

海上的日出　巴　金 / 070

憔悴的弦声　叶灵凤 / 073

野店　臧克家 / 076

山屋　吴伯箫 / 082

傅雷家书（节选）　傅　雷 / 088

野渡　柯　灵 / 092

雨夜　靳以 / 096

初冬　萧　红 / 102

跑警报　汪曾祺 / 107

谈画　张爱玲 / 116

中国在我墙上　王鼎钧 / 128

- 一个父亲的札记　周国平／132
- 巩乃斯的马　周涛／138
- 废墟　余秋雨／145
- 种子的力量　梁晓声／151
- 想念地坛　史铁生／159
- 月迹　贾平凹／165
- 一只特立独行的猪　王小波／170
- 弯人自述　陈村／175
- 陪考一日　莫言／184
- 高原，我的中国色　乔良／191
- 故居取灯　丁建元／197
- 盼雪　张炜／204
- 德加眼中的芭蕾舞女　铁凝／210
- 倾听生命行走的声音　廖华歌／216
- 羊的样子　鲍尔吉·原野／220
- 雪白　王开岭／225

故乡的野菜

周作人

我的故乡不止一个,我住过的地方都是故乡。故乡对于我并没有什么特别的情分,只因钓于斯游于斯的关系,朝夕会面,遂成相识,正如乡村里的邻舍一样,虽然不是亲属,别后有时也要想念到他。我在浙东住过十几年,南京东京都住过六年,这都是我的故乡;现在住在北京,于是北京就成了我的家乡了。

日前我的妻往西单市场买菜回来,说起有荠菜在那里卖着,我便想起浙东的事来。荠菜是浙东人春天常吃的野菜,乡间不必说,就是城里只要有后园的人家都可以随时采食,妇女小儿各拿一把剪刀一只"苗篮",蹲在地上搜寻,是一种有趣味的游戏的工作。那时小孩们唱道:"荠菜马兰头,姊姊嫁在后门头。"后来马兰头有乡人拿来进城售卖了,但荠菜还是一种野菜,须得自家去采。关于荠菜向来颇有风雅的传说,不过这似乎以吴地为主。《西湖游览志》云:"三月三日男女皆戴荠菜花。谚云:三春戴荠花,桃李羞繁华。"顾禄的《清嘉录》上亦说:"荠菜花俗呼野菜花,因谚有'三月三,蚂蚁上灶山'之语,三日人家皆以野菜花置灶陉上。

以厌虫蚁。侵晨村童叫卖不绝。或妇女簪髻上以祈清目，俗号眼亮花。"但浙东人却不很理会这些事情，只是挑来做菜或炒年糕吃罢了。

黄花麦果通称鼠曲草，系菊科植物，叶小微圆互生，表面有白毛，花黄色，簇生梢头。春天采嫩叶，捣烂去汁，和粉作糕，称黄花麦果糕。小孩们有歌赞美之云：

黄花麦果韧结结，
关得大门自要吃；
半块拿弗出，一块自要吃。

清明前后扫墓时，有些人家——大约是保存古风的人家——用黄花麦果作供，但不作饼状，做成小颗如指顶大，或细条如小指，以五六个作一攒，名曰茧果，不知是什么意思，或因蚕上山时设祭，也用这种食品，故有是称，亦未可知。自从十二三岁时外出不参与外祖家扫墓以后，不复见过茧果，近来住在北京，也不再见黄花麦果的影子了。日本称作"御形"，与荠菜同为春的七草之一，也采来做点心用，状如艾饺，名曰"草饼"，春分前后多食之，在北京也有，但是吃去总是日本风味，不复是儿时的黄花麦果糕了。

扫墓时候所常吃的还有一种野菜，俗名草紫，通称紫云英。农人在收获后，播种田内，用作肥料，是一种很被贱视的植物，但采取嫩茎瀹食，味颇鲜美，似豌豆苗。花紫红色，数十亩接连不断，一片锦绣，如铺着华美的地毯，非常好看，而且花朵状若蝴蝶，又如鸡雏，尤为小孩所喜。间有白色的花，相传可以治痢，很是珍重，但不易得。日本《俳句大辞典》云，"此草与蒲公英同是习见的东西，从幼年时代便已熟识。在女人里边，不曾采过紫云英的人，恐未必有吧。"中国古来没有花环，但紫云英的花球却是小孩常玩的东西，这一层我还替那些小人们欣幸的，浙东扫墓用鼓吹，所以少年常随了乐音去看"上坟船里的姣姣"；没有钱的人家虽没有鼓吹，但是船头上篷窗下总露出些紫云英和杜鹃的花束，这也就是上坟船的确实的证据了。

作者简介

周作人（1885—1967），现代著名散文家、文学理论家、评论家、诗人、翻译家。散文集有《自己的园地》《雨天的书》《看云集》《苦茶随笔》《知堂文集》等。

这是一篇记叙地方风物的小品。从表面上看，作者只是介绍了浙东地方三种常见的野菜：荠菜、黄花麦果、紫云英。事实上作者通过对这三种野菜的性状、用途及其与人们生活关系的细腻描摹，把浙东地方的人情、风物及传统的生活特点写出来了。周作人是一位颇重雅趣的作家，然而他笔下的雅趣往往脱胎于野趣，周作人自己曾说："民间生活本来不会如文人学士所期望的风雅……而如实地记述下来，却又可以别有雅趣。"在作者朴实无华的笔墨下，我们仿佛看到了春天里浙东一带的妇女儿童们遍地"搜寻"野菜的情景，听到了孩子们唱的充满了乡情与祝愿的俚歌，观看了伴着"鼓吹"（或只露出紫云英和杜鹃花束）的上坟船，领略了"三春戴荠花，桃李羞繁华"的热闹气氛……自然、古朴，富有生活真趣。由几种野菜，几乎写尽了浙东风光。文中引述的"荠菜马兰头，姊姊嫁在后门头""黄花麦果韧结结，关得大门自要吃；半块拿弗出，一块自要吃"，也野趣十足。本文用笔极其简练明净，如"浙东扫墓用鼓吹，所以少年常随了乐音去看'上坟船里的姣姣'；没有钱的人家虽没有鼓吹，但是船头上篷窗下总露出些紫云英和杜鹃的花束"，精练传神地描摹出了浙东地区的扫墓民俗。作者以质朴的语言对民俗的东西忠实地记述，以存野趣，以独特的审美标准去芜存精，是这篇散文以及周作人若干散文化野趣为雅趣的艺术手法所在。

作者在文中虽然声称和故乡之间只是"钓于斯游于斯的关系"，但在字里行间，却情不自禁地流露了乡思和乡情。例如他讲到日本的"草饼"，且"在北京也有"，但"吃去总是日本风味，不复是儿时的黄花麦果糕了"，从中流露出故乡的风味小吃在他"儿时"的感觉和情绪中留下的不可代替的印象。又如对浙东人拿"苗篮"采荠菜和扫墓时上坟船时的回忆，无疑流露出悠悠的思乡之情。周作人将这种人人都有的经验借助文学语言细腻地表达了出来。作者对故乡有感情，是借助于故乡的野菜来传达的，而他几乎不直接用言语去赞美这些野菜，却不断地通过一首首俚歌，唱出了人们对这些野菜的喜爱，又通过书上记载的美丽的谚语（如"三春戴荠花，桃李羞繁华"等）赋予这些野菜以浓郁的诗意，表面上不着作者一点儿主观色彩，实际上他的感情全包含在这些俚歌和谚语之中了。"故乡的野菜"不仅被赋予了感情，也被赋予了诗意。

周作人还往往把浙东的民俗推衍到深厚的文化背景里去。《故乡的野菜》虽然只不过千二百字，引文却占据了将近六分之一。其中他征引了明人田汝成的《西湖游览志》、顾禄的《清嘉录》，以古证今，把浙东民俗提高到文化史的层次来描写，从而使古今融为一片。作者曾赴日留学，由于其独特的生活体验，喜欢以东洋的习俗来作比较，譬如说到黄花麦果时即以日本的"御形"作比，"在北京也有，但是吃去总是日本风味，不复是儿时的黄花麦果糕了"。而在记叙紫云英时又引证日本的《俳句大辞典》，充分体现了作者渊博的知识和丰富的生活经验，从而又把浙东民俗放在横的文化比较的剖面。而且，凡是他引用书本的地方，都能做到自然、恰切，融会贯通，绝无卖弄之嫌，充分体现了他驾驭语言的娴熟功力。

（王乃华）

幽默的叫卖声

夏丏尊

住在都市里,从昼到晚,从晚到昼,不知要听到多少种类多少次数的叫卖声。深巷的卖花声是曾经入过诗的,当然富于诗趣,可惜我们现在实际上已不大听到。寒夜的"茶叶蛋""细砂粽子""莲心粥"等等,声音发沙,十之七八似乎是"老枪"的喉咙,困在床上听去,颇有些凄清。每种叫卖声,差不多都有着特殊的情调。

我在这许多叫卖者中发见了两种幽默家。

一种是卖臭豆腐干的。每日下午五六点钟,弄堂口常有臭豆腐干担歇着或是走着叫卖,担子的一头是油锅,油锅里现炸着臭豆腐干,气味臭得难闻,卖的人大叫:"臭豆腐干!臭豆腐干!"态度自若。

我以为这很有意思。"说真方,卖假药","挂羊头,卖狗肉",是世间一般的毛病,以香相号召的东西,实际往往是臭的。卖臭豆腐干的居然不欺骗大众,自叫"臭豆腐干",把"臭"作为口号标语,实际的货色真是臭的。如此言行一致,名副其实,不欺骗别人的事情,恐怕世间再也找不出了吧,我想。

"臭豆腐干！"这呼声在欺诈横行的现世，俨然是一种愤世嫉俗的激越的讽刺！

还有一种是五云日升楼卖报者的叫卖声。那里的卖报的和别处不同，没有十多岁的孩子，都是些三四十岁的老枪瘾三，身子瘦得像腊鸭，深深的乱头发，青屑屑的烟脸，看去活像是个鬼。早晨是不看见他们的，他们卖的总是夜报。傍晚坐电车打那儿经过，就会听到一片的发沙的卖报声。

他们所卖的似乎都是两个铜板的东西（如《新夜报》《时报》《号外》之类），叫卖的方法很特别，他们不叫"刚刚出版××报"，却把价目和重要新闻标题联在一起，叫起来的时候，老是用"两个铜板"打头，下面接着"要看到"三个字，再下去是当日的重要的国家大事的题目，再下去是一个"哪"字。"两个铜板要看到十九路军反抗中央哪！"在福建事变起来的时候，他们就这样叫。"两个铜板要看到剿匪胜利哪！"在剿匪消息胜利的时候，他们就这样叫。"两个铜板要看到日本副领事在南京失踪哪！"藏本事件开始的时候，他们就这样叫。

在他们的叫声里任何国家大事都只要花两个铜板就可以看到，似乎任何国家大事都只值两个铜板的样子。我每次听到，总深深地感到冷酷的滑稽情味。

"臭豆腐干！""两个铜板要看到××××哪！"这两种叫卖者颇有幽默家的风格。前者似乎富于热情，像个矫世的君子，后者似乎鄙夷一切，像个玩世的隐士。

作者简介

夏丏尊（1886—1946），现代著名文学家、教育家、出版家。著有《平屋杂文》《现代世界文学大纲》《阅读与写作》等，译有《爱的教育》等。

从日常习见的小事物中发现其中蕴含的深刻世理，是本文的艺术特色之一。散文的题材十分广泛，地方风习、街头景色、往事回忆、感情述怀，以及天上地下、古往今来，无所不可。一般作者用大的题材驾驭大的思想内涵，小的题材阐发个人的感悟，题材与思想是一致的。但是以小的题材抒写大的哲理，更显出作者独特的内心感悟能力，表现在文本中更显得独具匠心。叫卖声是我们每个现代人都常见的社会现象，我们对它们的存在已几乎引不起感官上的关注，而作者却恰恰以此为观察世界的视角，挖掘出它背后特有的价值判断和逻辑判断，从而感悟出它们身上蕴含的特有的哲理。透过小现象发现大世理，就使本文显得寓意深刻，短小精悍，散发出智者的那种敏捷睿智、机警洒脱的智慧之光。

幽默风趣是本文的另一艺术特色。即使同林语堂先生那些经典的幽默小品相比，本文也毫不逊色。其幽默品格主要来源于两个方面：

一是在内容上通过类比的方式扯下我们日常认为严肃高尚事物的神圣外衣，暴露出其内在的虚弱性。"卖臭豆腐干"和卖新闻报纸的叫卖声本来风马牛不相及，但作者却敏锐地感悟到它们共性的地方。"卖臭豆腐干"的居然不欺骗大众，自叫"臭豆腐干"，把"'臭'作为口号标语，实际的货色真是臭的。如此言行一致，名副其实"，然后作者把卖报纸的叫卖声同卖"臭豆腐干"的声音归为一类。如果按"卖臭豆腐干"的名副其实的逻辑，那么，报纸上所谓的重要的新闻其价值也不过两个铜板而已。换句话来说，这些新闻并没有什么价值，同那些虚构炒作的花边新闻几乎在卖价上没有区别，这就使人对此类新闻的真实性产生了怀疑。这些被定位为严肃、权威的东西却与臭豆腐干为伍，与花边新闻价值相类，不是令人感到十分可笑吗？

二是在语言上，本文故意打破词语的内在属性而同所表现的事物重新组合,造成了意义与语言的扭曲。如作者把"卖臭豆腐干"的称作"矫世的君子",把卖报纸的称作"玩世的隐士"。"君子"一词用在"卖臭豆腐干"的人身上,"隐士"用在卖报纸的身上,给人的感觉造成了极大的错位,而在这错位中我们又能发现其中包含丰富的哲理内涵,似乎又十分合情合理,这便令读者哑然失笑了。

(胡永喜)

没有秋虫的地方

叶圣陶

阶前看不见一茎绿草,窗外望不见一只蝴蝶,谁说是鹁鸪箱里的生活,鹁鸪未必这样枯燥无味呢。秋天来了,记忆就轻轻提示道:"凄凄切切的秋虫又要响起来了。"可是一点影响也没有,邻舍儿啼人闹弦歌杂作的深夜,街上轮震石响邪许并起的清晨,无论你靠着枕头听,凭着窗沿听,甚至贴着墙听,总听不到一丝秋虫的声息。并不是被那些欢乐的劳困的宏大的清凉的声音淹没了,以致听不出来,乃是这里根本没有秋虫。啊,不容留秋虫的地方!秋虫所不屑居留的地方!

若是在鄙野的乡间,这时候满耳朵是虫声了。白天与夜间一样安闲;一切人物或动或静,都有自得之趣;嫩暖的阳光和轻淡的云覆盖在场上,到夜间呢,明耀的星月和轻微的凉风看守着整夜,在这境界这时间里唯一足以感动心情的是秋虫的合奏。它们高、低、宏、细、疾、徐、作、歇,仿佛经过乐师们的精心训练,所以这样地无可批评,踌躇满志,其实它们每一个都是神妙的乐师;众妙毕集、各抒灵趣,哪有不成人间绝响的呢?

虽然这些虫声会引起劳人的感叹,秋士的伤怀,独客的微喟，思妇的低泣，但是这正是无上的美的境界，绝好的自然诗篇，不独是旁人最喜欢吟味的，就是当境者也感受一种酸酸麻麻的味道，这种味道在另一方面是非常隽永的。

大概我们所蕲求的不在于某种味道，只要时时有点儿味道尝尝，就自诩为生活不空虚了。假若这味道是甜美的，我们固然含着笑来体味它，若是酸苦的，我们也要皱着眉头来辨尝它；这总比淡漠无味胜过百倍，我们以为最难堪而极欲逃避的，唯有这个淡漠无味！

所以心如槁木不如工愁善感，迷蒙的醒不如热烈的梦，一口苦水胜于一盏白汤，一场痛哭胜于哀乐两忘。这里并不是说愉快欢乐是要不得的，清健的醒是不必求的，甜汤是罪恶的，狂笑是魔道的；这里只是说有味道胜于淡漠罢了。

所以虫声是足系恋念的东西，何况劳人秋士独客思妇以外还有无量的人，他们当然也是酷嗜趣味的，当这凉意微逗的时候，谁能不忆起那美妙的秋之音乐？

可是没有，绝对没有！井底似的庭院，铅色的水门汀地，秋虫早已避去唯恐不速了。而我们没有它的翅膀与大腿，不能飞又不能跳，还是死守在这里，想到"井底"与"铅色"，觉得象征意味丰富极了。

作者简介

叶圣陶（1894—1988），现代著名作家、语文教育家及出版家。著有长篇小说《倪焕之》，童话集《稻草人》以及小说集《隔膜》《火灾》等。

《没有秋虫的地方》这篇散文是现代著名作家、语文教育家叶圣陶先生早期的散文代表作。文章语言精致凝练，主题意蕴深邃博大，构思巧妙，意境悠远深广，是一篇不可多得的散文佳作。

文章的基调是写秋感秋的，但作者并没有按照传统的悲秋状秋的模式来构思行文，而是选用了"秋虫""秋声"这样独特的意象作为文章表达的中心，不落窠臼，令人耳目一新。通过遥想并描绘秋虫汇集的环境、秋虫的鸣唱以及形态，把秋天描写成一个充满美妙音符、蕴蓄着昂扬情调的乐园。

作者首先写到了秋虫居住的环境，那里白天和黑夜一样安谧静雅，晓风朗月，鸣声轻柔。接下来作者集中笔墨描写了"鄙野的乡间"中令人感怀心动的秋虫声。作者把秋虫的鸣叫比作音乐合奏，用"高、低、宏、细、疾、徐、作、歇"写秋虫合奏的音响，仅仅用这几组反义词就把合奏的声响、节奏淋漓尽致地表现了出来。作者还用"踌躇满志"来描摹秋虫鸣叫的神态气势，更是恰如其分，惟妙惟肖。最后作者用劳人、秋士、独客、思妇由虫声生发的感叹，来进一步反衬有秋虫点缀的秋天的美妙图景。

更为深刻的是，作者并没有把文章的思想内容停留在这样的表层位置上，而是把这种充满秋虫鸣叫的、生机勃勃的场景与城市鹁鸪箱似的生活、"井底似的庭院""铅色的水门汀"进行对比。作者写道："可是没有，绝对没有！井底似的庭院，铅色的水门汀地，秋虫早已避去唯恐不速了。而我们没有它的翅膀与大腿，不能飞又不能跳，还是死守在这里，想到'井底'与'铅色'，觉得象征意味丰富极了。"这一段点题的话语表达了自己对于城市生活的厌倦，对于闲适自在的"鄙野的乡间"的向往与依恋，当然也在一定程度上影射了当时的社会政治大环境，这样自然就使文章的旨意变得更为深刻而宏大。

（仕永波）

秋天的况味

林语堂

秋天的黄昏，一人独坐在沙发上抽烟，看烟头白灰之下露出红光，微微透露出暖气，心头的情绪便跟着那蓝烟缭绕而上，一样的轻松，一样的自由。不转眼缭烟变成缕缕的细丝，慢慢不见了，而那刹时，心上的情绪也跟着消沉于大千世界，所以也不讲那时的情绪，而只讲那时的情绪的况味。待要再划一根洋火，再点起那已点过三四次的雪茄，却因白灰已积得太多，点不着，乃轻轻地一弹，烟灰静悄悄地落在钢炉上，其静寂如同我此时用毛笔写在宣纸上一样，一点的声息也没有。于是再点起来，一口一口地吞云吐雾，香气扑鼻，宛如偎红倚翠温香在抱的情调。于是想到烟，想到这烟一股温煦的热气，想到室中缭绕暗淡的烟霞，想到秋天的意味。这时才忆起，向来诗文上秋的含义，并不是这样的，使人联想的是肃杀，是凄凉，是秋扇，是红叶，是荒林，是萋草。然而秋确有另一意味，没有春天的阳气勃勃，也没有夏天的炎烈迫人，也不像冬天之全入于枯槁凋零。我所爱的是秋林古气磅礴气象。有人以老气横秋骂人，可见是不懂得秋林古色之滋味。在四时中，我于秋是有偏爱的，所以不妨说说。秋是代表成熟，对于春天之明媚娇艳，夏日之茂密浓深，都是过来人，不足为奇了，所以其色淡，叶多黄，有古色苍茏之慨，不单以葱翠争荣了。这是我所谓秋的意味。大概我所爱的不是晚秋，是初秋，那时暄气初消，月正圆，蟹正肥，桂花皎洁，也未陷入凛冽萧瑟气态，这是最值得赏乐的。那时的温和，如我烟上的红灰，只是一股熏熟的温香罢了。或如文人已排脱下笔惊人的格调，而渐趋纯熟练达，宏毅坚实，其文读来有深长意味。这就是庄子所谓"正得秋而万宝成"结实的意义。在人生上最享乐的就是这一类的事。比如酒以醇以老为佳。烟也有和烈之辨。雪茄之佳者，远胜于香烟，因其气味较和。倘是烧得得法，慢慢地吸完一支，看那红光炙发，有无穷的意味。鸦片吾不知，然看见人在烟灯上烧，听那微微毕剥的声音，也觉得有一种诗意。大概凡是古老、纯熟、熏黄、熟练的事物，都使我得到同样的愉快。如一只熏黑的陶锅在烘炉上用慢火炖猪肉时所发出的锅中徐吟的声调，是使我感到同观人烧大烟一样的兴趣。或如一本用过二十年而尚未破烂的字典，或是一张用了半世的书桌，或如看见街上一块熏黑了老气横秋的招牌，或是看见书法大家苍劲雄深的笔迹，都令人有相同的快乐。人生世上如岁月之有四时，必须要经过这纯熟时期，如女人发育健全遭遇安顺的，亦必有一时徐娘半老的风韵，为二八佳人所绝不可及者。使我最佩服的是邓肯的佳句："世人只会吟咏春天与恋爱，真无道理。须知秋天的景色，更华丽、更恢奇，而秋天的快乐有万倍的雄壮、惊奇、都丽。我真可怜那些妇女识见褊狭，使她们错过爱之秋天的宏大的赠赐。"若邓肯者，可谓识趣之人。

作者简介

林语堂（1895—1976），现代著名学者、文学家、语言学家。著有《人生的盛宴》《生活的艺术》《孔子的智慧》《吾国与吾民》《京华烟云》等。

在以往许许多多的诗词文章中，文人骚客们喜欢在秋风秋雨中体验生命的衰微，在落日黄昏里感叹生活的悲凉与凄惶，而在林语堂的笔下，秋则独具一番宁静深远的况味。春华秋实，在四时之中，秋是成熟和收获的季节，但作者却没有花费笔墨描写秋的表面的丰硕与肥美，而是跳开一步，超然物外，以一种怡然之情，写秋的一种绵延细节的意味，一种漫无边际的感觉。

一烟在手，独坐对黄昏，在一片宁静、惬意的氛围中，作者的思绪如那白色缥缈微暖的烟雾，悠悠地飘忽着。于是作者的思绪也如无缰游马，秋的温润便在作者心中悠然荡漾开来，秋成了代表成熟内蕴古色苍茫的过来人，成为烟上的红灰，文人笔下成熟的文章，又老又醇的酒，带一股薰薰的温香，散发着一种和顺纯正的有着无穷的深长意味的气息；秋被比作雪茄、鸦片，用过二十年而尚未破烂的字典，用过半世纪的书桌，一块老气横秋的招牌，甚或一只熏黑的陶锅在烘炉上用慢火炖猪肉时所发出的徐吟的声调。文中没有绚烂的彩绘，但笔锋到处，浓情四溢，透出浓郁袭人的醇美与丰厚，表达出深远厚重的生命底蕴。

散文全篇印证着作者的那句至真至极的人生名言：人的一生无论成败，他都有权休息，过优哉游哉的日子。人到中年，如庄子谓："正得秋而万宝成"，谁都品味过许多人生的苦辣酸甜，但并不是每个人都能把人生赐予的宝贵财富转换为对生活的智慧与练达，也并不是每个人在历经苦难困厄之后仍然保持着对人的宽容、对生活的挚爱。在许多人的生命里，人生之秋成了不堪重负的季节，步履维艰，心境苍凉。而在林语堂的笔下，我们体味到人生之秋的丰厚，在他这儿，生命有了一份醇厚的底蕴，毫无滞涩晦暗的感觉，相反，这份厚重的底蕴显得从容洒脱，深远而又充满了睿智。

大凡好的散文，不外以情取胜，以意取胜，以趣取胜。在林语堂的散文中，就有一种"不著一字，尽得风流"的韵致与趣味。《秋天的况味》似乎没有一句与秋直接接轨的话，但读完全文，却又觉着全文处处散发着秋的气息。作者的思绪过处，每一情景，每一事物，都沾染并传达着一种秋的趣味，这种趣味包含着丰富的对生活的体验与感悟，对生命的叩问与探索，同时展示着一种博大的情怀和超然的态度。

崇尚合乎情理的精神，是林语堂素来的主张，并奉之为人类文化的最高理想，所以生活中的林语堂从不偏激、傲慢，视情理、人性、道义为最宝贵的东西。这种豁达的人生观在千把字的《秋天的况味》中得到了淋漓尽致的体现，他用一支情趣横生的妙笔营造了一种温馨而富有情致韵味的氛围。就像文章中那些浸润了生命与历史内涵的意象，如醇老的酒、用旧了的字典、熏黑的招牌、书法大家苍劲雄深的笔迹，都是历尽变幻沧桑而达纯熟的境界，或许就是"正得秋而万宝成"的意蕴所在吧，这是本文在艺术表现上的一个突出特点。

（陈文亮）

雷雨前

茅 盾

清早起来,就走到那座小石桥上。摸一摸桥石,竟像还带点热。昨天整天里没有一丝儿风。晚快边响了一阵子干雷,也没有风,这一夜就闷得比白天还厉害。天快亮的时候,这桥上还有两三个人躺着,也许就是他们把这些石头又困得热烘烘。

满天里张着个灰色的幔。看不见太阳。然而太阳的威力好像透过了那灰色的幔,直逼着你头顶。

河里连一滴水也没有了,河中心的泥土也裂成乌龟壳似的。田里呢,早就像开了无数的小沟,——有两尺多阔的,你能说不像沟么?那些苍白色的泥土,干硬得就跟水门汀差不多。好像它们过了一夜功夫还不曾把白天吸下去的热气吐完,这时它们那些扁长的嘴巴里似乎有白烟一样的东西往上冒。

站在桥上的人就同浑身的毛孔全都闭住,心口泛淘淘,像要呕出什么来。

这一天上午,天空老张着那灰色的幔,没有一点点漏洞,也没有动一动。也许幔外边有的是风,但我们罩在这幔里的。

把鸡毛从桥头抛下去，也没见它飘飘扬扬踱方步。就跟住在抽出了空气的大筒里似的，人张开两臂用力行一次深呼吸，可是吸进来只是热辣辣的一股闷。

汗呢，只管钻出来，钻出来，可是胶水一样，胶得你浑身不爽快，像结了一层壳。

午后三点钟光景，人像快要干死的鱼，张开了一张嘴。忽然天空那灰色的幔裂了一条缝！不折不扣一条缝！像明晃晃的刀口在这幔上划过。然而划过了，幔又合拢跟没有划过的时候一样，透不进一丝儿风。一会儿，长空一闪，又是那灰色的幔裂了一次缝。然而中什么用！

像有一只巨人的手拿着明晃晃的大刀在外边想挑破那灰色的幔，像是这巨人已在咆哮发怒，越来越紧了，一闪一闪满天空瞥过那大刀的光亮，隆隆隆，幔外边来了巨人的愤怒的吼声！

猛可地闪光和吼声都没有了，还是一张密不通风的灰色的幔！

空气比以前加倍闷！那幔比以前加倍厚！天加倍黑！

你会猜想这时那幔外边的巨人在揩着汗，歇一口气；你断不定他想要进攻。你焦躁地等着，等着那挑破灰色幔的大刀的一闪电光，那隆隆隆的怒吼声。

可是你等着，等着，却等来了苍蝇。它们从龌龊的地方飞出来，嗡嗡嗡的，绕住你，叮你的涂一层胶似的皮肤。戴红顶子像个大员模样的金苍蝇刚从粪坑里吃饱了来，专拣你的鼻子尖上蹲。

也等来了蚊子。哼哼哼的，像老和尚念经，或者老秀才读古文。苍蝇给你传染病，蚊子却老是要喝你的血呢！

你跳起来拿着蒲扇乱扑，可是赶走了这一边的，那一边又是一大群乘隙进攻。你大声叫喊，它们只回答你个哼哼哼，嗡嗡嗡！

外边树梢头的蝉儿却在那里唱高调："要死哟！要死哟！"

你汗也流尽了，嘴里干得像烧，你手脚也软了，你会觉得世界末日也不会比这再坏!

然而猛可地电光一闪,照得屋角里都雪亮。幔外边的巨人一下子把那灰色的幔扯得粉碎了!轰隆隆,轰隆隆,他胜利地叫着。呼——呼——挡在幔外边整整两天的风开足了超高速度扑来了!蝉儿噤声,苍蝇逃走,蚊子躲起来,人身上像剥落了一层壳那么一爽。

霍!霍!霍!巨人的刀光在长空飞舞。

轰隆隆,轰隆隆,再急些!再响些吧!

让大雷雨冲洗出个干净清凉的世界!

作者简介

茅盾(1896—1981),现代著名文学家、文学评论家,著有《子夜》等小说及《白杨礼赞》《风景谈》《卖豆腐的哨子》《鞭炮声中》《谈月亮》《雾中偶记》《大地山河》《黄昏》《雾》《天窗》等散文。

春愁秋恨,冽寒酷暑,是人类对一年四季里物境交替的情绪感应,同时,人的情感又总是投射在特定环境中的事物上。茅盾先生的《雷雨前》就给我们展示了一幅炎热夏季里雷雨前的自然图景和心理图式,作者将闷热天气里的心理感觉外化在自然环境的事物上,通过淋漓尽致的细节描摹和情景渲染,再现了酷暑天里雷雨前的焦躁、郁闷和对狂风暴雨的渴望。同时,也是对当时现实社会的一个象征性的写照。

心理感觉的外化和细节的描摹是这篇散文的主要特色。作者以清晨桥石的温热为切入点,从清晨的石头本应该给人以冰凉清爽的感觉经验,到这被"困得热烘烘"的现实感觉反差,引出无风而闷热的天气现状。"没有一丝儿风"的天空又像是满天里张着一张灰色的幔把风给罩住了,这张密不通风的灰色的幔使空间像是一个被抽空的大筒，抛片鸡毛都不见飘扬！深呼吸，吸进去的也只是热辣辣的一股闷！这样由外及内，环环相扣地描摹了郁热、憋闷而令人焦躁的天气。作者除了把闷热的心理感觉虚化为"灰色的幔"外，还把酷暑实化到具体的事物上，河里，田里，连一滴水也没有了，泥土裂成乌龟壳似的，像开了无数的小沟，干硬得就跟水门汀差不多。这土地的干渴是人心理干渴图式的暗示，同时，土地干裂更渲染出酷暑炎热的程度。苍蝇与蚊子也乘隙进攻，在耳边哼哼哼、嗡嗡嗡，惹人心烦，这些都是从侧面表现出人郁热烦躁的心情！除却侧面烘托，作者也从正面加以描写：感觉浑身的毛孔全都被闭住了！汗像胶水一样，胶得浑身不爽快，像结了一层壳！嘴里干得像烧了，整个人像快要干死的鱼，觉得世界末日也不会比这再坏！正是通过这内外感觉的转化和描摹，使读者仿佛也置身于雷雨前的郁热和憋闷中。

  作者在极度的闷热中把闪电想象成一个巨人拿着大刀想从外部挑破那灰色的幔，雷声则是他的愤怒和咆哮，一闪一闪满天空瞥过那大刀的光亮，隆隆隆，幔外边来了愤怒的吼声！长空飞舞着电闪雷鸣，终于挑破了沉闷而厚重的幔，挡在幔外边整整两天的风开足了超高速度扑来了！蝉儿噤声，苍蝇逃走，蚊子躲起来，人身上像剥落了一层壳那么一爽。风来了，先从风速上给人以痛快的感觉，然后从自然景物的角度描摹风的威力，最后从风过后皮肤带来的清爽感觉写心情的舒爽。作者以自己的想象和写实描绘出雷雨前的包孕着反抗和力度的郁热和焦躁，最后以"让大雷雨冲洗出个干净清凉的世界"的呼唤和期待，引领着读者进入对干净清凉的新世界的想象之中。

（崔凯璇）

翡冷翠山居闲话

徐志摩

在这里出门散步去，上山或是下山，在一个晴好的五月的向晚，正像是去赴一个美的宴会，比如去一果子园，那边每株树上都是满挂着诗情最秀逸的果实，假如你单是站着看还不满意时，只要你一伸手就可以采取，可以恣尝鲜味，足够你性灵的迷醉。阳光正好暖和，决不过暖；风息是温驯的，而且往往因为他是从繁花的山林里吹度过来，他带来一股幽远的淡香，连着一息滋润的水汽，摩挲着你的颜面。轻绕着你的肩腰，就这单纯的呼吸已是无穷的愉快；空气总是明净的，近谷内不生烟，远山上不起霭，那美秀风景的全部正像画片似的展露在你的眼前，供你闲暇的鉴赏。

作客山中的妙处，尤在你永不须踌躇你的服色与体态；你不妨摇曳着一头的蓬草，不妨纵容你满腮的苔藓；你爱穿什么就穿什么；扮一个牧童，扮一个渔翁，装一个农夫，装一个走江湖的吉卜赛，装一个猎户；你再不必担心整理你的领结，你尽可以不用领结，给你的颈根与胸膛一半日的自由；你可以拿一条镶边艳色的长巾包在你的头上，学一个太平军的头目，或是拜伦那埃及装的姿态；但最要紧的是穿上你最旧的旧鞋，别管他模样不佳，他们是顶可爱的好友，他们承着你的体重却不叫你记起你还有一双脚在你的底下。

这样的玩顶好是不要约伴，我竟想严格地取缔，只许你独身；因为有了伴多少总得叫你分心，尤其是年轻的女伴，那是最危险最专制不过的旅伴，你应得躲避她像你躲避青草里一条美丽的花蛇！平常我们从自己家里走到朋友的家里，或是我们执事的地方，那无非是在同一个大牢里从一间狱室移到另一间狱室去，拘束永远跟着我们，自由永远寻不到我们；但在这春夏间美秀的山中或乡间你要是有机会独身闲逛时，那才是你福星高照的时候，那才是你实际领受，亲口尝味，自由与自在的时候，那才是你肉体与灵魂行动一致的时候；朋友们，我们多长一岁年纪往往只是加重我们头上的枷，加紧我们脚胫上的链，我们见小孩子在草里在沙堆里在浅水里打滚作乐，或是看见小猫追他自己的尾巴，何尝没有羡慕的时候，但我们的枷，我们的链永远是制定我们行动的上司！所以只有你单身奔赴大自然的怀抱时，像一个裸体的小孩扑入他母亲的怀抱时，你才知道灵魂的愉快是怎样的，单是活着的快乐是怎样的，单就呼吸单就走道单就张眼看耸耳听的幸福是怎样的。因此你得严格的为己，极端的自私，只许你，体魄与性灵，与自然同在一个脉搏里跳动，同在一个音波里起伏，同在一个神奇的宇宙里自得。我们浑朴的天真是像含羞草似的娇柔，一经同伴的抵触，他就卷了起来，但在澄静的日光下，和风中，他的姿态是自然的，他的生活是无阻碍的。

你一个人漫游的时候，你就会在青草里坐地仰卧，甚至有时打滚，因为草的和暖的颜色自然地唤起你童稚的活泼；在静僻的道上你就会不自主地狂舞，看着你自己的身影幻出种种诡异的变相，因为道旁树木的阴影在他们迂徐的婆娑里暗示你舞蹈的快乐；你也会得信口地歌唱，偶尔记起断片的音调，与你自己随口的小曲，因为树林中的莺燕告诉你春光是应得赞美的；更不必说你的胸襟自然会跟着漫长的山径开拓，你的心地会看着澄蓝的天空静定,你的思想和着山壑间的水声,山罅里的泉响,有时一澄到底的清澈,有时激起成章的波动,流,流,流入凉爽的橄榄林中,流入妩媚的阿诺河去……

并且你不但不须应伴,每逢这样的游行,你也不必带书。书是理想的伴侣,但你应得带书,是在火车上,在你住处的客室里,不是在你独身漫步的时候。什么伟大的深沉的鼓舞的清明的优美的思想的根源不是可以在风籁中,云彩里,山势与地形的起伏里,花草的颜色与香息里寻得?自然是最伟大的一部书,歌德说,在他每一页的字句里我们读得最深奥的消息。并且这书上的文字是人人懂得的;阿尔卑斯与五老峰,雪西里与普陀山,莱茵河与扬子江,梨梦湖与西子湖,建兰与琼花,杭州西溪的芦雪与威尼斯夕照的红潮,百灵与夜莺,更不提一般黄的黄麦,一般紫的紫藤,一般青的青草同在大地上生长,同在和风中波动——他们应用的符号是永远一致的,他们的意义是永远明显的,只要你自己性灵上不长疮瘢,眼不盲,耳不塞,这无形迹的最高等教育便永远是你的名分,这不取费的最珍贵的补剂便永远供你的受用;只要你认识了这一部书,你在这世界上寂寞时便不寂寞,穷困时不穷困,苦恼时有安慰,挫折时有鼓励,软弱时有督责,迷失时有南针。

作者简介

徐志摩(1897—1931),现代诗人、散文家。著有散文集《落叶》《巴黎的鳞爪》《秋》,诗歌集《翡冷翠的一夜》等,著名诗歌名篇有《再别康桥》《沙扬娜拉》等。

《翡冷翠山居闲话》是徐志摩1925年在风景优美的意大利名城翡冷翠（今译"佛罗伦萨"）时所写下的一篇脍炙人口的抒情散文。

　　在徐志摩散文中，崇拜自然、浪迹山水、寄情自然是重要内容之一。这篇散文，就是描述作者在翡冷翠山居时的心境的。之所以称为"闲话"，是因为作者既没有记山居时的生活，也没有具体描绘山中绮丽的风光，而是从眼前的景物荡发开去，着重内心情怀的抒发，通过冥想的途径反映个人情志，为我们描绘出了一个不带丝毫雕饰、没有任何羁绊、不受一点儿约束的自然而纯真的山中风景画。

　　文章开头写风和日丽之日出门散步，"像是去赴一个美的宴会"，像是"去一果子园"，喜悦之情跃然纸上，在这里"上山或下山"，足够你"性灵的迷醉"，一下子就点到了山居之妙。接着用一串假设的句式，具体描绘山居时的服色、体态、穿着、打扮的自由自在，无拘无束，流露出独行山中的超脱舒畅之情。然后从不同角度表达山居的乐处和乐趣。"坐地，仰卧"，甚至"打滚"，"狂舞"，"信口歌唱"……

　　作者厌恶现代文明，认为文明窒息了人的性灵，影响了人的自由。这种返璞归真的欲望，到了大自然里便得到极大的满足。"只有你单身奔赴大自然的怀抱时，像一个裸体的小孩扑入他母亲的怀抱时，你才知道灵魂的愉快是怎样的，单是活着的快乐是怎样的，单就呼吸单就走道单就张眼看耸耳听的幸福是怎样的。"酣畅淋漓的自我感受使人心醉神迷。

　　作者将大自然比作"最伟大的一部书"，把大自然对人们灵魂的陶冶、安慰与鼓舞等作用提到一个哲理性的高度：只要认识了这一部书，在这世界上，"寂寞时便不寂寞，穷困时不穷困，苦恼时有安慰，挫折时有鼓励，软弱时有督责，迷失时有南针"。全篇都围绕感受来写，以达到自我的实现。这就是作者创作这篇散文的成功之处，也是他超过别人的地方。

综观全文，我们会发现，在翡冷翠山居，这里有着大自然的纯美：正好暖和的阳光，温驯的风息，繁花幽远的淡香，不出烟、不起雾的明净的空气，伸手可采的鲜美的果实……一切毫无雕饰，而遨游其中的人也不受任何约束，他们"永不须踌躇"自己的"服色与体态"；不须修饰胡发，不须着意于衣衫，不须整理领结……一切任其自然。而且在这里无须受别人的管辖，只身前往，丢掉任何制约行为的"枷"与"链"，如裸体小孩扑入母亲的怀抱，"与自然同在一个脉搏里跳动，同在一个音波里起伏"，物我合一，享受灵魂的喜悦。而且不必带书，即可尽情舒展自己的性灵，享用深蕴在大自然中"最深奥的消息"，受用大自然"最珍贵的补剂"。这自然、纯真、质朴的美，便是文章的精魂。

文中随处可见新鲜巧妙而又耐人寻味的比喻。例如形容当时观察生活的沉闷、黑暗和窒息，"是在同一个大牢里从一间狱室移到另一间狱室"，"多长一岁年纪往往只是加重我们头上的枷，加紧我们脚胫上的链"。形容人们单独奔赴大自然时，就"像一个裸体的小孩扑入母亲的怀抱"。又用含羞草来比喻"我们淳朴的天真"，"一经同伴的抵触，他就卷了起来"。这些贴切恰当的比喻，把抽象的问题具体化，把艰深的思想通俗化，把枯燥的事物形象化，增强了作品的艺术魅力。

作为诗人的徐志摩，在他的散文中也有诗一样的意境、诗一样的格调、诗一样的旋律和如诗般的语言。写到自然美时，强调了阳光的适度，风息的温驯，空气的净；写遨游其中的人时，强调了他们的放情与自在，写出了他们从形体到灵魂与自然的相融，创造出一个毫无约束、至纯至朴的境界。全篇运用大量排比、对偶的句子，给散文融进诗的韵律。深邃幽远的意境，更使散文增添了浓郁的诗情。

（王乃华）

异国秋思

庐 隐

自从我们搬到郊外以来，天气渐渐凉快了。那短篱边牵延着的毛豆叶子，已露出枯黄的颜色来，白色的小野菊，一丛丛由草堆里钻出头来，还有小朵的黄花在凉劲的秋风中抖颤，这一些景象，最容易勾起人们的秋思，况且身在异国呢！低声吟着"帘卷西风，人比黄花瘦"之句，这个小小的灵宫，是弥漫了怅惘的情绪。

书房里格外显得清寂，那窗外蔚蓝如碧海似的青天和淡金色的阳光。还有挟着桂花香的阵风，都含了极强烈的，挑拨人们心弦的力量。在这种刺激之下，我们不能继续那死板的读书工作了，在那一天午饭后，建便提议到附近吉祥寺去看秋景。三点多钟我们乘了市外电车前去，——这路程太近了，我们的身体刚刚坐稳便到了。走出长甬道的车站，绕过火车轨道，就看见一座高耸的木牌坊，在横额下有几个汉字写着"井之头恩赐公园"。我们走进牌坊，便见马路两旁树木葱茏，绿阴匝地，一种幽妙的意趣，萦绕脑际。我们怔怔地站在树影下，好像身入深山古林了。在那枝柯掩映中，一道金黄色的柔光正荡漾着，使我想象到一个披着金绿柔发的仙女，正赤着足，踏着白云，从这里经过的情景。再向西方看，一抹彩霞，正横在那叠翠的峰峦上，如黑点的飞鸦，穿林翩翩，我一缕的愁心真不知如何安派，我要吩咐征鸿把它带回故国吧！无奈它是那样不着迹地去了。

我们徘徊在这浓绿深翠的帷幔下，竟忘记前进了。一个身穿和服的中年男人，脚上穿着木屐，提塔提塔地来了。他向我们打量着，我们为避免他的觑视，只好加快脚步走向前去。经过这一带森林，前面有一条鹅卵石堆成的斜坡路，两旁种着整齐的冬青树，只有肩膀高，一阵阵的青草香，从微风里荡过来，我们慢步地走着，陡觉神气清爽，一尘不染。下了斜坡，面前立着一所小巧的东洋式茶馆，里面设了几张小矮几和坐褥，两旁摆着柜台，红的蜜橘，青的苹果，五色的杂糖，错杂地罗列着。

"呀！好眼熟的地方！"我不禁失声地喊了出来。于是潜藏在心底的印象，陡然一幕幕地重映出来，唉！我的心有些抖颤了。我是被一种感怀已往的情绪所激动，我的双眼怔住，胸膈间充塞着悲凉，心弦凄紧地搏动着，自然是回忆到那些曾被流年蹂躏过的往事：

"唉！往事，只是不堪回首的往事哟！"我悄悄地独自叹息着。但是我目前仍然有一幅逼真的图画再现出来……

一群骄傲于幸福的少女们，她们孕育着玫瑰色的希望，当她们将由学校毕业的那一年，曾随了她们德高望重的教师，带着欢乐的心情，渡过日本海来访蓬莱的名胜。在她们登岸的时候，正是暮春三月樱花乱飞的天气。那些缀锦点翠的花树，都是使她们乐游忘倦。她们从天色才黎明，便由东京的旅舍出发，先到上野公园看过樱花的残妆后，又换车到井之头公园来。这时疲倦袭击着她们，非立刻找个地点休息不可。最后她们发现了这个位置清幽的茶馆，便立刻决定进去吃些东西。大家团团围着矮凳坐下，点了两壶龙井茶和一些奇甜的东洋点心，她们吃着喝着，高声谈笑着，她们真像是才出谷的雏莺，只觉眼前的东西，件件新鲜，处处都富有生趣。当然她们是被搂在幸福之神的怀抱里了。青春的爱娇，活泼快乐的心情，她们是多么可艳羡的人生呢！

但是流年把一切都毁坏了！谁能相信今天在这里低徊追怀往事的我，也正是当年幸福者之一呢！哦！流年，残刻的流年啊！它带走了人间的爱娇，它蹂躏了英雄的壮志，使我站在这似曾相识的树下，只有咽泪，我有什么办法，使年光倒流呢！

唉！这仅仅是七年后的今天。呀，这短短的七年中，我走的是崎岖的世路，我攀缘过陡峭的崖壁，我由死的绝谷里逃命，使我尝着忍受由心头淌血的痛苦，命运要我喝干自己的血汁，如同喝玫瑰酒一般……

唉！这一切的刺心回忆，我忍不住流下辛酸的泪滴，连忙离开这容易激动感情的地方吧！我们便向前面野草漫径的小路上走去，忽然听见一阵悲恻的唏嘘声，我仿佛看见张着灰色翅翼的秋神，正躲在那厚密枝叶背后。立时那些枝叶都窸窸窣窣地颤抖起来。草底下的秋虫，发出连续的唧唧声，我的心感到一阵阵的凄冷；不敢再向前去，找到路旁一张长木凳坐下。我用呆滞的眼光，向那一片阴森森的丛林里睁视，当微风分开枝柯时，我望见那小河里潺湲的碧水了。水上绉起一层波纹，两个少女乘着一只小划子，在波心摇着画桨，低声唱着歌儿。我看到这里，又无端伤感起来，觉得喉头哽塞，不知不觉叹道：

"故国不堪回首呵！"同时那北海的绿漪清波便浮现在眼前，那些手携情侣的男男女女，恐怕也正摇着画桨，指点着眼前清丽的秋景，低语款款吧！况且又是菊茂蟹肥的时候，料想长安市上，车水马龙，正不少欢乐的宴聚；这漂泊异国，秋思凄凉的我们当然是无人想起的。不过，我们却深深地眷怀着祖国，渴望得些国内的好消息呢！况且我们又是神经过敏的，揣想到树叶凋落的北平，凄风吹着，冷雨洒着的那些穷苦的同胞，也许正向茫茫的苍天悲诉呢！唉，破碎紊乱的祖国啊！北海的风光不能粉饰你的寒磣！今雨轩的灯红酒绿，不能安慰忧患的人生，深深眷念祖国的我们，这一颗因热望而颤抖的心，最后是被秋风吹冷了。

作者简介

庐隐（1898—1934），现代著名女作家，代表作品有《海滨故人》《灵海潮汐》和《曼丽》等。在 2003 年美国哥伦比亚大学出版的《女作家在现代中国》之中，庐隐被列为 18 个重要的现代中国女作家之一。

  这是作者"东京小品"中的一篇，也是一篇绝美的散文，是作者抒写心灵苦楚与悲戚的绝唱。散文将中国文学传统中带有悲情愁绪色彩的秋思、乡愁融合在一起，交织相映，在更大程度上承载了作者更多的悲凉、惨伤、哀怨与伤感。

  秋天是一个令人感怀惜时的季节。作者身在异邦，秋思更是着上了一层阴冷、凄凉的色调。散文由秋天的萧瑟起笔，秋思秋愁溢满全篇，让人陡增伤感与心酸。短篱边牵延着的毛豆叶子已露出枯黄的颜色，白色的小野菊、小朵的黄花在凉劲的秋风中颤抖，这是一幅苍凉惨淡的秋意图，难怪作者不禁低吟"帘卷西风，人比黄花瘦"，触景生情，作者的秋思便"弥漫了怅惘的情绪"。原本是为减消秋思的秋游却更增添了无限的哀伤，当小巧的东洋茶馆映入眼帘时，作者情不自禁："我的心有些抖颤了。我是被一种感怀已往的情绪所激动，我的双眼怔住，胸膈间充塞着悲凉，心弦凄紧地搏动着。"这是怎样让人为之震颤的字句，作者的秋思在此达到了一个小小的高潮！"流年把一切都毁坏了"，"它带走了人间的爱娇，它踩躏了英雄的壮志"，这字字句句情真意切，扣人心弦，让人不禁为之心动，为之悲伤，为之怆然而泪下。正如庐隐自己所说："我无所作则已，有所作，必皆凄苦哀凉之音。"（《庐隐自传》）这份凄苦哀凉让我们久久不能释怀！

  作客他乡，在秋风萧瑟、洪波涌起的异地，怎能不牵动作者那一根根思乡的愁绪！这份离愁别绪在作者笔下表现得委婉细腻，淋漓尽致！

井之头牌坊处作者意欲将愁心寄征鸿，它却不着痕迹地去了，寄情无处的悲哀更增添了几多的无奈与伤感；小河中画桨清波又让作者的思绪遥寄千里，飞回到故土家园，想那凄风苦雨中饱受苦难的同胞，那苍茫大地上破碎紊乱的祖国，内心的悲愤、沉郁便如火山熔浆般直冲云霄，一发而不可收。

至此，作者对"往事不堪回首"的自我追怀的愁绪与"故国不堪回首"的海外赤子之心相融相生，使得散文的抒情表意空间无限扩大了！

文中对景物的描写，极大地增强了散文的艺术感染力，让散文多了一份浓重的诗情。文章虽以抒情为主，但对景物的描写却有力地衬托了情感的抒发。除了寄寓作者秋思乡愁的悲凉、凄楚的情感的景物外，作者还描写了一些与之相对的事物，如蔚蓝如碧海似的青天，淡金色的阳光，挟着桂花香的阵风，西天的一抹彩霞等。这些景物的描写与寄寓作者情思、触动作者秋思乡愁的东洋茶馆、草底的秋虫、阴森森的丛林、摇桨的少女等形成鲜明对比，更衬出作者飘零异国，愁心无所寄的悲凉之情。

一篇好的散文往往有道不尽的精妙之处，《异国秋思》便是如此。面对它，有太多的感慨与赞赏，却总觉力不从心，毕竟它触及的是人心灵的深处，与血液相融，与灵魂相契！

（刘新英）

桨声灯影里的秦淮河

朱自清

一九二三年八月的一晚，我和平伯同游秦淮河。平伯是初泛，我是重来了。我们雇了一只"七板子"，在夕阳已去，皎月方来的时候，便下了船。于是桨声汩——汩，我们开始领略那晃荡着蔷薇色的历史的秦淮河的滋味了。

秦淮河里的船，比北京万生园、颐和园的船好，比西湖的船好，比扬州瘦西湖的船也好。这几处的船不是觉着笨，就是觉着简陋，局促；都不能引起乘客们的情韵，如秦淮河的船一样。秦淮河的船约略可分为两种：一是大船；一是小船，就是所谓"七板子"。大船舱口阔大，可容二三十人。里面陈设着字画和光洁的红木家具，桌上一律嵌着冰凉的大理石面。窗格雕镂颇细，使人起柔腻之感。窗格里映着红色蓝色的玻璃；玻璃上有精致的花纹，也颇悦人目。"七板子"规模虽不及大船，但那淡蓝色的栏杆，空敞的舱，也足系人情思。而最出色处却在它的舱前。舱前是甲板上的一部，上面有弧形的顶，两边用疏疏的栏杆支着。里面通常放着两张藤的躺椅。躺下，可以谈天，可以望远，可以顾盼两岸的河房。大船上也有这个，但在小船上更觉清隽罢了。舱前的顶下，一律悬着灯彩；灯的多少、明暗，彩苏的精粗、艳晦，是不一的，但好歹总还你一个灯彩。这灯彩实在是最能勾人的东西。夜幕垂垂地下来时，大小船上都点起灯火。

从两重玻璃里映出那辐射着的黄黄的散光，反晕出一片朦胧的烟霭；透过这烟霭，在黯黯的水波里，又逗起缕缕的明漪。在这薄霭和微漪里，听着那悠然的间歇的桨声，谁能不被引入他的美梦去呢？只愁梦太多了，这些大小船儿如何载得起呀？我们这时模模糊糊地谈着明末的秦淮河的艳迹，如《桃花扇》及《板桥杂记》里所载的。我们真神往了。我们仿佛亲见那时华灯映水，画舫凌波的光景了。于是我们的船便成了历史的重载了。我们终于恍然秦淮河的船所以雅丽过于他处，而又有奇异的吸引力的，实在是许多历史的影像使然了。

秦淮河的水是碧阴阴的；看起来厚而不腻，或者是六朝金粉所凝么？我们初上船的时候，天色还未断黑，那漾漾的柔波是这样恬静，委婉，使我们一面有水阔天空之想，一面又憧憬着纸醉金迷之境了。等到灯火明时，阴阴的变为沉沉了：黯淡的水光，像梦一般；那偶然闪烁着的光芒，就是梦的眼睛了。我们坐在舱前，因了那隆起的顶棚，仿佛总是昂着首向前走着似的；于是飘飘然如御风而行的我们，看在那些自在的湾泊着的船，船里走马灯般的人物，便像是下界一般，迢迢的远了，又像在雾里看花，尽朦朦胧胧的。这时我们已过了利涉桥，望见东关头了。沿路听见断续的歌声：有从沿河的妓楼飘来的，有从河上船里度来的。我们明知那些歌声，只是些因袭的言词，从生涩的歌喉里机械地发出来的；但它们经了夏夜的微风的吹漾和水波的摇拂，袅娜着到我们耳边的时候，已经不单是她们的歌声，而混着微风和河水的密语了。于是我们不得不被牵惹着，震撼着，相与浮沉于这歌声里了。从东关头转湾，不久就到大中桥。大中桥共有三个桥拱，都很阔大，俨然是三座门儿；使我们觉得我们的船和船里的我们，在桥下过去时，真是太无颜色了。桥砖是深褐色，表明它的历史的长久；但都完好无缺，令人太息于古昔工程的坚美。桥上两旁都是木壁的房子，中间应该有街路？这些房子都破旧了，多年烟熏的迹，遮没了当年的美丽。我想象秦淮河的极盛时，在这样宏阔的桥上，特地盖了房子，必然是髹漆得富富丽丽的；晚间必然是灯火通明的，现在却只剩下一片黑沉沉！但是桥上造着房子，毕竟使我们多少可以想见往日的繁华；这也慰情聊胜无了。过了大中桥，便到了灯月交辉，笙歌彻夜的秦淮河，这才是秦淮河的真面目哩。

　　大中桥外，顿然空阔，和桥内两岸排着密密的人家的景象大异了。一眼望去，疏疏的林，淡淡的月，衬着蓝蔚的天，顿像荒江野渡光景；那边呢，郁丛丛的，阴森森的，又似乎藏着无边的黑暗：令人几乎不信那是繁华的秦淮河了。但是河中眩晕着的灯光，纵横着的画舫，悠扬着的笛韵，夹着那吱吱的胡琴声，终于使我们认识绿如茵陈酒的秦淮水了。此地天裸露着的多些，故觉夜来的独迟些；从清清的水影里，我们感到的只是薄薄的夜——这正是秦淮河的夜。大中桥外，本来还有一座复成桥，是船夫口中的我们的游迹尽处，或也是秦淮河繁华的尽处了。我的脚曾踏过复成桥的脊，在十三四岁的时候。但是两次游秦淮河，却都不曾见着复成桥的面；明知总在前途的，却常觉得有些虚无缥缈似的。我想，不见倒也好。这时正是盛夏。我们下船后，藉着新生的晚凉和河上的微风，暑气已渐渐消散；到了此地，豁然开朗，身子顿然轻了——习习的清风茸茸在面上，手上，衣上，这便又感到了一缕新凉了。南京的日光，大概没有杭州猛烈；西湖的夏夜老是热蓬蓬的，水像沸着一般，秦淮河的水却尽是这样冷冷地绿着。任你人影的憧憧，歌声的扰扰，总像隔着一层薄薄的绿纱面幂似的；它尽是这样静静的，冷冷的绿着。我们出了大中桥，走不上半里路，船夫便将船划到一旁，停了桨由它宕着。他以为那里正是繁华的极点，再过去就是荒凉了；所以让我们多多赏鉴一会儿。他自己却静静地蹲着。他是看惯这光景的了，大约只是一个无可无不可。

这无可无不可，无论是升的沉的，总之，都比我们高了。

那时河里闹热极了；船大半泊着，小半在水上穿梭似的来往。停泊着的都在近市的那一边，我们的船自然也夹在其中。因为这边略略的挤，便觉得那边十分的疏了。在每一只船从那边过去时，我们能画出它的轻轻的影和曲曲的波，在我们的心上；这显着是空，且显着是静了。那时处处都是歌声和凄厉的胡琴声，圆润的喉咙，确乎是很少的。但那生涩的、尖脆的调子能使人有少年的、粗率不拘的感觉，也正可快我们的意。况且多少隔开些儿听着，因为想象与渴慕的做美，总觉更有滋味；而竞发的喧嚣，抑扬的不齐，远近的杂沓，和乐器的嘈嘈切切，合成另一意味的谐音，也使我们无所适从，如随着大风而走。这实在因为我们的心枯涩久了，变为脆弱；故偶然润泽一下，便疯狂似的不能自主了。但秦淮河确也腻人。即如船里的人面，无论是和我们一堆儿泊着的，无论是从我们眼前过去的，总是模模糊糊的，甚至渺渺茫茫的；任你张圆了眼睛，揩净了眦垢，也是枉然。这真够人想呢。在我们停泊的地方，灯光原是纷然的；不过这些灯光都是黄而有晕的。黄已经不能明了，再加上了晕，便更不成了。灯愈多，晕就愈甚；在繁星般的黄的交错里，秦淮河仿佛笼上了一团光雾。光芒与雾气腾腾的晕着，什么都只剩了轮廓了；所以人面的详细的曲线，便消失于我们的眼底了。但灯光究竟夺不了那边的月色；灯光是浑的，月色是清的。在浑沌的灯光里，渗入一派清辉，却真是奇迹！那晚月儿已瘦削了两三分。她晚妆才罢，盈盈地上了柳梢头。天是蓝得可爱，仿佛一汪水似的；月儿便更出落得精神了。岸上原有三株两株的垂杨树，淡淡的影子，在水里摇曳着。它们那柔细的枝条浴着月光，就像一支支美人的臂膊，交互地缠着，挽着；又像是月儿披着的发。而月儿偶尔也从它们的交叉处偷偷窥看我们，大有小姑娘怕羞的样子。岸上另有几株不知名的老树，光光地立着；在月光里照起来，却又俨然是精神矍铄的老人。远处——快到天际线了。才有一两片白云，亮得现出异彩,像是美丽的贝壳一般。白云下便是黑黑的一带轮廓;另一条随意画的不规则的曲线。这一段光景,和河中的风味大异了。但灯与月竟能并存着,交融着,使月成了缠绵的月,灯射着渺渺的灵辉,这正是天之所以厚秦淮河,也正是天之所以厚我们了。

  这时却遇着了难解的纠纷。秦淮河上原有一种歌妓,是以歌为业的。从前都在茶舫上,唱些大曲之类。每日午后一时起,什么时候止,却忘记了。晚上照样也有一回,也在黄晕的灯光里。我从前过南京时,曾随着朋友去听过两次。因为茶舫里的人脸太多了,觉得不大适意,终于听不出所以然。前年听说歌妓被取缔了,不知怎的,颇涉想了几次——却想不出什么。这次到南京,先到茶舫上去看看,觉得颇是寂寥,令我无端的怅怅了。不料她们却仍在秦淮河里挣扎着,不料她们竟会纠缠到我们,我于是很张皇了,她们也乘着"七板子",她们总是坐在舱前的。舱前点着石油汽灯,光亮炫人眼目;坐在下面的,自然是纤毫毕见了——引诱客人们的力量,也便在此了。舱里躲着乐工等人,映着汽灯的余晖蠕动着;他们是永远不被注意的。每船的歌妓大约都是二人;天色一黑,她们的船就在大中桥外往来不息地兜生意。无论行着的船,泊着的船,都要来兜揽。这都是我后来推想出来的。那晚不知怎样,忽然轮着我们的船了。我们的船好好地停着,一只歌舫划向我们来了;渐渐和我们的船并着了。烁烁的灯光逼得我们皱起了眉头;我们的风尘色全给它托出来了,这使我踧踖不安了。那时一个伙计跨过船来,拿着摊开的歌折,就近塞向我的手里,说:"点几出吧!"他跨过来的时候,我们船上似乎有许多眼光跟着。同时相近的别的船上也似乎有许多眼睛炯炯地向我们船上看着。我真窘了!我也装出大方的样子,向歌妓们瞥了一眼,但究竟是不成的!我勉强将那歌折翻了一翻,却不曾看清了几个字,便赶紧递还那伙计,一面不好意思地说:"不要。我们……不要。"他便塞给平伯,平伯掉转头去,摇手说:"不要!"那人还腻着不走。平伯又回过脸来,摇着头道,

"不要！"于是那人重到我处，我窘着再拒绝了他。他这才有所不屑似的走了。我的心立刻放下，如释了重负一般。我们就开始自由了。

我说我受了道德律的压迫，拒绝了她们，心里似乎很抱歉的。这所谓抱歉，一面对于她们，一面对于我自己。她们于我们虽然没有很奢的希望，但总有些希望的，我们拒绝了她们，无论理由如何充足，却使她们的希望受了伤，这总有几分不做美了。这使我觉得很怅怅的。至于我自己，更有一种不足之感。我这时被四面的歌声诱惑了，降伏了；但是远远的，远远的歌声总仿佛隔着重衣搔痒似的，越搔越搔不着痒处。我于是憧憬着贴耳的妙音了。在歌舫划来时，我的憧憬，变为盼望；我固执地盼望着，有如饥渴。虽然从浅薄的经验里，也能够推知，那贴耳的歌声，将剥去了一切的美妙；但一个平常的人像我的，谁愿凭了理性之力去丑化未来呢？我宁愿自己骗了。不过我的社会感性是很敏锐的；我的思力能拆穿道德律的西洋镜，而我的感情却始终被它压服着。我于是有所顾忌了，尤其是在众目昭彰的时候。道德律的力，本来是民众赋予的；在民众的面前，自然更显出它的威严了。我这时一面盼望，一面却感到了两重的禁制：一，在通俗的意义上，接近妓者总算一种不正当的行为；二，妓是一种不健全的职业，我们对于她们，应有哀矜勿喜之心，不应赏玩地去听她们的歌。在众目睽睽之下，这两种思想在我心里最为旺盛。它们暂时压倒了我的听歌的盼望，这便成就了我的灰色的拒绝。那时的心实在异常状态中，觉得颇是昏乱。歌舫去了，暂时宁静之后，我的思绪又如潮涌了。两个相反的意思在我心头往复：卖歌和卖淫不同，听歌和狎妓不同，又干道德甚事？——但是，但是，她们既被逼地以歌为业，她们的歌必无艺术味的；况她们的身世，我们究竟该同情的。所以拒绝倒也是正办。但这些意思终于不曾撇开我的听歌的盼望。它力量异常坚强；它总想将别的思绪踏在脚下。从这重重的争斗里，我感到了浓厚的不足之感。这不足之感使我的心盘旋不安，起坐都不安宁了。唉！

我承认我是一个自私的人！平伯呢，却与我不同。他引周启明先生的诗，"因为我有妻子，所以我爱一切的女人；因为我有子女，所以我爱一切的孩子。"他的意思可以见了。他因为推及的同情，爱着那些歌妓，并且尊重着她们，所以拒绝了她们。在这种情形下，他自然以为听是对于她们的一种侮辱。但他也是想听歌的，虽然不和我一样。所以在他的心中，当然也有一番小小的争斗；争斗的结果，是同情胜了。至于道德律，在他是没有什么的，因为他很有蔑视一切的倾向，民众的力量在他是不大觉着的。这时他的心意的活动比较简单，又比较松弱，故事后还怡然自若；我却不能了。这里平伯又比我高了。

在我们谈话中间，又来了两只歌舫。伙计照前一样的请我们点戏，我们照前一样地拒绝了。我受了三次窘，心里的不安更甚了。清艳的夜景也为之减色。船夫大约因为要赶第二趟生意，催着我们回去；我们无可无不可地答应了。我们渐渐和那些晕黄的灯光远了，只有些月色冷清清地随着我们的归舟。我们的船竟没个伴儿，秦淮河的夜正长哩！到大中桥近处，才遇着一只来船。这是一只载妓的板船，黑漆漆的没有一点光。船头上坐着一个妓女，暗里看出，白地小花的衫子，黑的下衣。她手里拉着胡琴，口里唱着青衫的调子。她唱得响亮而圆转；当她的船箭一般驶过去时，余音还袅袅地在我们耳际，使我们倾听而向往。想不到在弩末的游踪里，还能领略到这样的清歌！这时船过大中桥了，森森的水影，如黑暗张着巨口，要将我们的船吞了下去。我们回顾那渺渺的黄光，不胜依恋之情；我们感到了寂寞了！这一段地方夜色甚浓，又有两头的灯火招邀着；桥外的灯火不用说了，过了桥另有东关头疏疏的灯火。我们忽然仰头看见依人的素月，不觉深悔归来之早了！走过东关头，有一两只大船湾泊着，又有几只船向我们来着。嚣嚣的一阵歌声人语，仿佛笑我们无伴的孤舟哩。东关头转湾，河上的夜色更浓了；临水的妓楼上，时时从帘缝里射出一线一线的灯光，仿佛黑暗从酣睡里眨了一眨眼。我们默然地对着，静听那汩——汩的桨声，几乎要入睡了，朦胧里却温寻着适才的繁华的余味。我那不安的心在静里愈显活跃了！这时我们都有了不足之感，而我的更其浓厚。我们却又不愿回去，于是只能由懊悔而怅惘了。船里便满载着怅惘了。直到利涉桥下，微微嘈杂的人声，才使我豁然一惊；那光景却又不同。右岸的河房里，都大开了窗户，里面亮着晃晃的电灯，电灯的光射到水上，蜿蜒曲折，闪闪不息，正如跳舞着的仙女的臂膊。我们的船已在她的臂膊里了，如睡在摇篮里一样，倦了的我们便又入梦了。那电灯下的人物，只觉得像蚂蚁一般，更不去萦念。这是最后的梦，可惜的是最短的梦！黑暗重复落在我们面前，我们看见傍岸的空船上一星两星的，枯燥无力又摇摇不定的灯光。我们的梦醒了，我们知道就要上岸了；我们心里充满了幻灭的情思。

作者简介

朱自清（1898—1948），现代著名散文家、诗人、学者。散文名篇有《匆匆》《春》《绿》《背影》《荷塘月色》等。

1923年仲夏之夜，朱自清偕同俞平伯泛游六朝金粉遗址秦淮河，并同以《桨声灯影里的秦淮河》为题作文，各表心迹。正如俄罗斯文学巨匠屠格涅夫所说："在文学天才身上……自己的声音是重要的。生动的、自己特有的声调，其他任何人喉咙里都发不出的声调是重要的。"朱、俞二人的这一同题散文由于各自创作个性不同而风格迥异，各具特色。对此，阿英在《朱自清小品序》中曾引李素伯颇有见地的一段评论，借比较朱、俞二人同中见异的创作内质来确认朱自清散文的创作追求——"我们觉得同是细腻的描写，俞先生的是细腻而委婉，朱先生的是细腻而深秀；同是缠绵的情致，俞先生的是缠绵里满蕴着温煦浓郁的氛围，朱先生的是缠绵里多含有眷恋悱恻的气息。如用作者自己的话来概括，则俞先生的是'朦胧之中似乎胎孕着一个如花的笑'，而朱先生的是'仿佛远处高楼上渺茫的歌声似的'"。

朱自清的《桨声灯影里的秦淮河》写于1923年10月11日，原载于1924年1月25日《东方杂志》21卷第2号。在这篇散文里，作者无论是追索、描摹虚幻的美景，还是抒写充溢心中的"充满了幻灭的情思"，"桨声灯影里的秦淮河"都被涂抹上了一层浓重的个性色彩和自我情调，正如王国维所说的"有我之境""物皆着我之色彩"。这里的"我之色彩"是一种难以言说又令人迷醉的风致，即所谓"惆怅"。用作家自己的话说："一例是甜蜜蜜而又酸溜溜的。这便合了我别一种滋味，就是所谓惆怅。"在散文前半部分的描"声"绘"影"中，作者并非忘却自我而完全沉醉其中，而是有意无意始终与眼前景致保持一定距离，处于追求梦境与返回现实的交错情境之中，其情绪基调委婉纤丽又夹杂着淡淡愁绪与丝丝惆怅。如写到夜幕垂下，大小船只都点起了灯火时，河面上泛起"一片朦胧的烟霭"，水波里"逗起缕缕的明漪"，作者置身其中，"听着那悠然的间歇的桨声"，情不自禁发出"谁能不被引入他的美梦去"的感叹。然而，还未来得及进一步绘景抒情，愁思即超过陶醉袭上心头，"只愁梦太多了，这些大小船儿如何载得起呀？"看似不和谐之音实则最好地表达了作者敏感微妙的复杂心绪。作者笔下的河水都是冷色调的，如"碧阴阴的""冷冷的绿着""尽是这样静静的、冷冷的绿着""黯淡的水光，像梦一般"，这些迷离、清灵、幽冷的修饰，始终无法叫人痛快地畅朗，其中隐隐传达出作者主观执着与拘谨并存的矛盾情思。

作品后一部分写拒绝歌妓卖唱的情景，是行文的重点所在，也是集中突出体现作者既寻求身心畅达又难以彻底超脱的内心冲突之所在。作者先是被四面隐约传来的"歌声诱惑了",然而当歌妓的船驶过来时,他又红着脸做了灰色的拒绝。按照传统道德和社会价值判断,做妓女是一种不正当的职业,对她们应哀矜而勿喜,更不应赏玩她们的歌,本我感官的享受被超我的道德所降服。可是拒绝之后,心里觉得"很怅怅的","更有一种不足之感",这时的作者便又"憧憬着贴耳的妙音"了。歌舫来时,他"固执地盼望着,有如饥渴";歌舫去时,"思绪又如潮涌",怅然若失,心中甜甜酸酸地放不下。最后在弩末的游踪里,当那圆转的歌声再次袅袅传来时,作者无法消受的懊恼又增长了,"船里便载满了怅惘"。作者抒写自己对歌妓心欲近而身又拒的情致,反反复复,层层叠叠,极其缠绵悱恻。而在俞平伯的散文中,则是旷达通脱,听之任之,尽兴而归,获得"圆足的醉,圆足的意,圆足的颓弛",完全没有朱自清这种甜酸的惆怅。

  本文是一篇漂亮缜密、清新秀丽的现代散文,曾被誉为"美文"典范。朱自清精通古典文学,也深谙传统艺术技法。清人刘熙载在《艺概》中总结散文的艺术文眼为"揭全文之旨,或在篇首,或在篇中,或在篇末,在篇首则后必顾之,在篇末则前必注之,在篇中则前注之,后顾之"。本文篇首设文眼"桨声汩——汩,我们开始领略那晃荡着蔷薇色的历史的秦淮河的滋味了",意在追怀历史艳迹,寻求美妙梦境,逃遁现实骚扰。篇末则写到"我们默然地对着,静听那汩——汩的桨声,几乎要入睡了;朦胧里却温寻着适才的繁华的余味",这里的桨声带上了未尽兴的失落,与文首互映互照。以"汩——汩"桨声作文眼,既使文章首尾相照应、相对比,又富于个性地呈现了作者本人的情感流变,起到卒章显志的妙用。

(李梦遥)

给我的孩子们

丰子恺

我的孩子们！我憧憬于你们的生活，每天不止一次！我想委曲地说出来，使你们自己晓得。可惜到你们懂得我的话的意思的时候，你们将不复是可以使我憧憬的人了。这是何等可悲哀的事啊！

瞻瞻！你尤其可佩服。你是身心全部公开的真人。你什么事体都像拼命地用全副精力去对付。小小的失意，像花生米翻落地了，自己嚼了舌头了，小猫不肯吃糕了，你都要哭得嘴唇翻白，昏去一两分钟。外婆普陀去烧香买回来给你的泥人，你何等鞠躬尽瘁地抱他，喂他；有一天你自己失手把他打破了，你的号哭的悲哀，比大人们的破产、失恋、broken heart（心碎）、丧考妣、全军覆没的悲哀都要真切。两把芭蕉扇做的脚踏车，麻雀牌堆成的火车、汽车，你何等认真地看待，挺直了嗓子叫"汪——""咕咕咕……"，来代替汽笛。宝姐姐讲故事给你听，说到"月亮姐姐挂下一只篮来，宝姐姐坐在篮里吊了上去，瞻瞻在下面看"的时候，你何等激昂地同她争，说"瞻瞻要上去，宝姐姐在下面看"！甚至哭到漫姑面前去求审判。我每次剃了头，你真心地疑我变了和尚，好几时不要我抱。最是今年夏天，你坐在我膝上发现了我腋下的长毛，当作黄鼠狼的时候，你何等伤心，你立刻从我身上爬下去，起初眼瞪瞪地对我端相，继而大失所望地号哭，看看，哭哭，如同对被判定了死罪的亲友一样。你要我抱你到车站里去，多多益善地要买香蕉，满满地撑了两手回来，回到门口时你已经熟睡在我的肩上，手里的香蕉不知落在哪里去了。这是何等可佩服的真率、自然与热情！大人间的所谓"沉默""含蓄""深刻"的美德，比起你来，全是不自然的、病的、伪的！

你们每天做火车、做汽车、办酒、请菩萨、堆六面画、唱歌，全是自动的，创造创作的生活。大人们的呼号"归自然！""生活的艺术化！""劳动的艺术化！"在你们面前真是出丑得很了！依样画几笔画，写几篇文的人称为艺术家、创作家，对你们更要愧死！

你们的创作力，比大人真是强盛得多哩：瞻瞻！你的身体不及椅子的一半，却常常要搬动它，与它一同翻倒在地上；你又要把一杯茶横转来藏在抽斗里，要皮球停在壁上，要拉住火车的尾巴，要月亮出来，要天停止下雨。在这等小小的事件中，明明表示着你们的弱小的体力与智力不足以应付强盛的创作欲、表现欲的驱使，因而遭逢失败。然而你们是不受大自然的支配，不受人类社会的束缚的创造者，所以你的遭逢失败，例如火车尾巴拉不住，月亮呼不出来的时候，你们决不承认是事实的不可能，总以为是爹爹妈妈不肯帮你们办到，同不许你们弄自鸣钟同例，所以愤愤地哭了，你们的世界何等广大！

你们一定想：终天无聊地伏在案上弄笔的爸爸，终天闷闷地坐在窗下弄引线的妈妈，是何等无气性的奇怪的动物！你们所视为奇怪动物的我与你们的母亲，有时确实难为了你们，摧残了你们，回想起来，真是不安心得很！

阿宝！有一晚你拿软软的新鞋子，和自己脚上脱下来的鞋子，给凳子的脚穿了,划袜立在地上,得意地叫"阿宝两只脚,凳子四只脚"的时候,你母亲喊着"龌龊了袜子!"立刻擒你到藤榻上,动手毁坏你的创作。当你蹲在榻上注视你母亲动手毁坏的时候,你的小心里一定感到"母亲这种人,何等杀风景而野蛮"吧!

瞻瞻!有一天开明书店送了几册新出版的毛边的《音乐入门》来。我用小刀把书页一张一张地裁开来,你侧着头,站在桌边默默地看。后来我从学校回来,你已经在我的书架上拿了一本连史纸印的中国装的《楚辞》,把它裁破了十几页,得意地对我说:"爸爸!瞻瞻也会裁了!"瞻瞻!这在你原是何等成功的欢喜,何等得意的作品!却被我一个惊骇的"哼!"字喊得你哭了。那时候你也一定抱怨"爸爸何等不明"吧!

软软!你常常要弄我的长锋羊毫,我看见了总是无情地夺脱你。现在你一定轻视我。想道:"你终于要我画你的画集的封面!"

最不安心的,是有时我还要拉一个你们所最怕的陆露沙医生来,教他用他的大手来摸你们的肚子,甚至用刀来在你们臂上割几下,还要教妈妈和漫姑擒住了你们的手脚,捏住了你们的鼻子,把很苦的水灌到你们的嘴里去。这在你们一定认为是太无人道的野蛮举动吧!

孩子们!你们果真抱怨我,我倒欢喜;到你们的抱怨变为感谢的时候,我的悲哀来了!

我在世间,永没有逢到像你们这样出肺肝相示的人。世间的人群结合,永没有像你们样的彻底地真实而纯洁。最是我到上海去干了无聊的所谓"事"回来,或者去同不相干的人们做了叫作"上课"的一种把戏回来,你们在门口或车站旁等我的时候,我心中何等惭愧又欢喜!惭愧我为什么去做这等无聊的事,欢喜我又得暂时放怀一切地加入你们的真生活的团体。

但是,你们的黄金时代有限,现实终于要暴露的。这是我经验过来的情形,也是大人们谁也经验过的情形。我眼看见儿时的伴侣中的英雄、好汉，一个个退缩、顺从、妥协、屈服起来，到像绵羊的地步。我自己也是如此。"后之视今，亦犹今之视昔"，你们不久也要走这条路呢！

　　我的孩子们！憧憬于你们的生活的我，痴心要为你们永远挽留这黄金时代在这册子里。然这真不过像"蜘蛛网落花"，略微保留一点春的痕迹而已。且到你们懂得我这片心情的时候，你们早已不是这样的人，我的画在世间已无可印证了！这是何等可悲哀的事啊！

作者简介

　　丰子恺（1898—1975），现代著名散文家、画家、文学家、美术与音乐教育家。著有《缘缘堂随笔》《车厢社会》《子恺小品集》《缘缘堂再笔》等，另有《子恺画集》《子恺漫画》，并译有《源氏物语》等。

　　"漫画"与"随笔"对于丰子恺而言是一对孪生姐妹，"在得到一个主题之后，宜于用文字表达的就写随笔，宜于用形象表达的就作漫画"。（丰子恺语，《丰子恺传》）郁达夫则认为其散文胜于漫画："人家只晓得他的漫画入神，殊不知他的散文，清幽玄妙，灵达处反远出他的画笔之上。"（郁达夫：《中国新文学大系·散文二集·导言》）丰子恺的散文创作始于1925年，1931年1月上海开明书店出版第一本散文集《缘缘堂随笔》，之后，其大部分散文收集在《随笔二十篇》《缘缘堂再笔》《车厢社会》《子恺小品集》《缘缘堂随笔集》等集子里。

　　《给我的孩子们》写于1926年底，是为1927年开明书店出版的《子恺画集》的"代序"，后收入1934年上海天马书店出版的《随笔二十篇》。本文充分体现了丰子恺散文率真、坦荡、亲切的艺术特色。他能够将日常琐屑生活中的零星情味信手拈来，涉笔成趣，并把自我完全融入作品，坦率真诚、朴实自然、无拘无束地投注情感。

留恋童年、赞美童真是这篇散文的重要内容。作者在文章开篇便以饱满的热情讴歌儿童，表达自己对纯净的儿童世界的向往——"我的孩子们！我憧憬于你们的生活，每天不止一次！"接下来，他以细致幽默的笔触活化出瞻瞻纯真无邪的神态言行："小小的失意，像花生米翻落地了，自己嚼了舌头了，小猫不肯吃糕了，你都要哭得嘴唇翻白，昏去一两分钟。"当瞻瞻坐在作者膝上发现了他腋下的长毛时，便将作者当成了黄鼠狼，无比悲伤难过，"立刻从我身上爬下去"，"眼睁睁地对我端相"，接着又"大失所望地号哭，看看，哭哭，如同对被判定了死罪的亲友一样"。作者敏锐地捕捉住这一生活细节，几个生动贴切的动作描写便将瞻瞻至纯至善的可爱形象跃然纸上。作者还满怀诚挚盛赞孩子们的创造力，如阿宝拿自己软软的新鞋子给凳子穿上了，还得意地叫着"阿宝两只脚，凳子四只脚"。瞻瞻学"我"用小刀裁开书页的样子，把《楚辞》裁破了十几页，却洋洋自得地对"我"宣称："爸爸！瞻瞻也会裁了！"

然而，这篇散文的意旨情趣并不仅仅止于对儿童的颂赞歌咏。作者用心绘刻理想的儿童世界，实际上是为了寻得一个可以逃避恶浊现实的地方。与孩子们的纯真善良相比，他认为现实社会和成人世界是恶浊病态的，"大人间的所谓'沉默''含蓄''深刻'的美德，比起你来，全是不自然的、病的、伪的"。作者感叹儿童总是要长大，"黄金时代"结束后终要陷入浑浊的现实潮流中，由儿时的"英雄""好汉"变得"退缩、顺从、妥协、屈服起来，到像绵羊的地步"。正是因为不满于虚伪倾轧、贪婪凡庸的世俗现实，作者才格外崇尚"彻底地真实而纯洁"的儿童世界。他曾将黄庭山的诗刻在烟斗上："吾爱童子身，莲花不染尘。骂骂唯解笑，打亦不生嗔。对境心常定，逢人语自新。可慨年既长，物欲蔽天真。"

本文小中见大，构思精巧，以质朴纯善的儿童世界、童年生活暗示污秽虚空的社会现实，从平凡琐屑事物中写出深刻的人生哲理。丰子恺曾在《丰子恺画集》的《代自序》诗中说"最喜小中能见大，还求弦外有余音"。《给我的孩子们》正充分体现了他力求托物言志、执着于"弦外有余音"美学境界的艺术追求。而这种艺术偏好从一个侧面也反映出作者的人生态度和处世观念。1946年4月，抗战胜利后丰子恺在《读〈缘缘堂随笔〉》一文中自述："我自己明明觉得，我是一个二重人格的人。一方面是一个已近知命之年的、三男四女俱已长大的、虚伪的、实利的老人；另一方面又是一个天真的、热情的、好奇的、不通世故的孩子。这两种人格，常常在我心中交战，虽然有时或胜或败，或起或伏，但总归势均力敌，不相上下，始终在我心中对峙着。为了这两者的侵略与抗战，我精神上受了不少的苦痛。"这种矛盾的思想状态贯穿了其散文创作的每个时期，"出世"与"入世"共存于一个丰子恺中。

另外，《给我的孩子们》一文以朴素自然的形式和明白如画的文字，铺陈出一个生趣盎然的属于儿童自己的理想空间；同时又以第二人称指称对象的直接抒情方式，洋溢倾泻着对孩子们的真情实感，造成全文舒缓而不失激扬、浓烈而不失稳重的情绪氛围。丰子恺的散文和他的漫画一样，皆具幽默诙谐、风趣俗白的特色，使读者在阅读中体验到一种感同身受的生活亲和力。

（李梦遥）

大明湖之春

老舍

　　北方的春本来就不长,还往往被狂风给七手八脚地刮了走。济南的桃李丁香与海棠什么的,差不多年年被黄风吹得一干二净,地暗天昏,落花与黄沙卷在一处,再睁眼时,春已过去了!记得有一回,正是丁香乍开的时候,也就是下午两三点钟吧,屋中就非点灯不可了;风是一阵比一阵大,天色由灰而黄而深黄,而黑黄,而漆黑,黑得可怕。第二天去看院中的两株紫丁香,花已像煮过一回,嫩叶几乎全破了!济南的秋冬,风倒很少,大概都留在春天刮呢。

　　有这样的风在这儿等着,济南简直可以说没有春天,那么,大明湖之春更无从说起。

　　济南的三大名胜,名字都起得好:千佛山,趵突泉,大明湖,都多么响亮好听!一听到"大明湖"这三个字,便联想到春光明媚和湖光山色等等,而心中浮现出一幅美景来。事实上,可是,它既不大,又不明,也不湖。

　　湖中现在已不是一片清水,而是用坝划开的多少块"地"。"地"外留着几条沟,游艇沿沟而行,即是逛湖。水田不需要多么深的水,所以水黑而不清;也不要急流,所以水定而无波。东一块莲，西一块蒲，土坝挡住了水，蒲苇又遮住了莲，一望无景，只见高高低低的"庄稼"。艇行沟内，如穿高粱地然，热气腾腾，碰巧了还臭气粗粗。夏天总算还好，假若水不太臭，多少总能闻到一些荷香，而且必能看到些绿叶儿。春天，则下有黑汤、旁有破烂的土坝；风又那么野，绿柳新蒲东倒西歪，恰似挣命。所以，它既不大，又不明，也不湖。

话虽如此，这个湖到底得算个名胜。湖之不大与不明，都因为湖已不湖。假若能把"地"都收回，拆开土坝，挖深了湖身，它当然可以马上既大且明起来：湖面原本不小，而济南又有的是清凉的泉水呀。这个，也许一时做不到。不过，即使做不到这一步，就现状而言，它还应当算作名胜。北方的城市，要找有这么一片水的，真是好不容易了。千佛山满可以不算数儿，配作个名胜与否简直没多大关系，因为山在北方不是什么难找的东西呀。水，可太难找了。济南城内据说有七十二泉，城外有河，可是还非有个湖不可。泉，池，河，湖，四者具备，这才显出济南的特色与可贵。它是北方唯一的"水城"，这个湖是少不得的。设若我们游湖时，只见沟而不见湖，请到高处去看看吧，比如在千佛山上往北眺望，则见城北灰绿的一片——大明湖；城外，华鹊二山夹着弯弯的一道灰亮光儿——黄河。这才明白了济南的不凡，不但有水，而且是这样多呀。

况且，湖景若无可观，湖中的出产可是很名贵呀。懂得什么叫作美的人或者不如懂得什么好吃的人多吧，游过苏州的往往只记得此地的点心。逛过西湖的提起来便念道那里的龙井茶，藕粉与莼菜什么的，吃到肚子里的也许比一过眼的美景更容易记住，那么大明湖的蒲菜，茭白，白花藕，还真许是它驰名天下的重要原因呢。不论怎么说吧，这些东西既都是水产，多少总带着些南国风味；在夏天，青菜挑子上带着一束束的大白莲花蕾葵出卖，在北方大概只有济南能这么"阔气"。

我写过一本小说——《大明湖》——在"一·二八"与商务印书馆

一同被火烧掉了。记得我描写过一段大明湖的秋景，词句全想不起来了，只记得是什么什么秋。桑子中先生给我画过一张油画，也画的是大明湖之秋，现在还在我的屋中挂着。我写的，他画的，都是大明湖，而且都是大明湖之秋，这里大概有点意思。对了，只是在秋天，大明湖才有些美呀。济南的四季，唯有秋天最好，晴暖无风，处处明朗。这时候，请到城墙上走走，俯视秋湖，败柳残荷，水平如镜；唯其是秋色。所以连那些残破的土坝也似乎正与一切景物配合：土坝上偶尔有一两截断藕，或一些黄叶的野蔓，配着三五枝芦花，确是有些画意。"庄稼"已都收了，湖显着大了许多，大了当然也就显着明。不仅是湖宽水净，显着明美，抬头向南看，半黄的千佛山就在面前，开元寺那边的"橛子"——大概是个塔吧——静静地立在山头上。往北看，城外的河水很清，菜畦中还生着短短的绿叶。往南往北，往东往西，看吧，处处空阔明朗，有山有湖，有城有河，到这时候，我们真得到个"明"字了。桑先生那张画便是在北城墙上画的，湖边只有几株秋柳，湖中只有一只游艇，水作灰蓝色，柳叶儿半黄。湖外，他画上了千佛山；湖光山色，连成一幅秋图，明朗，素净，柳梢上似乎吹着点不大能觉出来的微风。

对不起，题目是大明湖之春，我却说了大明湖之秋，可谁教亢德先生出错了题呢！

作者简介

老舍（1899—1966），现代著名小说家、文学家、戏剧家。著有《骆驼祥子》《四世同堂》《赵子曰》《老张的哲学》《离婚》等长篇小说，《茶馆》《龙须沟》等话剧，多篇文章被选入课本，如《我的母亲》《济南的冬天》《想北平》《猫》等。

老舍先生的创作，唯其一个"真"字便足以深深地打动人们的心灵。从《大明湖之春》里，我们读到的似乎并不如我们看到题目后便自然联想到的——是赞美大明湖优美的自然风光的散文。相反，作者手下描绘的却是"既不大，又不明，也不湖"的甚至是丑的大明湖的"春景"。这似乎不太合情，但却是极为合理的。老舍先生太熟悉太了解济南了，它的美已经内化在作者的心中，融入了他的日常生活当中。"距离产生美"，正如作者所写"设若我们游湖时，只见沟而不见湖，请到高处去看看吧，比如在千佛山上向北眺望……这才明白了济南的不凡……"没有了审美距离发现的是美之下的"真"，在济南生活过的人都会深切地感受到作者无论对北方之春还是春之大明湖的描写是多么真。尽管"真"有时给人的是一种失望和感伤，但这种"真"却使读者的心随着行文同作者一起波动。

或许"大明湖之春"在作者心中并不仅仅是春天才能表现出来的，它的"春"意已融入作者的一年四季和生活起居。因而，作者似乎节外生枝地描写了与大明湖之春无关的"美"：大明湖水产和特产的美，秋天风景的美，画大明湖之秋的图画美。这"三美"显示出了大明湖的特色和可贵，也给读者心中带来明朗和淡淡的"春"意。"现在还在我的屋中挂着"的"大明湖之秋"图也时时在作者心中散发出悠远的美感和"春"意吧！

老舍先生是极为崇尚自然美的，这在行文中有着深刻的体现。他喜欢自然界的空阔明朗，不喜欢人工的雕饰。用坝划开的"地"，"地"里种的"庄稼"及"地"外留着的几条沟，使大明湖水黑而不清且一望无景。正是这种人为的加工使得大明湖丧失了原有的明美。"假若能把'地'都收回，拆开土坝，挖深了湖身，它当然可以马上既大且明起来。"

去除人工雕琢的痕迹,恢复自然,才能返璞归真,契合作者自然恬淡的内心和自然美的审美理想。然而作者也知道这"一时做不到",即使大明湖"已不湖",但从"北方的城市,要找有这么一片水的,真是好不容易了"。因而作者只有在"庄稼"都收了的"败柳残荷"的秋湖和有着湖光山色、素净明朗的秋景图中寻觅其自然美的审美理想之所在了。

　　老舍先生是位语言大师。他的语言幽默风趣、平实自然,在这篇散文中时有体现。在对"无从说起"的大明湖之春的叙说里,仍然含着浓浓的诗意:说北方风大,春天"往往被狂风给七手八脚地刮了走","花已像煮过一回";说大明湖名不副实,写道"它既不大,又不明,也不湖",以及文中对湖的描写,都很有趣。作者借这种幽默风趣的语言,拉开了我们与实物的距离,将现实的"丑"淡化,以丑化美,用诗意弥补了对大明湖之春的"失意",也灌注了艺术美的生气。

(张　莹)

说几句爱海的孩气的话

冰 心

白发的老医生对我说:"可喜你已大好了。城市与你不宜,今夏海滨之行,也是取消了为妙。"

这句话如同平地起了一个焦雷!

学问未必都在书本上。纽约,康桥,芝加哥这些人烟稠密的地方,终身不去也没有什么。只是说不许我到海边去,这却太使我伤心了。

我抬头张目地说:"不,你没有阻止我到海边去的意思!"

他笑说:"是的,我不愿意你到海边去,太潮湿了,于你新愈的身体没有好处。"

我们争执了半点钟,至终他说:"那么你去一个礼拜罢!"他又笑说:"其实秋后的湖上,也够你玩的了!"

我爱慰冰,无非也是海的关系。若完全的叫湖光代替了海色,我似乎不大甘心。

可怜,沙穰的六个多月,除了小小的流泉外,连慰冰都看不见!山也是可爱的,但和海比,的确比不起,我有我的理由!

人常常说"海阔天空"。只有在海上的时候,才觉得天空阔远到了尽量处。在山上的时候,走到岩壁中间,有时只见一线天光。即或是到了山顶，而因着天末是山，天与地的界线便起伏不平，不如水平线的齐整。

海是蓝色灰色的。山是黄色绿色的。拿颜色来比，山也比海不过。蓝色灰色含着庄严淡远的意味，黄色绿色却未免浅显小方一些。固然我们常以黄色为至尊，皇帝的龙袍是黄色的，但皇帝称为"天子"，天比皇帝还尊贵，而天却是蓝色的。

海是动的，山是静的。海是活泼的，山是呆板的。昼长人静的时候，天气又热，凝神望着青山，一片黑郁郁的连绵不动，如同病牛一般。而海呢，你看她没有一刻静止！从天边微波粼粼的直卷到岸边，触到崖石，更欣然地溅跃了起来，开了灿然万朵的银花！

四围是大海，与四围是乱山，两者相较，是如何滋味，看古诗便可知道。比如说海上山上看月出，古诗说："南山寒天地，日月石上生。"细细咀嚼，这两句形容乱山，形容得极好，而光景何等臃肿，崎岖，僵冷？读了不使人生快感。而"海上生明月，天涯共此时"也是月出，光景却何等妩媚，遥远，璀璨！

原也是的，海上没有红，白，紫，黄的野花，没有蓝雀，红襟等美丽的小鸟。然而野花到秋冬之间，便都萎谢，反予人以凋落的凄凉。海上的朝霞晚霞，天上水里反映到不止红白紫黄这几个颜色。这一片花，却是四时不断的。说到飞鸟，蓝雀，红襟自然也可爱。而海上的沙鸥，白胸翠羽，轻盈地飘浮在浪花之上，"凌波微步，罗袜生尘"，看见蓝雀，红襟，只使我联忆到"山禽自唤名"。而见海鸥，却使我联忆到千古颂赞美人，颂赞到绝顶的句子，是"婉若游龙，翩若惊鸿"！

在海上又使人有透视的能力，这句话天然是真的！你倚栏俯视，你不由自主地要想起这万顷碧琉璃之下，有什么明珠，什么珊瑚，什么龙女，什么鲛纱。在山上呢，很少使人想到山石黄泉以下，有什么金银铜铁。因为海水透明，天然的有引人们思想往深里去的趋向。

简直越说越没有完了,总而言之,统而言之,我以为海比山强得多,说句极端的话,假如我犯了天条,赐我自杀,我也愿投海,不愿坠崖。

争论真有意思!我对于山和海的品评,小朋友们愈和我辩驳愈好。"人心之不同,各如其面",这样世界上才有个不同的变换。假如世界上的人都是一样的脸,我必不愿见人。假如天下的人都是一样的嗜好,穿衣服的颜色式样都是一般的,则世界成了一个大学校,男女老幼都穿一样的制服,想至此不但好笑,而且无味!再一说,如大家都爱海呢,大家都搬到海上去,我又不得清静了!

> **作者简介**
> 冰心(1900—1999),现代著名诗人、作家、翻译家、儿童文学家。代表作有《繁星》《春水》《寄小读者》《再寄小读者》等,散文集有《樱花赞》《拾穗小札》《往事》《南归》等。

冰心的散文是美文,美在它的清新隽丽、空灵澄澈、自然飘逸。

这篇散文如行云流水,说着作者心中想说的话,娓娓而谈,处处显示出轻快流转、自然清丽的美感,是作者性情的自然流露。对自然中大海的深深挚爱之情与"孩气"的话语调子相依相承,如月光下潺潺的流水拨动着读者的心弦,让人顿生亲切、愉悦之感。

"说几句爱海的孩气的话"题目本身就蕴含了无限的情趣意蕴,"说几句"话的朴实平易,"孩气"的清新纯稚,拉近了作者与读者的距离,激发了读者阅读的兴致。

散文以白发老医生对我的建议与我们之间的争执起笔,"不许我到海边去,这却太使我伤心了"从而引出大海在我心目中不可替代的位置,倾诉着我对海的深挚的情感。既而,文随情生,"我"神往的海是魅力无穷的。为体现海的无穷魅力,作者将大自然中另一种蕴藏无穷美的山与之相对比,将爱海的原因逐一铺陈开来,一贬一褒,将作者对海"偏执"的爱惟妙惟肖地表现出来。山的雄浑壮美、缤纷烂漫、飞鸟逐乐也是美的,而作者却硬要把它拿来与海对比并排出高下也真是"孩气的话"。这里作者自我性情的流露不矫饰造作,如同童稚般的臆断与挚爱,恰到好处。

"争论真有意思"一句话,将作者对海的偏执的爱拉回到现实中。"人心之不同,各如其面",正是有了各自不同的喜好与追求,人们才成就了自己,区别于他人。人本属性情之物,倘若举手投足、脾性嗜好皆有相似,那么世界也就失去了多样性、复杂性,也就平淡无味了。正所谓仁者见仁,智者见智,有"爱海的孩气的话",自然容许"爱山的孩气的话"的存在!

散文中对于山和海的对比极为精妙,在一贬一褒中,将作者眼中、心中的海描绘得美妙动人、灵性十足;与此同时,作为对立面的山的特色也显现无遗。"海阔天空"与岩壁间的一丝天光,天与地界线的起伏不定与海天相接的水平齐整,海的动与山的静,海的活泼与山的呆板,日出海上的妩媚、遥远、璀璨与日出山上的臃肿、崎岖、僵冷,海鸥的翩若惊鸿与山鸟的"自唤名"……这所有的对比,从视野、色彩、状态、给人的遐想等方面展开,抓住了山与海各自的特征,描述得有声有色,也给山与海涂抹上了作者鲜明的情感色彩,牵引着读者的思绪向海靠拢,与山渐行渐远。这些"孩气"的话,真真是无拘无束、自由不羁的,也只有"孩气"方能传达作者如此的一种深深的挚情,情有所钟,情有独钟!

作者有意识地用"孩气"二字为散文立意,摆脱了"造"文的嫌疑,通过描写自我的认识与感受,将"孩气"的话转换为一种平实自然、饶有风趣的散文美,足见作者技高一筹!

(刘新英)

常德的船

沈从文

　　常德就是武陵，陶潜的《续搜神记》上《桃花源记》说的渔人老家，应当摆在这个地方。德山在对河下游，离城市二十余里，可说是当地唯一的山。汽车也许停德山站，也许停县城对河另一站。汽车不必过河，车上人却不妨过河，看看这个城市的一切。地理书上告给人说这里是湘西一个大码头，是交换出口货与入口货的地方。桐油、木料、牛皮、猪肠子和猪鬃毛、烟草和水银、五棓子和鸦片烟，由川东、黔东、湘西各地用各色各样的船只，装载到来，这些东西是全得由这里转口，再运往长沙、武汉的。子盐、花纱、布匹、洋货、煤油、药品、面粉、白糖，以及各种轻工业日用消耗品和必需品，又由下江轮驳运到，也得从这里改装，再用那些大小不一的船只，分别运往沅水各支流上游大小码头去卸货的。市上多的是各种庄号。各种庄号上的坐庄人，便在这种情形下成天如一个磨盘，一种机械，为职务来回忙。邮政局的包裹处，这种人进出最多。长途电话的营业处，这种坐庄人是最大主顾。酒席馆和妓女的生意，靠这种坐庄人来维持。

　　除了这种繁荣市面的商人，此外便是一些寄生于湖田的小地主，作过知县的小绅士，各县来的男女中学生，以及外省来的参加这个市面繁荣的掌柜、伙计、乌龟、王八。全市人口过十万，街道延长近十里，一个过路人到了这个城市中时，便会明白这个湘西的咽喉，真如所传闻，地方并不小。可是却想不到这咽喉除吐纳货物和原料以外，还有些什么东西。作这种吐纳工作，责任大，工作忙，性质杂，又是些什么人。假若一旦没有了他们，这城市会不会忽然成为河边一个废墟？这种人照例触目可见，水上城里无一不可以碰头，却又最容易为旅行者所疏忽。我想说的是真正在控制这个咽喉支配沅水流域的几万船户。

这个码头真正值得注意令人惊奇处，实在也无过于船户和他所操纵的水上工具了。要认识湘西，不能不对他们先有一种认识。要欣赏湘西地方民族特殊性，船户是最有价值材料之一种。

一个旅行者理想中的武陵，渔船应当极多。到了这里一看，才知道水面各处是船只，可是却很不容易发现一只渔船。长河两岸浮泊的大小船只，外行人一眼看去，只觉得大同小异。事实上形制复杂不一，各有个性，代表了各个地方的个性。让我们从这方面来多知道一点点，对于我们也许有些便利处。

船只最触目的三桅大方头船，这是个外来客，由长江越湖来的，运盐是它主要的职务，它大多数只到此为止，不会向沅水上游走去。普通人叫它做"盐船"，名实相符。船家叫它作"大鳅鱼头"《金佗稡编》上载岳飞在洞庭湖水擒杨幺故事，这名字就见于记载了，名字虽俗，来源却很古。这种船只大多数是用乌油漆的，所以颜色多是黑的。这种船按季候行驶，因为要大水大风方能行动。杜甫诗上描绘的"洋洋万斛船，影若扬白虹"，也许指的就是这种水上东西。

比这种盐船略小，有两桅或单桅，船身异常秀气，头尾忽然收敛，令人入目起尖锐印象，全身是黑的，名叫"乌江子"。它的特长是不怕风浪，运粮食越湖。它是洞庭湖上的竞走选手。形体结构上的特点是桅高、帆大、深舱、锐头。盖舱篷比船身小，因为船舷外还有护舱板。弄船人同船只本身一样，一看很干净秀气斯文。行船既靠风，上下行都使帆，所以帆多整齐，船上用的水手不多，仅有的水手会拉篷、摇橹、撑篙，不会荡桨，——这种船上便不常用桨。放空船时妇女还可代劳掌舵。这种船间或也沿河上溯，数目极少，船身材料薄，似不宜于冒险。这种船在沅水流域也算是外来客。

在沅水流域行驶，表现得富丽堂皇，气象不凡，可称为巨无霸的船只，应当数"洪江油船"。这种船多方头高尾，颜色鲜明，间或且有一点金漆装饰。尾梢有舵楼，可以安置家眷。大船下行可载三四千桶桐油，上行可载两千件棉花，或一票食盐。用橹手二十六人到四十人，用纤手三十人到六七十人。必待春水发后方上下行驶，路线系往返常德和洪江。每年水大至多上下三五回，其余大多时节都在休息中，成排结队停泊河面，俨然是河上的主人。船主照例是麻阳人，且照例姓滕，善交际，礼数清楚。常与商号中人拜把子，攀亲家。行船时站在船后檀木舵把边，神气庄严中带点从容不迫神气，口中含了短烟管，一面看水，一面吸烟。遇有身份的客人搭船，喝了一杯酒后，便向客人一五一十叙述这只油船的历史，载过多少有势力的军人、阔佬，或名驰沅水流域的妓女。换言之，就是这只船与当地历史发生多少关系！这种船只上的一切东西，无一不巨大坚实。船主的装束在船上时看不出什么特别处，上岸时却穿长袍（下脚过膝三四寸），罩青羽绫马褂，戴呢帽或小缎帽，佩小牛皮抱肚，用粗大银链系定，内中塞满了银元。穿生牛皮靴子，走路时踏得很重。个子高高的，瘦瘦的。有一只大手，手上满是黄毛和青筋。会喝酒、打牌，且豪爽大方。水手多强壮勇敢，眉目精悍，善唱歌、泅水、打架、骂野话。下水时如一尾鱼，上岸接近妇人时像一只小公猪。白天弄船，晚上玩牌，同样做得极有兴致。船上人虽多，却各有所事，从不紊乱。舱面永远整洁如新。拔锚开头时，必擂鼓敲锣，燃放千子头鞭炮，表示人神和乐，共同帮忙,一路福星。在行船仪式中与歌声中,使人想起两千年前《楚辞》发生的原因,现在还好好的保留下来,今古如一。

比洪江油船小些,形式仿佛也较笨拙些(一般船只用木板做成,这种船竟像用木柱做成),平头大尾,一望而知船身十分坚实,有斗拳师的神气,名叫"白河船"。白河即酉水的别名。这种船只即行驶于沅水由常德到沅陵一段,酉水由沅陵到保靖一段。酉水滩流极险,船只必经得起磕撞。船只必载重方能压浪,因此尾部如臀,大而圆。下行时船头缚大木桡两把,木桡的用处是船只下滩,转头时比舵切于实际。照水上人俗谚说"三桨不如一篙,三橹不如一桡"。桡读作招。酉水浅而急,不常用橹,篙桨用处多,因此篙多特别长大,桨较粗硕,肥而短。船篷用棕子叶编成,不涂油。船主多永顺保靖人,姓向、姓王、姓彭占多数。酉水滩流多,为应付自然,弄船人所需要的勇敢能耐也较多。行船时常用相互诅骂代替共同唱歌,为的是受自然限制较多,脾气比较坏一点。酉水是传说中古代藏书洞穴所在地,多的是高大宏敞充满神秘的洞穴。由沅陵起到酉阳止,沿酉水流域的每个县份总有几个洞穴。可是如沅陵的大酉洞、保靖的狮子洞、酉阳的龙洞,这些洞穴纵有书籍也早已腐烂了。到如今这条河流最多的书应当是历书,每一条船上照例都有一本皇历,船家禁忌多,历书是他们行动的宝贝。酉水流域每个县份的船只在形式上又各不相同,不过这些小船不出白河,在常德能看到的白河油船,形体差不多全是一样。

沅水中部的辰溪县,出白石灰和黑煤,运载这两种东西的本地船只叫作"辰溪船",又名"广艑子"。它的特点和上述两种船只比较起来,显得材料脆薄而缺少个性。船身多是浅黑色,形状如土布机上的梭子,款式都不怎么高明。下行多满载这些不值钱的货物,上行因无回头货便时常放空。船身脏,所运货物又少时间性,满载下驶,危险性多,搭客不欢迎,因之弄船人对于清洁时间就不甚关心。这种船上的席篷照例是不大完整的，布帆是破破碎碎的，给人印象如一个破落户。弄船人因闲而懒，精神是显得萎靡不振的。

洞河（即泸溪）发源于乾城苗乡大小龙洞，和凤凰苗乡乌巢河。两条小河在乾城县的所里市相汇。向东流，到泸溪县，方和沅水同流。在这条河里的船就叫"洞河船"。河源由苗乡梨林地方两个洞穴中流出，河床是乱石底子，所以水特别清，特别猛。船身必须从撞磕中挣扎，河身既小，船身也较轻巧。船舷低而平，船头窄窄的。在这种船上水手中，我们可以发现苗人。不过见着他时我们不会对他有何惊奇，他也不会对我们有何惊奇。这种人一切和别的水上人都差不多，所不同处，不过是他那点老实、忠厚、纯朴、戆直性情——原人的性情，因为住在山中，比城市人保存得多点罢了。乾城人极聪明文雅，小手小脚小身材，唱山歌时嗓子非常好听，到码头边时可特别沉默安静。船只太小了，不常有机会到这大码头边靠船。这种船停泊在河面时似乎很羞怯，正如水手们上街时一样羞怯。

乾城用所里作本县吐纳货物的水码头。地方虽不大，小小石头城却很整齐干净，且出了几个近三十年来历史上有名姓的人物。段祺瑞时代的陆军总长傅良佐将军，是生长在这个小县城里的。东北军宿将，国内当前军人中称战术权威的杨安铭将军，也是这地方人。

在河上显得极活动，极有生气而且数量极多的，是普通的中型"麻阳船"。这种船头尾高举，秀拔而灵便。这种船只的出处是麻阳河（即辰溪）。每只船上都可见到妇人孩子童养媳，弄船人一面担负商人委托的事务，一面还担负上帝派定的工作。两方面都异常称职。沅水流域的转运事业，大多数由这地方人支配，人口繁荣的结果，且因此在常德城外多了一条麻阳街。"一切成功都必须争斗"，这原则也可用作麻阳街的说明。据传说，这条街是个姓滕的水手双拳打出来的。我们若有兴趣特意到那条街上走走，可知道开小铺子的，做理发店生意的，卖船上家伙的，经营皮肉生涯的，全是麻阳人，我们就会明白原来参加这种争斗，每人都有一份。麻阳人的精力绝伦处，或者与地方出产有点关系。麻阳出各种橘子，糯米亦极好，作甜酒特别相宜。人口加多，船只也越来越多，因此沅水水面的世界，一大半是麻阳人的。大凡船只停靠处，都有叫乡亲的麻阳人，乡亲所得的便利极多，平常外乡人，坐船时于是都叫麻阳人作"乡亲"。乡亲的特点是面目精悍而性情快乐，作水手的都能吃、能做、能喝、能打架。船主上岸时必装扮成为一个小乡绅，如驾洪江油船的大老板一样穿袍穿袿，着生牛皮盘云靴子，载有皮封耳的毡帽或博士帽，戴分量沉重的金戒指，皮包肚里装上洋钱，短烟管上悬个老虎爪子，一端还镶包银皮。见人就请教仙乡何处，贵府贵姓。本人大多数姓滕，名字代富宜贵。对三十年来的本省政治，比起任何地方船主都熟悉，都关心。欢喜讲礼教，臧否人物，且善于称引经典格言和当地俗谚。恭维客人时必从恭维上增多一点收入，被客人恭维时便称客人为"知己"，笑嘻嘻的请客人喝酒。妇女在船上不特对于行船毫无妨碍，且常常是一个好帮手。妇女多壮实能干，大脚大手，善于生男育女。

麻阳人中另外还有一双值得称赞的手，在湘西近百年实无匹敌，是塑像师张秋潭那一双手。

在常德水码头船只极小，飘浮水面如一匹叶子，数量之多如淡干鱼，是专载客人用的"桃源划子"。木商与烟贩，上下办货的庄客，过路的公务员，同是这种小船的主顾。船身既轻小，上下行的速度较之其他船只快过一倍，下滩时可从边上小急流走，决不会出事。在平潭中且可日夜赶程，不会受关卡留难。因此在有公路以前，这种小小船只实为沅水流域交通利器。弄船人工作不需如何紧张，收入却较多。装载客人且多阔佬，同时桃源县人的性格又特别随和（沅水一到桃源后就变成一片平潭，再无恶滩急流，自然影响到水上人性情很大），所以弄船人脾气就马虎得多。很多是瘾士，白天弄船晚上便靠灯。有些家中人说不定还留在县里经营一种不必要本钱的职业，分工合作，都不闲散。且能作客人向导，带访桃源洞的客人到所要到的地方去。

在沅水流域上下行驶，停泊到常德码头应当称为"客人"的船只，共有好几种，有从芷江上游黔东玉屏来的，有从麻阳河上游黔东铜仁来的，有从白河上游川东龙潭来的。玉屏船多就洪江转口，下行不多。龙潭船多从沅陵换货，下行不多。"铜仁船"装油碱下行的，有些庄号在常德，所以常直放常德。船只最引人注意处是颜色黄明照眼，式样轻巧，如竞赛用船。船头船尾细狭而向上翘举，舱底平浅，材料脆薄，给人视觉上感到灵便与愉快，在形式上可谓秀雅绝伦。弄船人语言清婉，装束素朴。（有些水手还穿齐膝的长衣，裹白头巾，整洁和船身极相称。船小而载重，故下行时船舷必缚茅束挡水。）这种船停泊河中，仿佛极其谦虚，一种做客应有的谦虚。然而比同样大小的船只都整齐，一种做客不能不注意的整齐。

此外常德河面还有一种船只，数量极多，有的时常移动，有的又长久停泊。这些船的形式一律是方头、方尾、无桅、无舵。用木板作舱壁，开小小窗子，木板作顶。有些当作船主的金屋，有些又作逃捕者的窟穴。船上有招纳水手客人的本地土娼，有卖烟和糖食小吃猪蹄子粉面的生意人。此外算命卖卜的，圆光关亡的，无不可以从这种船上发现。船家做寿成亲，也多就方便借这种水上人家举行，因此一遇黄道吉日总是些张灯结彩，响器声，弦索声，大小炮仗声，划拳歌呼声，点缀水面热闹。

常德县城本身也就类乎一只旱船，女作家丁玲，法学家戴修瓒，国学家余嘉锡，是这只旱船上长大的。较上游的河堤比城中高得多，涨水时水就到了城边，决堤时城四围便是水了。常德沿河的长街，街市上大小各种商铺，不下数千家，都与水手有直接关系。杂货店铺专卖船上用件及零用物，可说是它们全为水手而预备的。至如油盐、花纱、牛皮、烟草等等庄号，也可说水手是为它们而有的。此外如茶馆、酒馆、和那经营最素朴职业的户口，水手没有它不成，它没水手更不成。

　　常德城内一条长街，铺子门面都很高大（与长沙铺子大同小异，近于夸张），木料不值钱，与当地建筑大有关系。地方滨湖，河堤另一面多平田泽地，产鱼虾，莲藕，因此鱼栈莲子栈延长了长街数里。多清真教门，因此牛肉特别肥鲜。

　　常德沿沅水上行九十里，才到桃源县，再上行二十五里，方到桃源洞。千年前武陵渔人如何沿溪走到桃花源，这路线尚无好事的考古家说起。现在想到桃源访古的风雅人，大多数只好坐公共汽车去。到过了桃源，兴趣也许在彼而不在此，留下印象深刻的东西，不是那个传说的洞穴，倒是另外一些传说所不载的较新洞穴。在桃源县想看到老幼黄发垂髫怡然自乐的光景，并不容易。不过或者因为历史的传统，地方人倒很和气，保存一点古风。也知道欢迎客人，杀鸡作黍，留客住宿。虽然多少得花点钱，数目并不多。可是一个旅行者应当知道，这些人赠送游客的礼物，有时不知不觉太重了点，最好倒是别大意，莫好奇，更不要因为记起宋玉所赋的高唐神女，刘晨阮肇天台所遇的仙女，想从经验中去证实故事。换言之，不妨学个"老江湖"，少生事！这些人并不是为外来游客预备的，木竹牌商人是唯一受欢迎者。好些极大的木竹牌，到桃源后不久就无影无形不见了，照俚话所说，是"进了桃源的洞穴"的。

　　覃振先生刘铏军长同是桃源县人。桃源县有个省立第二女子师范学校，五四运动谈男女解放平等，最先要求男女同校，且实现它就是这个学校的女学生。

作者简介

　　沈从文（1902—1988），现代著名作家、历史文物研究家。代表作有小说《边城》《长河》，散文《记丁玲》等。

《常德的船》是沈从文于1944年出版的《湘西》中的一篇，其实记而不杂，所记事实、民情详略得当，文情并茂，描绘出一幅故土水乡的风情画。

沈从文的散文纯净质朴。在他的笔下，故乡湘西的人们仿佛已与自然融为一体，从容不迫地各尽其生命之理。他的散文善于在朦胧的诗意与情思中勾勒湘西的社会风俗和纷繁复杂的时代与生活。

这篇散文以冷静的旁观者的角度，似介绍又似自语地讲述了常德的各种船的形体和用途，从而展示了当地的风土人情。文中写到富丽堂皇，气象不凡，可称为巨无霸的"洪江油船"。不但船身威严，舱面永远整洁如新，而且船主有一定的身份和地位，不愧为"河上的主人"；而油船"载过多少有势力的军人、阔佬，或名驰沅水流域的妓女"，又使其与当地历史密切相连，成为当地历史的活动纪念碑。再如"洞河船"，船身轻巧，船舷低而平，船头窄窄的，船上是身材亦精致小巧的乾城苗乡人，聪明文雅又沉默安静，宛若小家碧玉。"广舶子"形状则如土布机上的梭子，款式不高明，所载货物亦不值钱，弄船人因闲而懒，一副萎靡不振的样子，颇像个破落户。……其他如"大鳅鱼头""乌江子""桃渡划子"等，形态不一，各有特色，彰显出一种文化的整体和谐美。"我想说的是真正在控制这个咽喉支配沅水流域的几万船户"，作者以船写人，不带一句主观评价，却将紧张忙碌、生机勃勃的水上人生徐徐道来，让人禁不住感美和慨叹。正如作家所言，"要欣赏湘西地方民族特殊性，船户是最有价值材料之一种"，这是散文的主要内容。

沈从文是一个真诚的爱国主义者。他以沅水为背景所描绘的风土人情，是对魂牵梦萦的故乡的眷念，也是对祖国文化的热爱。正如沈从文在《湘西·题记》中所提出的"民族兴衰，事在人为"，他是从民族兴衰的角度出发，来阐释自己内心的精神图像及对故乡之美的发现。他说："我这本小书所写到的各方面现象和各种问题，虽极琐细平凡，在一个有心人看来，说不定还有一点意义，值得深思！"这篇文章蕴含着作者本人的生命体验和价值追问，作者希冀在文化传统中寻找"希腊小庙"，并期望以此唤醒人们的民族意识，这是本文的文化精神底蕴。

　　古人云："唯造平淡难。"《常德的船》无疑是一篇成功的典范。作者用淡淡的旁观者的口吻，把了如指掌的故里的各类船只依次罗列，如数家珍，只几笔就勾画出船只的不同特点，下笔游刃有余，一股明丽清澈的光彩在作者素淡细腻的文字底下闪烁，平淡中贮满诗意和灵韵。

　　此外，文中还提及常德水乡养育的几位名人。虽然作者只是很随意地一笔带过，但地灵人杰，平添人们对常德的仰慕，这是写到极致的好散文惯用的笔法。

（季　臻）

雅舍

梁实秋

到四川来,觉得此地人建造房屋最是经济。火烧过的砖,常常用来做柱子,孤零零的砌起四根砖柱,上面盖上一个木头架子,看上去瘦骨嶙嶙,单薄得可怜;但是顶上铺了瓦,四面编了竹篦墙,墙上敷了泥灰,远远地看过去,没有人能说不像是座房子。我现在住的"雅舍"正是这样一座典型的房子。不消说,这房子有砖柱,有竹篦墙,一切特点都应有尽有,讲到住房,我的经验不算少,什么"上支下摘","前廊后厦","一楼一底","三上三下","亭子间","茆草棚","琼楼玉宇"和"摩天大厦",各式各样,我都尝试过。我不论住在哪里,只要住得稍久,对那房子便发生感情,非不得已我还舍不得搬。这"雅舍",我初来时仅求其能蔽风雨,并不敢存奢望,现在住了两个多月,我的好感油然而生。虽然我已渐渐感觉它并不能蔽风雨,因为有窗而无玻璃,风来则洞若凉亭,有瓦而空隙不少,雨来则渗如滴漏。纵然不能蔽风雨,"雅舍"还是自有它的个性。有个性就可爱。

"雅舍"的位置在半山腰,下距马路约有七八十层的土阶。前面是阡陌螺旋的稻田。再远望过去是几抹葱翠的远山,旁边有高粱地，有竹林，有水池，有粪坑，后面是荒僻的榛莽未除的土山坡。若说地点荒凉，则月明之夕，或风雨之日，亦常有客到，大抵好友不嫌路远，路远乃见情谊。客来则先爬几十级的土阶，进得屋来仍须上坡，因为屋内地板乃依山势而铺，一面高，一面低，坡度甚大，客来无不惊叹，我则久而安之，每日由书房走到饭厅是上坡，饭后鼓腹而出是下坡，亦不觉有大不便处。

"雅舍"共是六间，我居其二。篦墙不固，门窗不严，故我与邻人彼此均可互通声息。邻人轰饮作乐，咿唔诗章，喁喁细语，以及鼾声，喷嚏声，吮汤声，撕纸声，脱皮鞋声，均随时由门窗户壁的隙处荡漾而来，破我岑寂。入夜则鼠子瞰灯，才一合眼，鼠子便自由行动，或搬核桃在地板上顺坡而下，或吸灯油而推翻烛台，或攀援而上帐顶，或在门框桌脚上磨牙，使得人不得安枕。但是对于鼠子，我很惭愧地承认，我"没有法子"。"没有法子"一语是被外国人常常引用着的，以为这话最足代表中国人的懒惰隐忍的态度。其实我的对付鼠子并不懒惰。窗上糊纸，纸一戳就破；门户关紧，而相鼠有牙，一阵咬便是一个洞洞。试问还有什么法子？洋鬼子住到"雅舍"里，不也是"没有法子"？比鼠子更骚扰的是蚊子。"雅舍"的蚊风之盛，是我前所未见的。"聚蚊成雷"真有其事！每当黄昏时候，满屋里磕头碰脑的全是蚊子，又黑又大，骨骼都像是硬的。在别处蚊子早已肃清的时候，在"雅舍"则格外猖獗，来客偶不留心，则两腿伤处累累隆起如玉蜀黍，但是我仍安之。冬天一到，蚊子自然绝迹，明年夏天——谁知道我还是否住在"雅舍"！

"雅舍"最宜月夜——地势较高，得月较先。看山头吐月，红盘乍涌，一霎间，清光四射，天空皎洁，四野无声，微闻犬吠，坐客无不悄然！舍前有两株梨树，等到月升中天，清光从树间筛洒而下，地上阴影斑斓，此时尤为幽绝。直到兴阑人散，归房就寝，月光仍然逼进窗来，助我凄凉。细雨蒙蒙之际，"雅舍"亦复有趣。推窗展望，俨然米氏章法，若云若雾，一片弥漫。但若大雨滂沱，我就又惶悚不安了，屋顶湿印到处都有，起初如碗大，俄而扩大如盆，继则滴水乃不绝，终乃屋顶灰泥突然崩裂，如奇葩初绽，砉然一声而泥水下注，此刻满室狼藉，抢救无及。此种经验，已数见不鲜。

"雅舍"之陈设，只当得简朴二字，但洒扫拂拭，不使有纤尘。我非显要，故名公巨卿之照片不得入我室；我非牙医，故无博士文凭张挂壁间；我不业理发，故丝织西湖十景以及电影明星之照片亦均不能张我四壁。我有一几一椅一榻，酣睡写读，均已有着，我亦不复他求。但是陈设虽简，我却喜欢翻新布置。西人常常讥笑妇人喜欢变更桌椅位置，以为这是妇人天性喜变之一征。诬否且不论，我是喜欢改变的。中国旧式家庭，陈设千篇一律，正厅上是一条案，前面一张八仙桌，一边一把靠椅，两旁是两把靠椅夹一只茶几。我以为陈设宜求疏落参差之致，最忌排偶。"雅舍"所有，毫无新奇，但一物一事之安排布置俱不从俗。人入我室，即知此是我室。笠翁《闲情偶寄》之所论，正合我意。

"雅舍"非我所有，我仅是房客之一。但思"天地者万物之逆旅"，人生本来如寄，我住"雅舍"一日，"雅舍"即一日为我所有。即使此一日亦不能算是我有，至少此一日"雅舍"所能给予之苦辣酸甜，我实躬受亲尝。刘克庄词："客里似家家似寄。"我此时此刻卜居"雅舍"，"雅舍"即似我家。其实似家似寄，我亦分辨不清。

长日无俚，写作自遣，随想随写，不拘篇章，冠以"雅舍小品"四字，以示写作所在，且志因缘。

作者简介

梁实秋（1903—1987），现代著名散文家、学者、文学批评家、翻译家。著有散文集《雅舍小品》《北平年景》等，译有《威尼斯商人》《哈姆雷特》《暴风雨》等。

《雅舍》中所呈现的是作者抗战期间所卜居的重庆半山腰间"雅舍"的种种情状，抒发的是种种酸甜苦辣的情趣。

　　"雅舍"是梁实秋在重庆北碚时的居所。关于它，梁实秋有过一个简要的介绍："因为要在北碚定居，我和业雅（指龚业雅）、景超（指吴景超）便在江苏省立医院斜对面的山坡上合买了一栋新建的房子。六间房，可以分为三个单位，各有房门对外出入，是标准的四川乡下的低级茅舍。窗户要糊纸，墙是竹篾糊泥刷灰，地板颤幽幽的吱吱作响。烽火连天之时有此亦可栖迟。……"（《白猫王子及其他·北碚旧游》）。正是在抗战时期的颠沛流离中，正是在风雨飘摇的苦难日子里，梁实秋才与这座"四川乡下的低级茅舍"紧紧地联系在一起。它不但是作者全部物质生活的主要依靠，也是作者整个心灵的主要安慰。

　　"雅舍"不雅，不但是极简陋的四川土房，而且都不能真正挡风避雨："风来则洞若凉亭"，"雨来则渗如滴漏"。但作者却说："纵然不能蔽风雨，'雅舍'还是自有它的个性。有个性就可爱。"这里的"有个性"不过是指上文中"雅舍"陋劣的"个性"特征。而这就是作者感到它可爱的原因。一个从大城市避居而来的中产阶级知识分子，在这样的环境中住了两个多月后，竟对那房子发生了感情，好感油然而生，从中找到好多乐趣。如第三段，叙述的内容都是居住在雅舍的不便，但整个自然段却写得情趣盎然，全然不见作者愁苦的面容和悲哀的情绪。"篾墙不固，门窗不严"原本是一件极不便当的事情，但他却说"我与邻人彼此均可互通声息"，将缺点说为优点，在淡然一笑中拂去了它在人们心中可能留下的阴影。"邻人轰饮作乐，咿唔诗章，喁喁细语，以及鼾声，喷嚏声，吮汤声，撕纸声，脱皮鞋声"原本扰人清听，惹人烦厌，但他却说"均随时由门窗户壁的隙处荡漾而来，破我岑寂"，将噪音叙为乐音，将干扰视为慰藉，用自我心理的调整将客观存在的不利因素淡化、消解、稀释，从而使自己保持心灵的安宁，抵御着愁苦情绪的袭来。老鼠的来袭，蚊子的猖獗，也用诙谐的语言道出，虽然无可奈何，但也不叫苦连天。——雅舍的种种不便，在作者看来都感到颇为有趣。

月夜的雅舍，"看山头吐月，红盘乍涌，一霎间，清光四射，天空皎洁，四野无声，微闻犬吠……等月升中天，清光从树间筛洒而下，地上阴影斑斓，此时尤为幽绝"，好一幅如诗如画的美丽风光；而细雨蒙蒙之际，"推窗展望，俨然米氏章法，若云若雾，一片弥漫"。只有作者那种达观、从容的心境，不拘于雅舍的简陋和破败，不为其不便而愁苦，方能欣赏得此中佳趣，享受它的良辰美景月夜风光。

作者还把自我曾有过的惶恐、惊惧、烦恼客观化，使其与作者现在的心情保持一定的心理距离，从而将其由主观体验的情景变为现在能够欣赏的对象。正如一个历险的人怀着轻松快乐的心情讲述当时的危险情境一样，不再有畏惧和痛苦的感觉，而有了轻松愉快的情趣。"但若大雨滂沱，我就又惶悚不安了，屋顶湿印到处都有，起初如碗大，俄而扩大如盆，继则滴水乃不绝，终乃屋顶灰泥突然崩裂，如奇葩初绽，砉然一声而泥水下注。此刻满室狼藉，抢救无及。"读此并不感觉凄惨，反觉情趣横生，壮观奇美，充满生命的活力。因为作者把当时的情景，包括当时惶悚不安的自己都客观化了，这些都成为现在的观赏对象了。

"雅舍"的陈设虽然简朴，但室内陈设经常翻新布置，俱不从俗。居住其中竟对"雅舍"产生了感情，虽然寒碜和简陋，却并不令人畏惧或烦厌。从作者对它的幽默的调侃中，透出其苦中作乐的旷达心态。

《雅舍》平淡自然，于幽默、解嘲和闲适之中表现了中国知识分子安贫乐道的传统心态，在不动声色的描述中将平淡的生活化作纯净幽默的艺术品。

（王乃华）

海上的日出

巴金

为了看日出，我常常早起。那时天还没有大亮，周围非常清静，船上只有机器的响声。

天空还是一片浅蓝，颜色很淡。转眼间天边出现了一道红霞，慢慢地在扩大它的范围，加强它的亮光。我知道太阳要从天边升起来了，便不转眼地望着那里。

果然过了一会儿，在那个地方出现了太阳的小半边脸，红是真红，却没有亮光。太阳好像负着重荷似的一步一步、慢慢地努力上升，到了最后，终于冲破了云霞，完全跳出了海面，颜色红得非常可爱。一刹那间，这个深红的圆东西，忽然发出了夺目的亮光，射得人眼睛发痛，它旁边的云片也突然有了光彩。

有时太阳走进了云堆中，它的光线却从云层里射下来，直射到水面上。这时候要分辨出哪里是水，哪里是天，倒也不容易，因为我就只看见一片灿烂的亮光。

有时天边有黑云，而且云片很厚，太阳出来，人眼还看不见。然而太阳在黑云里放射的光芒，透过黑云的重围，替黑云镶了一道发光的金边。后来太阳才慢慢地冲出重围，出现在天空,甚至把黑云也染成了紫色或者红色。这时候发亮的不仅是太阳、云和海水,连我自己也成了明亮的了。

这不是很伟大的奇观吗?

> **作者简介**
>
> 巴金(1904—2005),现代文学家、翻译家、出版家,被誉为"五四"新文化运动以来最有影响的作家之一。散文集有《随想录》《旅途随笔》《黑土》《十年一梦》等。

这篇散文写的是海上日出的壮丽景象。作者不用大段的铺陈与渲染,而是直接入景,将宇宙之间最壮观、最精华、最光彩的一刹那绘于笔端。

这是一篇唯美的散文。在平常而烦琐的生活中,美好的东西往往瞬间一闪而过,如昙花一现,为时虽短,却光彩耀眼,蕴藏着使人充满激情、发人深思的力量。本文中,巴金抓住大自然的海上日出这一壮观的一瞬,欢呼其中的美,把美集中到最富表现力的环境之中。日出虽是历代文人吟咏的主题,但这篇散文不落俗套,充分发挥形象思维的特点,运用类似白描或速写的手法,展现出一幅气势飞动、境界开阔、撼人心魄的壮丽图画。

他写海上日出,先写日出之前的景象。天从浅蓝转而出现红霞,慢慢扩大范围,加强亮光。接着写到日出,这里写了太阳的形状,太阳的动作,它的色彩,它的光亮;而且有层次,有变化。以后又写云中的太阳,阳光照着的云,水面上的景象。最后物我相融:"连我自己也成了明亮的了。"巴金形象地描绘出了"海上日出"这个运动的、活泼的过程,呈现出一幅幅威武雄壮、腾挪变化的图画,而且把太阳描摹成了一个腾挪变化的，用光和热打扮自然界的神奇的化妆师，把一次短暂的日出写得有声有色，威武雄壮，即便是没有在海上看过日出的人，也能借助他的生花妙笔，产生身临其境的感觉了。

感情内敛，冷静中饱蕴炽热激情，是这篇散文的另一个特点。他的情感，完全融会到他所"创造"的那幅光芒万丈、气势如虹的图画中。细品这幅图画，作者那满腔激情、火焰般的向往、不可遏止的追求跃然而出。"为了看日出，我常常早起。"朴素地道出了作者对美好事物的热切追求与向往。"这不是很伟大的奇观吗？"这正是作者最由衷的赞美和最诚挚的感慨。散文规避了作者本人的慨叹与畅想，融情于景，笔法成熟老练，绝无声嘶力竭之弊。没有激情、至情，是不可能把日出写得这样真切生动、宏伟壮观的。作者原本是为两个哥哥而写的，他此时的情感必然是真挚的、质朴的、毫不做作的。正是由于在此感情基础之上，才孕育出这样一篇朴素真诚的散文。

（王乃华）

憔悴的弦声

叶灵凤

每天，每天，她总从我的楼下走过。

每天，每天，我总在楼上望着她从我的楼下走过。

哑默的黄昏，惨白的街灯，黑的树影中流动着新秋的凉意。

在新秋傍晚动人乡思的凉意中，她的三弦的哀音便像晚来无巢可归的鸟儿一般，在黄昏沉寂的空气里徘徊着。

没有曲谱，也没有歌声伴着，更不是洋洋洒洒的长奏，只是断断续续信手拨来的弦响，然而在这零碎的弦声中，似乎不自已地流露出了无限的哀韵。

灰白的上衣，黑的裤，头发与面部分不清的模糊的一团，曳着街灯从树隙投下长长的一条沉重的黑影，慢慢地在路的转角消灭。似乎不是在走，是在幽灵一般的慢慢地移动。

人影消灭在路角的黑暗中，断续的弦声还在黄昏沉寂的空气里残留着。

遥想在二十年，或许三十年以前，今日街头流落的人儿或许正是一位颠倒众生的丽姝，但是无情的年华，听着生的轮转，毫不吝啬地凋剥了这造物的杰作，逝水东流，弦声或许仍是昔日的弦声，但是拨弦的手绝不是昔日的纤手了。

黄昏里，倚在悄静的楼头，从凌乱的弦声中，望着她蠕动的黑影，我禁不住起了昙花易散的怜惜。

每天，每天，她这样地从我的楼下走过。

每天，每天，我这样地望着她从我的楼下走过。

几日的秋雨，游子的楼头更增加了乡思的惆怅。小睡起来，黄昏中望着雨中的街道。灯影依然，只是低湿的空气中不再有她的弦响。

雨晴后的第一晚，几片秋风吹下的落叶还湿粘在斜阶上不曾飞起，街灯次第亮了以后，我寂寞地倚在窗口上，我知道小别几日的弦声，今晚在树荫中一定又可以相逢了。

但是，树荫中的夜色渐渐加浓，街旁的积水反映着天上的秋星，惨白的街灯下，车声沉寂了以后，我始终不曾再见有那一条沉重的黑影移过。

雨晴后的第二晚，弦声的消寂仍是依然。

秋风中的落叶日渐增多，傍晚倚了楼头，当着萧瑟的新寒，我于乡怀之外不禁又添了一重无名的眷念。

这几日的秋风更烈，窗外的两棵树有几处已露出了光脱的秃干。傍晚的街灯下，沙沙的只有缤纷的落叶，她的弦声是从不曾再听见过了。

秋光老了，憔悴的弦声大约也随着这憔悴的秋光一同老去了。我这样喟然叹着。

每天，每天，我仍是这样地倚在我的楼上。

每天，每天，我不再见她从我的楼下走过。

作者简介

叶灵凤（1905—1975），现代著名作家、翻译家。代表作有《白叶杂记》《香港方物志》《文艺随笔》《香港旧事》《晚情杂记》等。

《憔悴的弦声》这篇精美雅致的散文蕴含着一股哀怨迷惘的情思意绪，散文结构独特新颖，语言优美洗练，主题意蕴也极为深刻警傲。

　　本文大致可以分为两部分。第一部分写弹弦者的来去行踪，写出了弦声的憔悴与无尽的愁思，表露出了弹弦者的寂寞与惆怅。在行文的同时也抒发了作者对于人生、对于生命、对于时光的些许感慨。第二部分写听者对于弦声的期待，由期待生发出了漂泊游子的悲凉内心感受，与此同时也暗写出了弦声的失落与弹弦者的离去，从而抒发出了作者"同是天涯沦落人"的感叹与唏嘘，使作品凄婉惆怅的艺术氛围变得更加浓醉而强烈。作者的主观情愫在弦声的或隐或现中，通过饱含深情的抒情和叙述表现得淋漓尽致。

　　这篇散文较为突出的艺术特色除了语言的情感性、主题的深刻性之外，还主要表现在散文精巧设计的起承转合上。作品以"每天，每天，她总从我的楼下走过。每天，每天，我总在楼上望着她从我的楼下走过"起笔，在每一个笔触转换交接的地方，都有类似的语句作为铺垫，交织着弹弦者由来到去、由去到消逝的整个过程。作者以这种复沓的句式作为结构全文的枢纽，使本文的结构虽然表面上显得散漫无羁、信笔驰骋，实际上仔细品味之后却感觉异常严密而紧凑。这种结构方式很好地暗合了作者飘忽不定的思绪和恍惚难安的心情，使散文的审美水准大大提升。这也是本文较为突出的艺术特色。此外，散文的起始句与结尾句相互呼应，表达出了两种截然相反的场景与思想心态，留下了很大的艺术空间，给读者留下了无尽的可以回味的余地。

　　总之，本文以弦声作为叙述和行文的中心，在舒缓散淡的抒情笔调的串引下，在巧妙的布局结构的铺垫下，表达了极为深刻的思想内涵，读来让人感叹不已，达到了很高的艺术水准。

（仕永波）

野店

臧克家

　　饭店，旅社，这样的名词一提上口，立刻涌上心来的是新式的华贵，如果换个野店，便另是一种情趣被唤起来了。像山村老翁头上的发辫，像被潮流冲空的石岸，时代至今还把野店留个残败的影子。

　　虽然说是野店，它所依傍的却是大道。几间茅草小屋，炕占去了每间的大半，留下火镰宽的一点空隙好预备你上下，这儿是大同世界，不问山南的海北的都挤在一堆，各人向着同伴谈论着，说笑着，没有"莫谈国事"的禁条贴在头上，他们可以随便放浪地吐泄，东家的鸡西邻的狗是要谈的，日本鬼子也是一个题目，因为他们中间就有许多是从东三省被迫回来的，一个小被卷是财产的全部。

　　房间少了，得想个法安插客人，吊铺像都市的楼房便悬起半空了，在上面睡的人钱可以略省一点。照例，店里得有马棚，大门口竖一两根柱子，等到轿车、两把手车或小车，载着什么人向这处奔来，——前面打着红布帘的是新嫁娘，不就是青春的妇女走亲戚的；痴胖可笑油光照人的是买卖家。店家小伙计见车子近了像熟主顾似的几步抢上前去替人家卸牲口，把它们——毛驴，或是骡马牵到马棚里去，它们一点不认生地随着他，用尾巴打打后身，哙哙几声表示疲倦。

这是上等客，如果是住宿的话，单间屋得给他们特别预备。客人刚把个倦极的身子投到炕上，小伙计肩上搭一块破黑烂布便进来了，要是擦脸，他立刻便把一小泥盆水打到你的脸前来，要肥皂，要一条白手巾是太奢望。

"先生们做个什么饭吃？"这回该他问你了。

"有什么？"

"有大饼，有猪肉炒白菜，有熟鸡子。"如果你接着再问一句："还有什么？"那小伙计一定会闭起嘴来。愿意喝好茶的话得特别声明，不然一个大子的茶叶末喝过几十个人以后，还会再冲上一点白开水给送过来。所谓好茶也不过是几个铜板一两的"大红袍"，一毛一两的贡尖这儿不下货。

等茶喝你得要有耐性。白水有大铁锅煮，冲茶可不行。一根一根的草对准一把洋铁壶底挑着燎，你如果不是一个趣味主义者，时节再是炎夏，你一定等得舌尖上生刺，跑到外面去避一避辣眼的浓烟。

晚上，任你一落太阳就躺下，敢保你不会一沾席就如愿地变成一块泥。夏天的蚊子、臭虫，冬天的虱子和跳蚤最喜欢和客人开玩笑，哼哼着叫你清醒地享受一个客夜，身上留点伤痕做一个追忆的记号。还有马棚的牲口也怕主人误了行程，半夜里叫一阵，用蹄子打地咚咚的一阵。当睡梦将要占有了你的临明的那一刻，店门唿隆一声，接着小伙计的脚步动静了，一睁眼，微白的曙色使你再也朦胧不得了。套上车子，披一身星光，冒着晨风，朝曦把人引上了征途。

"鸡声茅店月，人迹板桥霜。"回头望望这一副大红门联，意味够多长呢。

门口一个破席凉棚撑着夏天的太阳，为着什么东西奔跑的行人走在这串着天涯和故乡的热土的道上,望着这凉棚像沙漠中的人望见了绿洲。三步并成一步赶上来,卸下身上的负担,扣下沾着汗水的檐溜般的布眼罩,坐在一条长凳上用草帽或是手巾扇风。几碗半冷的残色的茶水浇下去,汗马上从身上涌出来,各人身上背着一身花疏的阴凉。设若有一个像蒲留仙一样的人物,夹在这杂色的队伍里,每个人你借给他一把蕉叶,那么一部《聊斋》会很快地集起来。

这些人,像"未有哇"(蝉之一种,在树上只有片刻的居留)一般,在这儿留一个脚印,便飞鸿似的去了,没有留恋,没有感伤,在未来的时候,他们也没想到会在这儿挂这一翅膀。水不能白喝,临走总得留下几个钱,百儿八十是他,三百二百也是他,主人不会嫌太少,伙计也不会说一声谢谢。但是你起身以后,"再来!"这一句淡淡的话,每回是不会忽疏的。

野店的常主顾是车伙子。他们到远一点的地方去运货贩卖,去的时候带着本乡的土产。这些车子往往成群成帮,队伍展得老长,道上的一帆尘土是他们的旗号。一走近了店口,把车子一插,用披布擦去了脸上的汗,弓弓着腰很自然地踏入了店门。因为太熟,照例有称号,姓王的是王大哥,姓李的是李二哥。小伙计牵牲口倒水忙乱一气,住一会儿,叫一袋旱烟把粗气压下,饭上来了。半斤一张的大饼,包着大块肥肉的包子,再要几头大蒜,一块还没腌变色的老白菜帮子。吃起来有点可怕。不,不能说吃,应是说吞。看那个劲,饼如果是铁的,肚子一定变成熔炉。饭后为了消暑,走到水瓮边去,捧着大瓢的生水往下灌,声音咚咚的可以听好几步远。"掌柜的算账!"这是一闭眼的午睡醒来后的第一句话。外边算盘珠一阵响,几吊几百几十几,小伙计一口喊出来。接着是查铜子的声音。一巴掌钱接到手里,含着笑走到财神位前,不远不近向大粗竹筒内一掷,哗……啦啦……真个是钱龙汇海了。

这些老主顾来到店里若是逢着佳节——端阳,中秋,元宵,不用开口,半壶白干,四样小菜碟便送到眼前了。喝了不够,还可以再开一回口。

不打钱,这算主人的一点小意思,不要看这是小节,主人的大量或吝啬往往作为客人去留的关键。谁不愿用百年不遇的一壶酒去做招徕的幌子?

秋天,连绵的阴雨把一个远道的客人困在野店里,白天黑夜分不开界限。闷闷地用睡眠用烟打发日子。风挟着雨丝打进纸窗来,卧着,从眼缝里闪进来一片阴暗,粗人就算是不善于愁,一只孤鸿也难免于凄凉。等着,胸中灼火地等着,等到雨丝一断,他是第一个把脚印印在泥上的人。野店被撇在身后像撇了一个无情的女人。

时间把什么都变了。有了汽车转眼可以百里,"古道西风瘦马"的趣味算完了。有钱的人谁也不愿再受轿车的折磨,野店的客人因此稀少了。加以年头不对,关东客全成了穷鬼,向四方逃难的倒很多,然而他们走店来顶多不过喝一壶白开。野店是诗意的,然而今日的野店成了时代头顶上残留的一条辫子了。

作者简介

臧克家(1905—2004),现代杰出诗人、作家。代表诗篇有《老马》《难民》等,散文代表作品有《野店》等。

读完臧克家的散文《野店》,一幅古朴的、充满诗情画意的画面便展现在我们的面前:人烟稀少的乡村古道边,几间茅草小屋,屋外还有破席搭起的凉棚,一个"酒店"的幡旗随风招展。屋外是歇脚吃饭的客人,他们大口地吞吃着"半斤一张的大饼,包着大块肥肉的包子,再要几头大蒜,一块还没腌变色的老白菜帮子";而店内的几间小屋子里,住宿的人们,拥挤地杂乱地摆着的几张床,便几乎充斥了整个屋子的空间,只"留下火镰宽的一点空隙好预备你上下"。客人们不管山南的海北的都挤在一堆或平心静气地谈笑，或慷慨激昂地谈论国事、家事、天下事，发着牢骚和怨气；还有小伙计吆喝着忙里忙外，掌柜的拨得算盘珠子叭叭作响……好一幅乡村野店图！

野店的条件是很差的。茶水是"半冷的残色的"，要冲茶"一定等得舌尖上生刺"，"所谓好茶也不过是几个铜板一两的'大红袍'"；要擦脸，便是"一块破黑烂布""一小泥盆水"，"要肥皂，要一条白毛巾是太奢望"；房间少了，甚至有可能要睡像都市楼房那样悬在半空的"吊铺"；夏天的蚊子、臭虫，冬天的虱子、跳蚤，马棚牲口半夜的嘶叫和蹄子打地及早起的小伙计的脚步声会搅得人一夜不能安睡……然而野店在作者的笔下却是一幅充满着情趣和诗意的优美的自然风情画：野店古朴得可以"设若有一个像蒲留仙一样的人物，夹在这杂色的队伍里，每个人你借给他一把蕉叶，那么一部《聊斋》会很快地集起来"；野店自由得如大同世界"不问山南的海北的都挤在一堆，各人向着同伴谈论着，说笑着，没有'莫谈国事'的禁条贴在头上，他们可以随便放浪地吐泄"；野店平和得可以在"连绵的阴雨时"，在野店里"闷闷地用睡眠用烟打发日子"，"胸中灼火地等着，等到雨丝一断"，便像撇了一个无情的女人一样把野店也撇在身后……野店在这串着天涯和故乡热土的道上，是一道美丽的风景，是沙漠中的绿洲，是心灵的暂居地，而"时间把什么都变了。有了汽车转眼可以百里……加以年头不对"，因而"'古道西风瘦马'的趣味算完了"，"今日的野店成了时代头顶上残留的一条辫子了"，野店的诗意和情趣不仅当今的人们无法体会，而且作者心中也对这幅不能永恒的美丽的乡村风俗画充满了淡淡的怅惘和惋惜，他也只能在回忆中伤感了。

作者怀念的不仅仅是这道美丽的风景，更是怀念在这道风景下生活的人们。《野店》描绘的是20世纪30年代山东农村的风俗画，写于潍县一座小旅舍中，作者臧克家本人就是山东人，他饱含深情地描写和赞美了家乡人民的热情、豪爽、粗犷和通达。他们算账时不会斤斤计较："临走总得留下几个钱,百儿八十是他,三百二百也是他,主人不会嫌太少,伙计也不会说一声谢谢。但是你起身以后,'再来!'这一句淡淡的话,每回是不会忽疏的";他们吃东西让人害怕："不,不能说吃,应是说吞。看那个劲,饼如果是铁的,肚子一定变成熔炉。饭后为了消暑,走到水瓮边去,捧着大瓢的生水往下灌,声音咚咚的可以听好几步远。"充分显示了山东大汉的豪爽粗犷之气。他们都是不拘小节而又热情通达的:"这些老主顾来到店里若是逢着佳节——端阳,中秋,元宵,不用开口,半壶白干,四样小菜碟便送到眼前了。喝了不够,还可以再开一回口。不打钱,这算主人的一点小意思。"作者从心里热爱他们欣赏他们。《野店》是作者洋溢着激情写的一首故乡的赞歌。

  作者这种真情在文字上的反映是看似平淡中蕴含着浓厚的火热感情。臭虫、蚊子等本是令人讨厌的害虫,而在作者笔下,它们也是可爱的:"夏天的蚊子、臭虫;冬天的虱子和跳蚤最喜欢和客人开玩笑。哼哼着叫你清醒地享受一个客夜,身上留点伤痕做一个追忆的记号。""还有马棚的牲口也怕主人误了行程,半夜里叫一阵,用蹄子打地咚咚的一阵。当睡梦将要占有了你的临明的那一刻,店门嗯隆一声,接着小伙计的脚步动静了,一睁眼,微白的曙色使你再也朦胧不得了。"一夜不能成眠的作者却没有一丝抱怨,反而化成一种幽默诙谐,这正是作者内心对野店热爱的深情之至的充分体现。散文中人称也随情感的起伏而变化,一会称客人为"他""他们",一会又称"你",作者就像朋友坐在我们的对面讲述野店的故事,亲切自然,使我们仿佛也和作者共同走进故事,亲自去体验野店的情趣,感受作者对野店对故乡的浓厚感情。

(张　莹)

山屋

吴伯箫

屋是挂在山坡上的。门窗开处便都是山。不叫它别墅，因为不是旁宅支院颐养避暑的地方；唤作什么楼也不妥，因为一底一顶，顶上就正对着天空。无以名之，就姑且直呼为山屋吧，那是很有点老实相的。

搬来山屋，已非一朝一夕了；刚来记得是初夏，现在已慢慢到了春天呢，忆昔入山时候，常常感到一种莫名的寂寞，原来地方太偏僻，离街市太远啊，可是习惯自然了，浸假又爱上了它的幽静；何况市镇边缘上的山，山坡上的房屋，终究还具备着市廛与山林两面的佳胜呢。想热闹，就跑去繁嚣的市内；爱清闲，就索性锁在山里，是两得其便左右逢源的。倘若你来，于山屋，你也会喜欢它的吧？傍山人家，是颇有情趣的。

譬如说，在阳春三月，微微煦暖的天气，使你干什么都感到几分慵倦；再加整天的忙碌，到晚上你不会疲惫得像一只晒腻了太阳的猫么？打打舒身都嫌烦。一头栽到床上，怕就蜷伏着昏昏入睡了。活像一条死猪。熟睡中，踢来跺去地乱梦，梦味儿都是淡淡的。心同躯壳是同样的懒啊。几乎可以说是泥醉着，糊涂着，乏不可耐。可是大大地睡了一场，寅卯时分，你的梦境不是忽然透出了一丝绿莹莹的微光么，像东风吹过经冬的衰草似的，展眼就青到了天边。恍恍惚惚的，屋前屋后有一片啾唧唶唶的闹声，像是姑娘们吵嘴，又像是群活泼泼的孩子在嘈杂乱唱；兀的不知怎么一来，那里"支幽"一响，你就醒了。立刻你听到了满山满谷的鸟叫。缥缥缈缈的那里的钟声，也嗡嗡的传了过来。你睁开了眼，窗帘后一缕明亮，给了你一个透底的清醒。靠左边一点，石工们在丁东的凿石声中，说着呜呜噜噜的话；稍偏右边，得得的马蹄声又仿佛一路轻的撒上了山去。一切带来的是个满心的欢笑啊。那时你还能躺在床上么？不，你会霍然一跃就起来的。衣裳都来不及披一件，先就跳下床来打开窗子。那窗外像笑着似的处女的阳光，一扑就扑了你个满怀。

呵，我的灵魂，我们在平静而清冷的早晨找到我们自己了。
——惠特曼《草叶集》

那阳光洒下一屋的愉快，你自己不是都几乎笑了么？通身的轻松。那山上一抹嫩绿的颜色，使你深深地吸一口气，清爽是透到脚底的。瞧着那窗外的一丛迎春花，你自己也仿佛变作了它的一枝。

我知道你是不暇妆梳的，随便穿了穿衣裳，就跑上山去了。一路，鸟儿们飞着叫着地赶着问"早啊？早啊？"的话，闹得简直不像样子。戴了朝露的那山草野花，遍山弥漫着，也懂事不懂事似的直对你颔首微笑，受宠若惊，你忽然骄蹇起来了，迈着昂藏的脚步三跨就跨上了山巅。你挺直了腰板，要大声嚷出什么来，可是怕喊破了那清朝静穆的美景，你又没嚷。只高高地伸出了你粗壮的两臂，像要拥抱那个温郁的骄阳似的，很久很久，你忘掉了你自己。自然融化了你，你也将自然融化了。等到你有空再眺望一下那山根尽头的大海的时候，看它展开着万顷碧浪，翻掀着千种金波灵机一动,你主宰了山、海,宇宙全在你的掌握中了。

下山,路那边邻家的小孩子,苹果脸映着旭阳,正向你闪闪招手,烂漫的笑;你不会赶着问她,"宝宝起这样早哇?姐姐呢?"

再一会,山屋里的人就是满口的歌声了。

再一会,山屋右近的路上,就是逛山的人格格的笑语了。

要是夏天,晌午阳光正毒,在别处是热得汤煮似的了,山屋里却还保持着相当的凉爽。坡上是通风的。四围的山松也有够浓的荫凉。敞着窗,躺在床上,噪耳的蝉声中你睡着了,噪耳的蝉声中你又醒了。没人逛山。樵夫也正傍了山石打盹儿。市声又远远的,只有三五个苍蝇,嗡飞到了这里,嗡又飞到了那里,老鼠都会瞅空出来看看景的吧,"蝉噪林愈静,鸟鸣山更幽",心跳都听得见扑腾呢。你说,山屋里的人,不该是无怀氏之民么?

夏夜,自是更好。天刚黑,星就悄悄地亮了。流萤点点,像小灯笼,像飞花。檐边有吱吱叫的蝙蝠,张着膜翅凭了羞光的眼在摸索乱飞。远处有乡村味的犬吠,也有都市味的火车的汽笛。几丈外谁在毕剥地拍得蒲扇响呢?突然你听见耳边的蚊子薨薨了。这样,不怕露冷,山屋门前坐到丙夜是无碍的。

可是,我得告诉你,秋来的山屋是不大好斗的啊。若然你不时时刻刻咬紧了牙,记牢自己是个男子,并且想着"英国的孩子是不哭的"那句名言的话,你真挡不了有时候要落泪呢。黄昏,正自无聊的当儿,阴沉沉的天却又淅淅沥沥的落起雨来。不紧也不慢,不疏也不密,滴滴零零,抽丝似的,人的愁绪可就细细的长了。真愁人啊!想来个朋友谈谈天吧,老长的山道上却连把雨伞的影子也没有;喝点酒解解闷吧,又往那里去找个把牧童借问酒家何处呢?你听,偏偏墙角的秋虫又凄凄切切唧唧而吟了。呜呼，山屋里的人其不怛然蹙眉颓然告病者，怕极稀矣，极稀矣！

凑巧，就是那晚上，不，应当说是夜里，夜至中宵。没有闭紧的窗后，应着潇潇的雨声冷冷的虫声，不远不近，袭来了一片野兽踏落叶的窸窣声。呕吼呕吼，接二连三地噑叫，告诉你那是一只饿狼或是一匹饥狐的时候，喂，伙计，你的头皮不会发胀么？好家伙！真得要蒙蒙头。

虽然，"采菊东篱下"，陶彭泽的逸兴还是不浅的。

最可爱，当然数冬深。山屋炉边围了几个要好的朋友，说着话，暖烘烘的。有人吸着烟，有人就偎依在床上，唏嘘也好，争辩也好，锁口默然也好，态度却都是那样淳朴诚恳。回忆着华年旧梦的有，希冀着来日尊荣的有，发着牢骚，大夸其企图与雄心的也有。怒来拍一顿桌子，三句话没完却又笑了。哪怕当面骂人呢，该骂的是不会见怪的，山屋里没有"官话"啊，要讲"官话"他们指给你，说："你瞧，那座亮堂堂的奏着军乐的，请移驾那楼上去吧。"

若有三五乡老，晚饭后咳嗽了一阵，拖着厚棉鞋提了长烟袋相将而来，该是欢迎的吧？进屋随便坐下，便开始了那短短长长的闲话。八月十五云遮月，单等来年雪打灯。说到了长毛，说到了红枪会，说到了税，捐，拿着粮食换不出钱，乡里的灾害，兵匪的骚扰，希望中的太平丰年及怕着的天下行将大乱。说一阵，笑一阵，就鞋底上磕磕烟灰，大声地打个呵欠，"天不早了。""总快鸡叫了。"要走，却不知门开处已落了满地的雪呢。

原来我已跑远了。急急收场："雪夜闭户读禁书。"你瞧，这半支残烛，正是一个好伴儿。

作者简介

吴伯箫(1906—1982),著名文学家、教育家。作品主要收在《羽书》《黑红点》《北极星》《忘年》等书中,代表散文有《山屋》等。

  古今的名篇佳作收尽了中华大地的名山大川,有关写景抒情的美文在各个历史时期星罗棋布,层出不穷,并以其闪耀着的熠熠光彩照亮着当时及后世读者的眼睛和心灵。当代作家吴伯箫笔下的"山屋",却不是颐养避暑的风景胜地,也不是别墅一样华贵典雅,甚至唤作什么楼都不妥,然而,作者却以细腻真挚的情感和自然流畅的笔调,把"只是一底一顶","很有点老实相"的山屋描绘成了一个人间仙境,读来令人心驰神往。

  散文在开篇处用了先抑后扬的手法,写了山屋的陋蔽,竟然"无以名之";又描述了山屋地方偏僻,远离街市。人入山时,常常感到一种莫名的寂寞。接着作者笔锋一转,写道"可是习惯自然了,浸假又爱上了它的幽静"。这样,通过笔回意转的自然过渡,作者把读者的思绪引向了对"傍山人家"的生活想象。行文以山屋为经、以自己在山屋中的四季感受为纬,在娓娓而谈的语调和明快清朗的节奏中,舒徐有次地描写了山屋四季图。一派生机盎然的阳春三月,到处是满心欢喜的声响,充满着希望和明朗的色彩;酷烈的夏日中,别有一番味道的清幽和宁静;寥落秋日里的惆怅和诗意;冬日里的淳朴和温情,作者以平淡自然的笔调描画出一幅幅优美宁静、淡远清新而又透着淡淡愁绪的四季景致。但作者并没有落入俗套,不是用浓墨重彩来渲染四季景色,而是在清晰的脉络中抓住山屋最大的特点——静。夏日午间蝉蝇的聒噪,夜间蚊萤的飞转,秋夜里雨潇潇虫切切,冬夜里的闲话落雪,虽然都是以四季里的各种声响来表现在山屋中的生活实感,却正是"蝉噪林愈静,鸟鸣山更幽"烘托手法的成功运用。静谧煦暖的春夜,静到极处便有声响,"支幽"一响的门轴,既打破了自己的梦境,划破了山屋的宁静,又衬出夜的宁静,颇有点"鸟宿池边树,僧敲月下门"的味道。

简洁凝练的语言和朴实平易的叙述风格是这篇散文的主要艺术特色。冬夜部分写道:有三五乡老,晚饭后咳嗽了一阵,拖着厚棉鞋提了长烟袋相将而来,说一阵,笑一阵,就鞋底上磕磕烟灰,大声地打个哈欠。寥寥数笔勾勒出自然纯朴、富有地域色彩的农民形象,极富特色的细节描写把人物刻画得形神俱备,展现了浓郁亲切的乡土气息。最后一句"却不知开门处已落了满地的雪",简洁而传神地点出时空两忘的尽情和恣意,该是这篇散文的一个亮点。此外,第二人称的应用,也使本文情感亲切自然,读来朗朗上口。

(崔凯璇)

傅雷家书（节选）

傅雷

1956年10月3日晨

亲爱的孩子，你回来了，又走了；许多新的工作，新的忙碌，新的变化等着你，你是不会感到寂寞的；我们却是静下来，慢慢地回复我们单调的生活，和才过去的欢会与忙乱对比之下，不免一片空虚，——昨儿整整一天若有所失。孩子，你一天天地在进步，在发展：这两年来你对人生和艺术的理解又跨了一大步，我愈来愈爱你了，除了因为你是我们身上的血肉所化出来的而爱你以外，还因为你有如此焕发的才华而爱你：正因为我爱一切的才华，爱一切的艺术品，所以我也把你当作一般的才华（离开骨肉关系），当作一件珍贵的艺术品而爱你。你得千万爱护自己，爱护我们所珍视的艺术品！遇到任何一件出入重大的事，你得想到我们——连你自己在内——对艺术的爱！不是说你应当时时刻刻想到自己了不起，而是说你应当从客观的角度重视自己：你的将来对中国音乐的前途有那么重大的关系，你每走一步，无形中都对整个民族艺术的发展有影响，所以你更应当战战兢兢，郑重其事！随时随地要准备牺牲目前的感情，为了更大的感情——对艺术对祖国的感情。你用在理解乐曲方面的理智，希望能普遍地应用到一切方面，特别是用在个人的感情方面。我的园丁工作已经做了一大半，还有一大半要你自己来做的了。爸爸已经进入人生的秋季，许多地方都要逐渐落在你们年轻人的后面，能够帮你的忙将要越来越减少；一切要靠你自己努力，靠你自己警惕，自己鞭策。你说到技巧要理论与实践结合，但愿你能把这句话用在人生的实践上去；那么你这朵花一定能开得更美，更丰满，更有力，更长久！

  谈了一个多月的话，好像只跟你谈了一个开场白。我跟你是永远谈不完的，正如一个人对自己的独白是终身不会完的。你跟我两人的思想和感情，不正是我自己的思想和感情吗？清清楚楚的，我跟你的讨论与争辩，常常就是我跟自己的讨论与争辩。父子之间能有这种境界，也是人生莫大的幸福。除了外界的原因没有能使你把假期过得像个假期以外，连我也给你一些小小的不愉快，破坏了你回家前的对家庭的期望。我心中始终对你抱着歉意。但愿你这次给我的教育（就是说从和你相处而反映出我的缺点）能对我今后发生作用，把我自己继续改造。尽管人生那么无情，我们本人还是应当把自己尽量改好，少给人一些痛苦，多给人一些快乐。说来说去，我仍抱着："宁天下人负我，毋我负天下人"的心愿。我相信你也是这样的。

作者简介

  傅雷（1908—1966），著名翻译家、文艺评论家。著有《傅雷家书》等，译有《高老头》《欧也妮·葛朗台》《老实人》等。

读《傅雷家书》，是一个享受的过程，是一个受教育的过程，更是一个让人感动的过程。傅雷先生作为艺术界的一位老前辈，可谓声名斐然。但是，他依然保持着谦虚谨慎、积极好学的美好品质。这种品质在他写给儿子的家书中，表现出的是一种大气的、升华了的父爱。

《傅雷家书》包含很多篇章。我们只选"1956年10月3日晨"这一篇来读，即可受到一种心灵的震撼。

傅雷对儿子的爱，体现在家书里的每一句话，甚至是每一个字当中。多一遍对家书的阅读，就多一些内心的感动。天下的父母对子女的爱都是一样的深沉博大，但是，像傅雷这样超越亲情去爱自己的儿子，在对儿子的爱中同时蕴含着爱艺术品的本心，却是不多见的。这种爱，不仅仅是出于一位父亲对儿子天然亲情的爱，也是一位老艺术家对年轻艺术家的关心、鼓励和喜爱。因而他支持儿子全身心地投入到工作中，嘱咐儿子要爱护自己，重视自己，不是因为儿子了不起，而是因为他的才华属于艺术，属于祖国，这是一种升华了的父爱。

傅雷不仅把儿子作为儿子来爱，还把儿子作为一个人来爱。也就是说，他始终把儿子作为一个与自己完全平等的人来看待。在傅雷看来，他与儿子之间的交流是平等的，是令人愉快的。交流中有观念的认同，也有讨论与争辩。傅雷认为"父子之间能有这种境界，也是人生莫大的幸福"。不仅如此，傅雷先生更是以一种平等的心态，把儿子当作一面镜子，一位出色的老师，从中对照出自身还存在的一些缺点，毫不掩饰地说"把我自己继续改造"。这是一种怎样的胸襟和气度！此外，在这篇文章中，还处处流露着对艺术、对祖国的挚爱之情，为了艺术和祖国，要关爱自己，更能在必要的时候牺牲自己。就像傅雷先生的心愿一样："宁天下人负我，毋我负天下人"。

《傅雷家书》的语言,朴实无华,真挚感人,仿佛是从一个老艺术家心田里流出的清泉,不但滋养了自己的孩子,也滋养了这世间无数的心灵。

(刘艳丽)

野渡

柯灵

你可曾到过浙东的水村？——那是一种水晶似的境界。

村外照例傍着个明镜般的湖泊，一片烟波接着远天。跑进村子，广场上满张渔网，划船大串列队般泊在岸边。小河从容向全村各处流去，左右萦回，彩带似的打着花结，把一个村子分成许多岛屿。如果爬到山上鸟瞰一下，恰像是田田的荷叶。——这种地理形势，乡间有个"荷叶地"的专门名词。从这片叶到那片叶，往来交通自非得借重桥梁了，但造了石桥，等于在荷叶上钉了铁链，难免破坏风水；因此满村架的都是活动的板桥，在较阔的河面，便利用船只过渡。

渡头或在崖边山脚，或在平畴野岸，邻近很少人家，系舟处却总有一所古陋的小屋临流独立。——是"揉渡"那必系路亭，是"摇渡"那就许是船夫的住所。

午后昼静时光，溶溶的河流催眠似的低吟浅唱，远处间或有些鸡声虫声。山脚边忽传来一串俚歌，接着树林里闪出一个人影，也许带着包裹雨伞，挑一点竹笼担子，且行且唱，到路亭里把东西一放，就蹲在渡头，向水里捞起系在船上的"揉渡"绳子，一把一把将那魁星斗似的四方渡船，从对岸缓缓揉过，靠岸之后，从容取回物件，跳到船上，再拉着绳子连船带人曳向对岸。或者另一种"摆渡"所在，荒径之间，远远来了个外方行客，惯走江湖的人物，站到河边，扬起喉咙叫道：

"摆渡呀！"

四野悄然，把这声音衬出一点原始的寂寞。接着对岸不久就发出橹声，一只小船咿咿呀呀地摇过来了。

摇渡船的仿佛多是老人，白须白发在水上来去，看来极其潇洒，使人想到秋江的白鹭。他们是从年轻时就做起，还是老去的英雄，游遍江湖，破过运命的罗网，而终为时光所败北，遂不管晴雨风雪，终年来这河畔为世人渡引的呢？有一时机我曾谛视一个渡船老人的生活，而他却像是极其冷漠的人。

这老人有家，有比他年轻的妻，有儿子媳妇，全家就住在渡头的小庙里。生活虽未免简单，暮境似不算荒凉；但他除了为年月所刻成的皱纹，脸上还永远挂着严霜似的寒意。他平时少在船上，总是到有人叫渡时才上船，平常绝少说话，有时来个村中少年，性情急躁，叫声高昂迫促一点，下船时就得听老人喃喃的责骂。

老人生活所需，似乎由村中大族祠堂所供给，所以村人过渡的照例不必有钱。有些每天必得从渡头往返的，便到年终节尾，酬谢他一些米麦糕饼。客帮行脚小贩，却总不欠那份出门人的谦和礼数，到岸时含笑谢过，还掏出一二银子，玱琅一声，丢到船肚，然后挑起担子，摇着鼓儿走去。老人也不答话，看看这边无人过渡，便又寂寞地把船摇回去了。

每天上午是渡头最热闹的时候，太阳刚升起不久，照着翠色的山崖和远岸，河上正散着氤氲的雾气，赶市的村人陆续结伴而来了，人多时俨然成为行列，让老人来来回回地将他们载向对岸；太阳将直时从市上回村，老人就又须忙着把他们接回。

一到午后,老人就大抵躲进小庙,或在庙前坐着默然吸他的旱烟,哲人似的许久望着远天和款款的流水。

天晚了,夕阳影里,又有三五人影移来,寂寞而空洞地叫道:

"摆渡呀!"

那大抵是从市上溜达了回来的闲人,到了船上,还刺刺地谈着小茶馆里听来的新闻,夹带着评长论短,讲到得意处,清脆的笑声便从水上飞起。但老人总是沉默着,咿咿呀呀地摇他的渡船,仿佛不愿意听这些庸俗的世事。

一般渡头的光景,总使我十分动心。到路亭闲坐一刻,岸边徘徊一阵,看看那点简单的人事,觉得总不缺乏值得咀嚼的地方。老人的沉默使我喜欢,而他的冷漠却引起我的思索。岂以为去来两岸的河上生涯,未免过于拘束,遂令那一份渡引世人的庄严的工作,也觉得对他过于屈辱了吗?

作者简介

柯灵(1909—2000),著名散文家、剧作家、电影评论家。著有散文、杂文集《文苑漫游录》《柯灵散文精编》《燕居闲话》《文心雕虫》《柯灵杂文集》《柯灵散文》等。

习惯了北方的粗犷豪迈,殷殷期待南国的柔婉清丽。无论是"日出江花红胜火,春来江水绿如蓝"的娇媚,还是"小桥流水人家"的澄澈淡雅,都久久萦绕于心间,装扮成一个彩虹似的梦,让寻觅的目光变得焦灼急切。《野渡》又一次让我们这些对南国满怀憧憬的人如愿以偿。

这是怎样的一幅灵动飘逸、野趣横生的图画啊!当"水晶似的世界"跃入眼帘时,脑海中便朦胧出现浙东水村的晶莹剔透。接着远天的"烟波",张满渔网的"广场",岸边泊着的"划船",更为精妙的是"左右萦回,彩带似的打着花结"的小河将一个小小的水村分成了"荷叶地"!多么生动形象的比喻,让小小的江南水村顿时鲜活起来,明亮起来了。更具情趣的是"荷叶地"之间架满的"活动的板桥",给小村以生命的灵动,踏桥而过的声音仿佛即刻在耳边响起,让人不禁怦然心动!

看着《野渡》忆起了那句诗:野渡无人舟自横。那是怎样的一种包孕了丝丝清雅、缕缕闲逸的超然与静谧!散文将一幅趣妙横生的画面呈现在我们眼前,将千古流传的诗句阐释描绘得惟妙惟肖!岸边山脚或平畴野岸的野渡,催眠似的低吟浅唱的溶溶流水,间或的鸡鸣虫声,山脚忽传的俚歌,树林里闪出的人影以及人影自在从容的摆渡,所有这些精细的描写有着淡淡的情味,浓浓的趣味,让我们如闻其声,如见其形,如临其境!

在这份诗情画意般的自然风光的描绘之后,作者将大量的笔墨献给了渡头的摆渡老人。这是一群令人震撼的老者!"白须白发""为年月所刻成的皱纹",脸上挂着的"严霜似的寒意","寂寞"地摇船,这众多的刻画渗透了作者对宇宙人生的深深的思索,对逝去光阴的慨叹和对命运的体味与怅然。其中写到一个渡船老人吸着旱烟"哲人似的许久望着远天和款款的流水",老人沉默着"仿佛不愿意听这些庸俗的世事",寥寥数语,把一个哲人般的老者勾勒出来。他的沉思、冷漠、少言寡语,是岁月的痕迹,是生命历程中历练的沉淀,是一种对世俗琐屑的超越!这是一种哲学意义上的升华,为散文拓展出一个更为深广的审美空间!

《野渡》是妙趣横生、巧妙绝伦的。它是那牵动心头的淡淡情思与抚慰魂灵的切切意趣的共存共生;是优美的山水画与饱含哲思的诗篇的精妙结合;是画般秀美与诗般意境的融会贯通;是情趣与理趣的和谐统一。如此,美文是也!

(刘新英)

雨夜

靳以

  圆圆的红的光和绿的光向我的身上扑来，待倾斜着躯体躲避时才陡地想到行为的可笑，因为是正安适地倚坐在车上层的近窗座位上。

  在飞着细雨的天，街路是显得更清静了。摇曳着的灯光下，叶子露着温柔的绿色，好像那碧翠将随着雨滴从叶尖流了下去，平坦的路上，洒满了油一样的雨水，潺潺的流水声，使人想到了大雨一定是落过了。

  夏天里，风雨像是最无常的了。和友人夫妻们共用了晚餐，正自想走出来，方才的大雨就起始落着。先是佣人说，友人的妻就说她也听见了，当我露着一点不相信推开帘帏外的窗门，嘈杂的雨声，就冲满了屋子。我一面说着：真没有想到，下了这么大的雨，一面就把窗赶紧关上了。

  "还有什么别的事吗？"

  "没有，没有，怕有人在等着我。"

  这样地说着，不过聊解自己的岑寂而已。谁会来等我呢，除开我那空空的四壁和一些使我厌了的陈设。

  "既然没有约定，等等也不妨事的，这么大的雨，怎么能走呢？"

为了是不必过于固执，我就答应了下来。几年来，到什么地方也未曾安下心来，原不会把那勉强地可以称为"家"的所在介于心中。只是想到了占去别人更多的时间，心就更加不安起来。但是在这样骤雨之中，自己也不敢就遽然走出去。

"怕是大雨，不会停下来，总要冒一场雨的。"

"不会是那样，——"友人很有把握似的笑着，"夏天的天气像人生，变幻无常的，这一阵虽是下着这么大的雨，等一下就许完全停了，或是飞起细雨来。"

为了要观玩雨声，他拉开窗纸，再开了灯。我们都面对着窗望了，玻璃窗上看不出雨点的痕迹，只是无数不可分的雨脚射了来，随着就迅速地淌下去，就着路灯的光，看见一片像烟雾的雨气，在那中间，包了一团微黄的光晕。

"雨夜总是美丽的。"

友人悠然地说，像是这景物又引起他青年时节的诗人梦。

"也许是不幸的。"

我似回答似不回答地说。

"×先生，为什么呢？为什么你要这样说呢？"

这是一个女人的声音，我想到了那位年轻的太太，定是美丽地皱着她的眉头，怀了一点烦恼地等着我的回答。我早就看见了她那修得尖尖，染着红色的指甲，还有红的唇和红的颊；我就断定了不该把我所想到的使她知道，我就说：

"把我留在这里，不是一件不幸吗？"

于是她笑起来了，她的笑声是那么清亮，好像我能看见那两排白亮的牙齿。可是我后悔了，我问着自己为什么要到这里来？过往的情谊不应再凭记了，我该和他们离开。

正巧在这时候,急雨停止了,细细的雨丝在空中飞着,我就说我想回去了。怕的是过一阵又要有大雨下来。

友人开了灯,留着我,说是即使再下大雨也无妨,我可以睡在他们家里;倚在他臂中的女人也那样说着,可是我坚持着自己的意见,就径自取了帽子和上衣。

"那么就请有空的时候到这边来坐吧。"

"好,好,将来我会来的。"

一面应着一面却逃出了他们的家,横飞的细雨抚摸着我的脸颊,我的心才觉得难有的清凉。

"我再也不能到他们那里去,我们中间的距离太远了。"

这样地自己想着,高大的车摇摇晃晃地来了。我走上去,向着上层,那里没有一个人,我就独自傍了车窗坐着。

一路上没有一个人上来,尽是自己忍受着车的颠动,心又像是不安起来了。

我所要走的又是一条很长很长的路,……

过了居住区,便是繁闹的市街了,可是在雨中,失去了原性,也浸在寂静之中。每天要有多少只脚踏着的边路,只是安然地躺在那里,屋顶上流下来的水冲过光滑的街面流向地沟,窗橱仍是辉煌地明了灯,或是红的,绿的,紫的霓虹光,昂然站立着的女型像是也无力地垂下了头,披在肩上的纱和缎,要从那上面溜下来似的。

"我厌烦了,我要到外面走走去,哪怕是落雨的天。"

它们好像这样叫着,可是它们只是兀然站在那里,不能移动一步。

路上的车少得使人疑惑了,谁能信这是最繁闹的街路呢?谁能相信这地价一方尺就值万呢?而且这路,是用上好的红木铺起来的。只是有无数的蛇蜿动着,在路的中心爬泳着,抬起头来,就看到空漠地亮在那里的广告了。是的,这个城市是只相信大言和虚伪的,说真话和给人真心看的是稀有的傻子。这样的人该走回他所自来的地方。

走着那座桥，一条美丽的河在下面过去了，那美丽是没有法子写得出的，要一个人的我突然像是痴呆了似的说着：

"你看，这河多美。——"

我立刻就意识到在这上面我没有相识的人，即是不相识的人，也没有一个。

看到夜间美丽的河水，就想到了日间所看到水面上的污秽和成日成夜地小工淌流着的汗水。是的，河水也许要有一点腥咸的味了。

到了我所要到的停站，我走下来，顺着边路走去。教堂前的散音器又激昂地说着上帝的万能和上帝的仁慈，忠心的上帝的奴仆，正自守在街的这面和那一面。

当着我走过去的时节，冒了雨，一个人的手碰了碰我的手臂，接着就说：

"请到里面听讲吧，信上帝是有福的。"

信上帝不是只有福的，而且是有利的，从那散音器中正在疾呼着：

"……上帝能使你富，使你离开贫穷，你们要信上帝，才能得到上帝的恩赐。……"

可是我却连头也不抬一下，急匆匆地走着自己的路，不久我就折入了一条较阴暗的巷子。

雨水使这条巷子的石子路中积着泥浆，在暗淡的灯光下，看到蜷曲着身子，偎在路的两边的尽是一些没有家的人。他们好像还能安然地睡眠，虽然雨水打在他们的身上脸上。

我的心在战抖，好像地上的污泥涂到那上面，我的心中想着：

"如果我也是他们中的一个，没有能遮风蔽雨憩宿的地方，风雨霜雪的日子，要躺在这里度着每一个夜，我，我该有什些样的感想呢？"

过了这条巷，我的住处也在望了。为了不惊动二楼的友人，我轻悄悄地爬上三楼，我那寂寞的屋子正自寂寞地在那里等着我。

我该休息了，我就躺到床上，因为近窗的缘故，床单为雨水湿了，从尚未关起来的窗口，还有细雨飞到我的脸上，手臂上和我的身上。

> **作者简介**
>
> 靳以（1909—1959），著名作家。著有长篇小说《前夕》，短篇小说集《圣型》，专集《靳以短篇小说集》《靳以散文小说选集》，报告文学集《祖国——我的母亲》，散文集《幸福的日子》《热情的赞歌》等。

雨夜，为我们创设了一个叙述环境。雨中的凄冷萧瑟，黑夜中的阴暗岑寂，为作者的情感奠定了一个悲凉孤寂的色彩基调。文章以"我"雨夜出访归来为线索，通过对归来之初在朋友家焦灼不安地等待雨停到归来路上夜雨中冷色调景致的描写，将作者孤独、忧闷、满怀对黑暗的憎恶以及对光明的渴望的心情淋漓尽致地表现出来。

作者在历数着自己的孤寂，这种自嘲式的直白，多了一份黯然神伤，带给读者一份心灵的震撼。"谁会来等我呢，除开我那空空的四壁和一些使我厌了的陈设。"一个人的世界里，周遭的死寂，已经与灵魂的孤单浑然一体。"朋友"评价"雨夜总是美丽的"，"我"却不以为然，认为它"也许是不幸的"，仅仅是对于自然界普通意义上的雨，"朋友"和"我"的感觉却迥然相异，"朋友"的美满安适更加映衬出"我"的形单影只。这种鲜明的对比是比较残酷的，但也更能叙说作者的心境。于是，油然而生"过往的情谊不应再凭记了"，事过境迁，相聚对作者而言是百无聊赖的，于是他开始了孤寂的夜行人的归家路。

行文没有感情的大起大落，平静的叙述中却溢满情绪的波动，精致的景物描写，将作者微妙的情感灌注其中。寓情于景，情景交融，使散文生发出诸多表现空间。繁闹的市街在雨中"失去了原色"，昂然站立的女型像也"无力地垂下了头"，好像在呼喊"我厌烦了！"只有广告在"空漠"地亮着。雨夜将城市的假面具剥离，于是"只相信大言和虚伪"的城市露出了丑陋的面貌。由此，作者对周遭的厌烦与憎恶跃然纸上。

作者的心是博大的，在他深深的忧闷之中，除却个体的孤单导致的凄凉外，还有着更大的包孕：对世间的丑恶、虚伪的哀痛。作者将之形象地体现于教堂与阴暗巷子里的露宿街头者身上。一面是万能仁慈的上帝"使你富，使你离开贫穷"，一面是在积着泥浆的石子路上蜷着身子偎依在路边的穷人。当夜雨打在他们的身上，寒冷逼胁着他们的时候，万能仁慈的上帝成了一个可笑的吝啬鬼，这是怎样的一种讽刺与嘲弄！作者将这些情感的汹涌澎湃诉诸平静的叙述中，却让我们在更大程度上感受到这种深入骨髓的非人间的悲凉！

本文中的雨夜已不再是单纯的自然环境，更多地成为作者情感抒发的载体，是对当时社会环境的折射。在那个黑暗压抑的年代里，作者进行了巧妙的比附，让自然的雨夜承载了更多的思想内容与社会意义。

（刘新英）

初冬

萧红

初冬，我走在清凉的街道上遇见了我的弟弟。

"莹姐，你走到哪里去？"

"随便走走吧！"

"我们去吃一杯咖啡，好不好？莹姐。"

咖啡店的窗子在帘幕下挂着苍白的霜层。我把领口脱着毛的外衣搭在衣架上。

我们开始搅着杯子玲琅地响了。

"天冷了吧！并且也太孤寂了，你还是回家的好。"弟弟的眼睛是深黑色的。

我摇了头，我说：

"你们学校的篮球队近来怎么样？还活跃吗？你还是很热心吗？"

"我掷筐掷得更进步，可惜你总也没到我们的球场上来了。你这样不畅快是不行的。"

我仍搅着杯子，也许漂流久了的心情，就和离了岸的海水一般，若非遇到大风是不会翻起的。我开始弄着手帕。弟弟再向我说什么我已不去听清他，仿佛自己是沉坠在深远的幻想的井里。

我不记得怎样咖啡被我吃干了杯子。茶匙在搅着空的杯子时，弟弟说：

"再来一杯吧！"

女侍者带着欢笑一般飞起的头发来到我们的桌边。她又用很响亮的脚步摇摇地走了去。

也许是因为清早或是天寒，再没有人走进这咖啡店。在弟弟默默看着我的时候，在我的思想宁静得玻璃一般平的时候，壁间暖气管小小嘶鸣的声音都听得到了。

"天冷了，还是回家好，心情这样不畅快长久了是无益的。"

"怎么！"

"太坏的心情与你有什么好处呢？"

"为什么要说我的心情不好呢？"

我们又都搅着杯子。有外国人走进来，那响着嗓子的，嘴不住在说的女人，就坐在我们的近边，她离得我越近，我越嗅到她满衣的香气，那使我感到她离得我更辽远，也感到全人类离得我更辽远。也许她那安闲而幸福的态度与我一点联系也没有。

我们搅着杯子，杯子不能像起初搅得发响了，街车好像渐渐多了起来，闪在窗子上的人影迅速而且烦多了。隔着窗子可以听到喑哑的笑声和喑哑的踏在行人道上的鞋子的声音。

"莹姐，"弟弟的眼睛是深黑色的。"天冷了，再不能漂流下去，回家去吧！"等他说："你的头发这样长了，怎么不到理发店去一次呢？"我不知为什么被他这话所激动了。

也许要熄灭的灯火在我心中复燃起来，热力和光明鼓荡着我：

"那样的家我是不想回去的。"

"那么漂流着，就这样漂流着？"弟弟的眼睛是深黑色的。他的杯子留在左手里边，另一只手在桌面上手心向上翻张了开来，要在空间摸索着什么似的。最后他是捉住他自己的领巾。我看着他在抖动的嘴唇：

"莹姐，我真耽心你这个女浪人！"他的牙齿好像更白了些，更大些，而且有力了，而且充满热情了。为热情而波动，他的嘴唇是那样的退去了颜色。并且他的全人有些近乎狂人，然而是安静的，完全被热情侵占着的。

出了咖啡店，我们在结着薄碎的冰雪上面踏着脚。

初冬，朝晨的红日扑着我们的头发，这样的红光使我感到欣快和寂寞。弟弟不住地在手下摇着帽子，垂头耸起了又落下了；心脏也是高了又低了。

渺小的同情者和被同情者离开了市街。

停在一个荒败的枣树园的前面时，他突然把很厚的手伸给了我，这是在我们要告别了。

"我到学校去上课！"他脱开我的手向着和我相反的方向背转过去。可是走了几步又转回来：

"莹姐，我看你还是回家的好！"

"那样的家我是不能回去的，我不愿意受和我站在两极端的父亲的豢养……"

"那么你要钱用么？"

"不要的。"

"那么你这个样子吗？你瘦了！你快要生病了！你的衣服也太薄啊！"弟弟的眼睛是深黑色的，充满着祈祷和愿望。我们又握过手，分别方向走去。

太阳在我的脸面上闪闪耀耀，仍和未遇见弟弟以前一样，我穿过街头，我无目的地走。寒风，刺着喉头，时时要发作小小的咳嗽。

弟弟留给我的是深黑色的眼睛，这在我散漫与孤独的流荡人的心板上，怎能不微温了一个时刻？

> **作者简介**
>
> 萧红（1911—1942），现代著名女作家。代表散文有《天空的点缀》《失眠之夜》《在东京》《回忆鲁迅先生》等。

读萧红的散文《初冬》，有一种伴着音乐喝咖啡的舒缓，然而在咖啡的香气中我们又可以品出浓浓的苦涩和感伤。

本文写了姐弟二人在初冬的街头相遇，通过一段不长的时间，几次转移的地点，十几句简洁的对话，交代出了一个完整的故事：作者是旧时代一个弃家出走的女性，因为在家里有着"和我站在两极端的父亲"；然而漂流在社会上，她不仅在生活上拮据，而且心情更加的孤独和落寞。在街上漫无目的地走时，和弟弟相逢，弟弟苦苦地劝她回家，她却仍然忍受着孤独，倔强地追求着自由，追寻着自己的生活。

初冬的天气是清凉的，寒风也是"刺着喉头"的，这也符合作者寂寥的心情。她漂流着，"漂流久了的心情，就和离了岸的海水一般，若非遇到大风是不会翻起的。"她对一切都漠然，心灵也仿佛是被坚冰包围着，散漫、孤寂，没有一丝热情。头发长了，外衣领口脱着毛，她都无心去管；弟弟苦口婆心地劝她回家，她却能以旁观者似的态度欣赏弟弟的热情："他的牙齿好像更白了些，更大些，而且有力了，而且充满热情了。为热情而波动，他的嘴唇是那样的退去了颜色。并且他的全人有些近乎狂人，然而是安静的，完全被热情侵占着的。"甚至她感到全人类都离得我很辽远。这种仿佛看透了世间一切的散漫，是失去了热力和光明的迷茫，这散漫中有着多少苦涩、无奈和辛酸！作者离开了自己的家，饱含着所有的热情去追求自由，然而生活的压力和心灵的孤寂，这种种的苦难和挫折磨合着她原初的热情，将其化为一种平静，这表面的散漫其实是一种更为持久的执着。她不会退缩，她会迎着朝晨的红日继续孤独地执着地追求,因为只有"这样的红光使我感到欣快",纵然现在的我是寂寞的,迷茫的。

  天气是清冷的,然而亲情荡漾在作者的心头,也使她的心"微温了一个时刻"。弟弟对姐姐的爱,是以话语的方式来表达的,但值得注意的是萧红在文中有着对弟弟的眼睛的五次重复描写。弟弟担心她的身体,担心她漂流的生活,一再地劝她回家,甚至还注意到她的头发长了,建议她去理发店,还注意她瘦了,快要生病了,衣服也太薄了。这些至深关切的话语背后都有一双"深黑色的眼睛"。在这里,这双"深黑色的眼睛"是和弟弟感情的倾吐相对应的,这双眼睛有着无限的热情和浓浓的亲情,它关注她的现状,给她无尽的温暖,是亲情的象征。然而弟弟并不真正理解作者,他只是一个"渺小的同情者",因而这双眼睛又期待着把作者引回家庭,给她默默地施压,让她退缩。尽管如此,"弟弟留给我的是深黑色的眼睛,这在我散漫与孤独的流荡人的心板上,怎能不微温了一个时刻?"正是这份浓浓的关切和亲情,让她在初冬的寒风中体会到了一丝暖意。

(张 莹)

跑警报

汪曾祺

西南联大有一位历史系的教授，——听说是雷海宗先生，他开的一门课因为讲授多年，已经背得很熟，上课前无需准备；下课了，讲到哪里算哪里，他自己也不记得。每回上课，都要先问学生："我上次讲到哪里了？"然后就滔滔不绝地接着讲下去。班上有个女同学，笔记记得最详细，一句不落。雷先生有一次问她："我上一课最后说的是什么？"这位女同学打开笔记夹，看了看，说："您上次最后说：'现在已经有空袭警报，我们下课。'"

这个故事说明昆明警报之多。我刚到昆明的头二年，1939 年、1940 年，三天两头有警报。有时每天都有，甚至一天有两次。昆明那时几乎说不上有空防力量，日本飞机想什么时候来就什么时候来。有时竟至在头一天广播：明天将有二十七架飞机来昆明轰炸。日本的空军指挥部还真言而有信，说来准来！

一有警报，别无他法，大家就都往郊外跑，叫作"跑警报"。"跑"和"警报"联在一起，构成一个语词，细想一下，是有些奇特的，因为所跑的并不是警报。这不像"跑马""跑生意"那样通顺。但是大家就这么叫了，谁都懂，而且觉得很合适。也有叫"逃警报"或"躲警报"的，都不如"跑警报"准确。"躲"，太消极；"逃"又太狼狈。唯有这个"跑"字于紧张中透出从容，最有风度，也最能表达丰富生动的内容。

有一个姓马的同学最善于跑警报。他早起看天，只要是万里无云，不管有无警报，他就背了一壶水，带点吃的，夹着一卷温飞卿或李商隐的诗，向郊外走去。直到太阳偏西，估计日本飞机不会来了，才慢慢地回来。这样的人不多。

警报有三种。如果在四十多年前向人介绍警报有几种，会被认为有"神经病"，这是谁都知道的。然而对今天的青年，却是一项新的课题。一曰"预行警报"。

联大有一个姓侯的同学，原系航校学生，因为反应迟钝，被淘汰下来，读了联大的哲学心理系。此人对于航空旧情不忘，曾用黄色的"标语纸"贴出巨幅"广告"，举行学术报告，题曰《防空常识》。他不知道为什么对"警报"特别敏感。他正在听课，忽然跑了出去，站在"新校舍"的南北通道上，扯起嗓子大声喊叫："现在有预行警报，五华山挂了三个红球！"可不！抬头望南一看，五华山果然挂起了三个很大的红球。五华山是昆明的制高点，红球挂出，全市皆见。我们一直很奇怪：他在教室里，正在听讲，怎么会"感觉"到五华山挂了红球呢？——教室的门窗并不都正对五华山。

一有预行警报，市里的人就开始向郊外移动。住在翠湖迤北的，多半出北门或大西门，出大西门的似尤多。大西门外，越过联大新校门前的公路，有一条由南向北的用浑圆的石块铺成的宽可五六尺的小路。这条路据说是古驿道，一直可以通到滇西。路在山沟里，平常走的人不多。常见的是驮着盐巴、碗糖或其他货物的马帮走过。赶马的马锅头侧身坐在木鞍上，从齿缝里咝咝地吹出口哨（马锅头吹口哨都是这种吹法，没有撮唇而吹的），或低声唱着呈贡"调子"：

哥那个在至高山那个放呀放放牛，
妹那个在至花园那个梳那个梳梳头。
哥那个在至高山那个招呀招招手，
妹那个在至花园点那个点点头。

这些走长道的马锅头有他们的特殊装束。他们的短褂外都套了一件白色的羊皮背心，脑后挂着漆布的凉帽，脚下是一双厚牛皮底的草鞋状的凉鞋，鞋帮上大都绣了花，还钉着亮晶晶的"鬼眨眼"亮片。——这种鞋似只有马锅头穿，我没见从事别种行业的人穿过。马锅头押着马帮，从这条斜阳古道上走过，马项铃哗棱哗棱地响，很有点浪漫主义的味道，有时会引起远客的游子一点淡淡的乡愁……

有了预行警报，这条古驿道就热闹起来了。从不同方向来的人都涌向这里，形成了一条人河。走出一截，离市较远了，就分散到古道两旁的山野，各自寻找一个合适的地方呆下来，心平气和地等着，——等空袭警报。

联大的学生见到预行警报，一般是不跑的，都要等听到空袭警报：汽笛声一短一长，才动身。新校舍北边围墙上有一个后门，出了门，过铁道（这条铁道不知起讫地点，从来也没见有火车通过），就是山野了。要走，完全来得及。——所以雷先生才会说"现在已经有空袭警报"。只有预行警报，联大师生一般都是照常上课的。

跑警报大都没有准地点，漫山遍野。但人也有习惯性，跑惯了哪里，愿意上哪里。大多是找一个坟头，这样可以靠靠。昆明的坟多有碑，碑上除了刻下坟主的名讳，还刻出"×山×向"，并开出坟茔的"四至"。这风俗我在别处还未见过。这大概也是一种古风。

说是漫山遍野，但也有几个比较集中的"点"。古驿道的一侧，靠近语言研究所资料馆不远，有一片马尾松林，就是一个点。这地方除了离学校近，有一片碧绿的马尾松，树下一层厚厚的干了的松毛，很软和，空气好，——马尾松挥发出很重的松脂气味，晒着从松枝间漏下的阳光，或仰面看松树上面的蓝得要滴下来的天空，都极舒适外，是因为这里还可以买到各种零吃。昆明做小买卖的，有了警报，就把担子挑到郊外来了。五味俱全，什么都有。最常见的是"丁丁糖"。"丁丁糖"即麦芽糖，也就是北京人祭灶用的关东糖，不过做成一个直径一尺多，厚可一寸许的大糖饼，放在四方的木盘上，有人掏钱要买，糖贩即用一个刨刃形的铁片揳入糖边，然后用一个小小铁锤，一击铁片，丁的一声，一块糖就震裂下来了，——所以叫作"丁丁糖"。其次是炒松子。昆明松子极多，个大皮薄仁饱，很香，也很便宜。我们有时能在松树下面捡到一个很大的成熟了的生的松球，就掰开鳞瓣，一颗一颗地吃起来。——那时候，我们的牙都很好，那么硬的松子壳，一磕就开了！

另一个集中点比较远，得沿古驿道走出四五里，驿道右侧较高的土山上有一横断的山沟（大概是哪一年地震造成的），沟深约三丈，沟口有二丈多宽，沟底也宽有六七尺。这是一个很好的天然防空沟，日本飞机若是投弹，只要不是直接命中，落在沟里，即便是在沟顶上爆炸，弹片也不易崩进来。机枪扫射也不要紧，沟的两壁是死角。这道沟可以容数百人。有人常到这里，就利用闲空，在沟壁上修了一些私人专用的防空洞，大小不等，形式不一。这些防空洞不仅表面光洁，有的还用碎石子或碎瓷片嵌出图案，缀成对联。对联大都有新意。我至今记得两副，一副是：

人生几何
恋爱三角

一副是：

见机而作
入土为安

对联的嵌缀者的闲情逸致是很可叫人佩服的。前一副也许是有感而发，后一副却是纪实。

警报有三种。预行警报大概是表示日本飞机已经起飞。拉空袭警报大概是表示日本飞机进入云南省境了，但是进云南省不一定到昆明来。等到汽笛拉了紧急警报：连续短音，这才可以肯定是朝昆明来的。空袭警报到紧急警报之间，有时要间隔很长时间，所以到了这里的人都不忙下沟，——沟里没有太阳，而且过早地像云冈石佛似的坐在洞里也很无聊，大都先在沟上看书、闲聊、打桥牌。很多人听到紧急警报还不动，因为紧急警报后日本飞机也不定准来，常常是折飞到别处去了。要一直等到看见飞机的影子了，这才一骨碌站起来，下沟，进洞。联大的学生，以及住在昆明的人，对跑警报太有经验了，从来不仓皇失措。

上举的前一副对联或许是一种泛泛的感慨，但也是有现实意义的。跑警报是谈恋爱的机会。联大同学跑警报时，成双作对的很多。空袭警报一响，男的就在新校舍的路边等着，有时还提着一袋点心吃食，宝珠梨、花生米……他等的女同学来了，"嗨！"于是欣然并肩走出新校舍的后门。跑警报说不上是同生死，共患难，但隐隐约约有那么一点危险感，和看电影、遛翠湖时不同。这一点危险感使两方的关系更加亲近了。女同学乐于有人伺候，男同学也正好殷勤照顾，表现一点骑士风度。正如孙悟空在高老庄所说："一来医得眼好，二来又照顾了郎中，这是凑四合六的买卖。"从这点来说，跑警报是颇为罗曼蒂克的。有恋爱，就有三角，有失恋。跑警报的"对儿"并非总是固定的，有时一方被另一方"甩"了，两人"吹"了,"对儿"就要重新组合。写(姑且叫作"写"吧)那副对联的,大概就是一位被"甩"的男同学。不过,也不一定。

警报时间有时很长,长达两三个小时,也很"腻歪"。紧急警报后,日本飞机轰炸已毕,人们就轻松下来。不一会,"解除警报"响了:汽笛拉长音,大家就起身拍拍尘土,络绎不绝地返回市里。也有时不等解除警报,很多人就往回走:天上起了乌云,要下雨了。一下雨,日本飞机不会来。在野地里被雨淋湿,可不是事!一有雨,我们有一个同学一定是一马当先往回奔,就是前面所说那位报告预行警报的姓侯的。他奔回新校舍,到各个宿舍搜罗了很多雨伞,放在新校舍的后门外,见有女同学来,就递过一把。他怕这些女同学挨淋。这位侯同学长得五大三粗,却有一副贾宝玉的心肠。大概是上了吴雨僧先生的《红楼梦》的课,受了影响。侯兄送伞,已成定例。警报下雨,一次不落。名闻全校,贵在有恒。——这些伞,等雨住后他还会到南院女生宿舍去敛回来,再归还原主的。

跑警报,大都要把一点值钱的东西带在身边。最方便的是金子,——金戒指。有一位哲学系的研究生曾经作了这样的逻辑推理:有人带金子,必有人会丢掉金子,有人丢金子,就会有人捡到金子,我是人,故我可以捡到金子。因此,他跑警报时,特别是解除警报以后,他每次都很留心地巡视路面。他当真两次捡到过金戒指!逻辑推理有此妙用,大概是教逻辑学的金岳霖先生所未料到的。

联大师生跑警报时没有什么可带,因为身无长物,一般大都是带两本书或一册论文的草稿。有一位研究印度哲学的金先生每次跑警报总要提了一只很小的手提箱。箱子里不是什么别的东西,是一个女朋友写给他的信——情书。他把这些情书视如性命,有时也会拿出一两封来给别人看。没有什么不能看的,因为没有卿卿我我的肉麻的话,只是一个聪明女人对生活的感受,文字很俏皮,充满了英国式的机智,是一些很漂亮的Essay，字也很秀气。这些信实在是可以拿来出版的。金先生辛辛苦苦地保存了多年，现在大概也不知去向了，可惜。我看过这个女人的照片，人长得就像她写的那些信。

联大同学也有不跑警报的，据我所知，就有两人。一个是女同学，姓罗。一有警报，她就洗头。别人都走了，锅炉房的热水没人用，她可以敞开来洗，要多少水有多少水！另一个是一位广东同学，姓郑。他爱吃莲子。一有警报，他就用一个大漱口缸到锅炉火口上去煮莲子。警报解除了，他的莲子也烂了。有一次日本飞机炸了联大，昆明北院、南院，都落了炸弹，这位郑老兄听着炸弹乒乒乓乓在不远的地方爆炸，依然在新校舍大图书馆旁的锅炉上神色不动地搅和他的冰糖莲子。

抗战期间，昆明有过多少次警报，日本飞机来过多少次，无法统计。自然也死了一些人，毁了一些房屋。就我的记忆，大东门外，有一次日本飞机机枪扫射，田地里死的人较多。大西门外小树林里曾炸死了好几匹驮木柴的马。此外似无较大伤亡。警报、轰炸，并没有使人产生血肉横飞，一片焦土的印象。

日本人派飞机来轰炸昆明，其实没有什么实际的军事意义，用意不过是吓唬吓唬昆明人，施加威胁，使人产生恐惧。他们不知道中国人的心理是有很大的弹性的，不那么容易被吓得魂不附体。我们这个民族，长期以来，生于忧患，已经很"皮实"了，对于任何猝然而来的灾难，都用一种"儒道互补"的精神对待之。这种"儒道互补"的真髓，即"不在乎"。这种"不在乎"精神，是永远征不服的。

作者简介

汪曾祺（1920—1997），著名作家、散文家、戏剧家。著有小说《受戒》《大淖记事》，散文集《逝水》《蒲桥集》《汪曾祺小品》等。

读汪曾祺先生的《跑警报》，几乎是一路笑着读过来的，虽然散文写的是一种不幸与灾难的经历。这不能不说是作者的一种幽默与机智的本领使然。

汪曾祺的散文，总是有一种小说化的韵味，正如其小说又总有散文的韵味一样，《跑警报》也不例外。全篇文章以对三种警报的解释为线索，依次写出了昆明人民对警报的态度及"预行警报""空袭警报"和"紧急警报"拉响前后人们的表现。这里面，有令人忍俊不禁的细节，也有令人会心一笑的幽默。就连对《跑警报》这个题目中"跑"字的解释，都呈现出作者充满风趣的写作风格。

20世纪三四十年代，抗日战争依然如火如荼地进行着。日本发动的这场侵略战争带给中国人民的，是罄竹难书的灾难。《跑警报》就是对这其中一种灾难的描写。作者表面上轻松自如，实际上却怀着一种的愤怒和蔑视的情绪。在日本飞机轰炸的威胁下，市民不能正常生活，学生不能正常上课，所有的一切行动，都要依靠着有没有警报的出现而制定，"一有警报，别无他法，大家就都往郊外跑"。对于人民来说，这不能不是一种痛苦，更何况这痛苦之中，还存有着对生命的威胁的成分。然而，人们也通过种种行动表明了对日本人威胁伎俩的蔑视，就像作者在文章中写的："他们不知道中国人的心理是有很大的弹性的，不那么容易被吓得魂不附体。"是的，在"预行警报"拉响的时候，依然有学生在上课。在"空袭警报"拉响后，大多的人们还在"沟上看书、闲聊、打桥牌"。就算是听到了"紧急警报"，也有很多人依然不动。

这样一种无奈的生存环境，对于中国人来说，还是要忍受着煎熬，寻求另外一种能够活下去的生活方式和生活状态。在这种生活状态中，大家依然是积极乐观的：学生依然勤奋地学习，商人依然做着小买卖，逃难的地点也要选得舒适，就连恋爱，也因为有一点危险感而使双方的关系更加亲密，更何况还有学生能够将哲学的逻辑推理在实践中加以运用，从而捡到金子的。这些小说化的细节描写更加印证了作者的话："我们这个民族，长期以来，生于忧患，已经很'皮实'了，对于任何猝然而来的灾难，都用一种'儒道互补'的精神对待之。这种'儒道互补'的真髓，即'不在乎'。这种'不在乎'精神，是永远征不服的。"

（刘艳丽）

谈　画

张爱玲

　　我从前的学校教室里挂着一张《蒙娜丽莎》，意大利文艺复兴时代的名画。先生说："注意那女人脸上的奇异的微笑。"的确是使人略感不安的美丽恍惚的笑，像是一刻也留它不住的，即使在我努力注意之际也滑了开去，使人无缘无故觉得失望。先生告诉我们，画师画这张图的时候曾经费尽心机搜罗了全世界各种罕异可爱的东西放在这女人面前，引她现出这样的笑容。我人不喜欢这解释。绿毛龟、木乃伊的脚、机器玩具，倒不见得使人笑这样的笑。使人笑这样的笑，很难吧？可也说不定很容易。一个女人蓦然想到恋人的任何一个小动作，使他显得异常稚气，可爱又可怜，她突然充满了宽容，无限制地生长到自身之外去，荫庇了他的过去与将来，眼睛里就许有这样的苍茫的微笑。

　　《蒙娜丽莎》的模特儿被考证出来，是个年轻的太太。也许她想起她的小孩今天早晨说的那句聪明的话——真是什么都懂得呢——到八月里才满四岁——就这样笑了起来，但又矜持着，因为画师在替她画像，贵妇人的笑是不作兴露牙齿的。

然而有个十九世纪的英国文人——是不是 Walter de la Mare，记不清了——写了一篇文章关于《蒙娜丽莎》，却说到鬼灵的智慧，深海底神秘的鱼藻。看到画，想作诗，我并不反对——好的艺术原该唤起观众各个人的创造性，给人的不应当是纯粹被动的欣赏——可是我憎恶那篇《蒙娜丽莎》的说明，因为是有限制的说明，先读了说明再去看图画，就不由得要到女人眼睛里去找深海底的鱼影子。那样的华美的附会，似乎是增多，其实是减少了图画的意义。

　　国文课本里还读到一篇《画记》，那却是非常简练，只去计算那些马，几匹站着，几匹卧着。中国画上题的诗词，也只能拿它当作字看，有时候的确字写得好，而且给了画图的结构一种脱略的，有意无意的均衡，成为中国画的特点。然而字句的本身对于图画总没有什么好影响，即使用的是极优美的成句，一经移植在画上，也觉得不妥当。

　　因此我现在写这篇文章关于我看到的图画，有点知法犯法的感觉，因为很难避免那种说明的态度——而对于一切好图画的说明，总是有限制的说明，但是临下笔的时候又觉得不必有那些顾忌。譬如朋友见面，问："这两天晚上月亮真好，你看见了没有？"那也很自然吧？

　　新近得到一本赛尚画册，有机会把赛尚的画看个仔细，以前虽然知道赛尚是现代画派第一个宗师，倒是对于他的徒子徒孙较感兴趣，像 Gauguin, Van Gogh, Matisse, 以至后来的 Picasso, 都是抓住了他的某一特点，把它发展到顶点，因此比较偏执，鲜明，引人入胜。而充满了多方面的可能性的，广大的含蓄的赛尚，过去给我唯一的印象是杂志里复制得不很好的静物，几只灰色的苹果，下面衬着桌布，后面矗立着酒瓶，从苹果的处理中应当可以看得出他于线条之外怎样重新发现了"块"这样东西，但是我始终没大懂。

　　我这里这本书名叫《赛尚与他的时代》，是日文的，所以我连每幅画的标题也弄不清楚。早期的肖像画中有两张成为值得注意的对比。

1860年的一张，画的是个宽眉心大眼睛诗人样的人，云里雾里，暗金质的画面上只露出一部分的脸面与白领子。我不喜欢罗曼蒂克主义的传统，那种不求甚解的神秘，就像是把电灯开关一捻，将一种人造的月光照到任何事物身上，于是就有模糊的蓝色的美艳，有黑影，里头唧唧咯咯叫着兴奋与恐怖的虫与蛙。

再看1863年的一张画，里面也有一种奇异的，不安于现实的感觉，但不是那样廉价的诗意。这张画里我们看见一个大头的小小的人，年纪已在中年以上了，波鬈的淡色头发照当时的式样长长地分披着。他坐在高背靠椅上，流转的大眼睛显出老于世故的、轻蔑浮滑的和悦，高翘的仁丹胡子补足了那点笑意。然而这张画有点使人不放心，人体的比例整个的错误了，腿太短，臂膊太短，而两只悠悠下垂的手却又是很长，那白削的骨节与背后的花布椅套相衬下，产生一种微妙的、文明的恐怖。

1864年所作的僧侣肖像，是一个须眉浓鸷的人，白袍，白风兜，胸前垂下十字架，抱着胳膊，两只大手，手与脸的平面特别粗糙，隐现冰裂纹。整个的画面是单纯的灰与灰白，然而那严寒里没有凄楚，只有最基本的、人与风雹山河的苦斗。

欧洲文艺复兴以来许多宗教画最陈腐的题材，到了赛尚手里，却是大不相同了。《抱着基督尸身的圣母像》，实在使人诧异。圣母是最普通的妇人，清贫，论件计值地做点缝纫工作，灰了心，灰了头发，白鹰钩鼻子与紧闭的嘴里有四五十年来狭隘的痛苦。她并没有抱住基督，背过身去正在忙着一些什么，从她那暗色衣裳的折叠上可以闻得见焐着的贫穷的气味。抱着基督的倒是另一个屠夫样的壮大男子，石柱一般粗的手臂，秃了的头顶心雪白地连着阴森的脸，初看很可怕，多看了才觉得那残酷是有它的苦楚的背景的，也还是一个可同情的人。尤为奇怪的是基督本人，皮肤发黑，肌肉发达，脸色和平，伸长了腿，横贯整个的画面，他所有的只是图案美，似乎没有任何其他意义。

《散步的人》，一个高些，戴着绅士气的高帽子，一个矮些的比较像武人，头戴卷檐大毡帽，脚踏长筒皮靴，手扶司的克。那炎热的下午，草与树与淡色的房子蒸成一片雪亮的烟，两个散步的人衬衫里焖着一重重新的旧的汗味，但仍然领结打得齐齐整整，手搀着手，茫然地、好脾气地向我们走来，显得非常之楚楚可怜。

　　《野外风景》里的两个时髦男子的背影也给人同样的渺小可悲的感觉。主题却是两个时装妇女。这一类的格局又是一般学院派肖像画的滥调——满头珠钻、严妆的贵族妇人，昂然立在那里像一座小白山；背景略点缀些树木城堡，也许是她家世袭的采邑。然而这里的女人是绝对写实的。一个黑头发的支颐而坐，低额角，壮健，世俗，有一种世俗的伶俐。一个黄头发的多了一点高尚的做作，斜欠身子站着，卖弄着长尾巴的鸟一般的层叠的裙幅，将面颊偎着皮手笼，眉目冲淡的脸上有一种朦胧的诗意。把这样的两个女人放在落荒的地方，风吹着远远的一面大旗，是奇怪的，使人想起近几时的超写实派，画一棵树，树顶上嵌着一只沙发椅，野外的日光照在碎花椅套上，梦一样的荒凉。赛尚没有把这种意境发展到它的尽头，因此更为醇厚可爱。

　　《牧歌》是水边的一群男女，蹲着，躺着，坐着，白的肉与白的衣衫，音乐一般地流过去，低回作U字形。转角上的一个双臂上伸，托住自己颈项的裸体女人，周身的肉都波动着，整个的画面有异光的宕漾。

　　题名《奥林匹亚》的一幅，想必是取材于希腊的神话。我不大懂，只喜欢中央的女像，那女人缩做一团睡着，那样肥大臃肿的腿股，然而仍旧看得出来她是年轻坚实的。

　　我不喜欢《圣安东尼之诱惑》，那似乎是他偏爱的题材，前后共画过两幅，前期的一张阴暗零乱，圣安东尼有着女人的乳房，梦幻中出现的女人却像一匹马，后期的一张则是淡而混乱。

　　《夏之一日》抓住了那种永久而又暂时的，日光照在身上的感觉。

水边的小孩张着手，岔开腿站着，很高兴的样子，背影像个蛤蟆。大日头下打着小伞的女人显得可笑。对岸有更多的游客，绿云样的树林子，淡蓝天窝着荷叶边的云，然而热，热到极点。小船的白帆发出熔铁的光，船夫、工人都烧得焦黑。

两个小孩的肖像，如果放在一起看，所表现的人性的对比是可惊的。手托着头的小孩，突出的脑门上闪着一大片光，一脸的聪明，疑问，调皮，刁泼，是人类最厉害的一部分在那里往前挣。然而小孩毕竟是小孩，宽博的外套里露出一点白衬衫，是那样的一个小的白的容易被摧毁的东西，到了一定的年纪，不安分的全都安分守己了，然而一下地就听话的也很多，像这里的另一个小朋友，一个光致致的小文明人，粥似的温柔，那凝视着你的大眼睛，于好意之中未尝没有些小奸小坏，虽然那小奸小坏是可以完全被忽略的，因为他不中用，没出息，三心两意，歪着脸。

在笔法方面，前一张似乎已经是简无可简了，但是因为要表示那小孩的错杂的灵光，于大块着色中还是有错杂的笔触，到了七年后的那张孩子的肖像，那几乎全是大块的平面了，但是多么充实的平面！

有个名叫"却凯"的人（根据日文翻译出来，音恐怕不准），想必是赛尚的朋友，这里共有他的两张画像。我们第一次看见他的时候，已经是老糊涂模样，哆着嘴，跷着腿坐在椅上，一只手搭在椅背上，十指交叉，从头顶到鞋袜，都用颤抖狐疑的光影表现他的畏怯、唠叨、琐碎。显然，这人经过了许多事，可是不曾悟出一条道理来，因此很着慌，但同时自以为富有经验，在年高德劭的石牌楼底下一立，也会教训人了。这里的讽刺并不缺少温情，但在九年后的一张画像里，这温情扩张开来，成为最细腻的爱抚。这一次他坐在户外，以繁密的树叶为背景，一样是白头发，瘦长条子，人显得年轻了许多。他对于一切事物以不明了而引起的惶恐，现在混成一片大的迷惑，因为广大，反而平静下来了，低垂的眼睛里有那样的忧伤，惆怅，退休；瘪进去的小嘴带着微笑，是个愉快的早晨吧,在夏天的花园里。这张画一笔一笔里都有爱,对于这人的,这人对于人生的留恋。

对现代画中夸张扭曲的线条感兴趣的人,可以特别注意那只放大了的,去了主角的手。

画家的太太的几张肖像里也可以看得出有意义的心理变迁。最早的一张,是把传统故事中的两个恋人来作画题的,但是我们参考后来的肖像,知道那女人的脸与他太太有许多相似之处。很明显地,这里的主题就是画家本人的恋爱。背景是罗曼蒂克的,湖岸上生着芦苇一类的植物,清晓的阳光照在女人的白头巾上,有着"蒹葭苍苍,白露为霜"的情味。女人把一只手按在男人赤膊的肩头,她本底子是浅薄的,她的善也只限于守规矩,但是恋爱的太阳照到她身上的时候,她在那一刹那变得宽厚聪明起来,似乎什么都懂得了,而且感动得眼里有泪光。画家要她这样,就使她成为这样,他把自己反倒画成一个被动的、附属的、没有个性的青年,垂着头坐在她脚下,接受她的慈悲,他整个的形体仿佛比她小一号。

赛尚的太太第一次在他画里出现,是这样的一个方圆脸盘,有着微凸的大眼睛,一切都很淡薄的少女,大约经过严厉的中等家庭教育,因此极拘谨,但在恋爱中感染了画家的理想,把他们的关系神圣化了。

她第二次出现,着实使人吃惊。想是多年以后了,她坐在一张乌云似的赫赫展开的旧绒沙发上,低着头缝衣服,眼泡突出,鼻子比前尖削了,下巴更方,显得意志坚强,铁打的紧紧束起的发髻,洋铁皮一般硬的衣领衣袖,背后看得见房门,生硬的长方块,门上安着锁;墙上糊的花纸,纸上的花,一个个的也是小铁十字架;铁打的妇德,永生永世的微笑的忍耐——做一个穷艺术家的太太不是容易的吧?而这一切都是一点一点来的——人生真是可怕的东西呀!

然而五年后赛尚又画他的太太,却是在柔情的顷刻间抓住了她。她披散着头发,穿的也许是寝衣,缎子的,软而亮的宽条纹的直流,支持不住她。她偏着头，沉沉地想她的心事，回忆使她年轻了——当然年轻人的眼睛里没有那样的凄哀。为理想而吃苦的人，后来发现那理想剩下很少很少，而那一点又那么渺茫，可是因为当中吃过苦，所保留的一点反而比从前好了，像远处飘来的音乐，原来很单纯的调子，混入了大地与季节的鼻息。

然而这神情到底是暂时的。在另一张肖像里，她头发看上去仿佛截短了，像个男孩子，脸面也使人想起一个饱经风霜的孩子，有一种老得太早了的感觉。下巴向前伸，那尖尖的半侧面像个锈黑的小洋刀，才切过苹果，上面腻着酸汁。她还是微笑着，眼睛里有惨淡的勇敢——应当是悲壮的，但是悲壮是英雄的事，她只做得到惨淡。

再看另一张，那更不愉快了。画家的夫人坐在他的画室里，头上斜吊着鲜艳的花布帘幕，墙上有日影，可是这里的光亮不是她的，她只是厨房里的妇人。她穿着油腻的暗色衣裳，手里捏着的也许是手帕，但从她捏着它的姿势上看来，那应当是一块抹布。她大约正在操作，他叫她来做模特儿，她就像敷衍小孩子似的，来坐一会儿。这些年来她一直微笑着，现在这画家也得承认了——是这样的疲乏、粗蠢、散漫的微笑。那吃苦耐劳的脸上已经很少女性的成分了，一只眉毛高些，好像是失望后的讽刺，实在还是极度熟悉之后的温情。要细看才看得出。

赛尚夫人最后的一张肖像是热闹鲜明的。她坐在阳光照射下的花园里，花花草草与白色的路上腾起春夏的烟尘。她穿着礼拜天最考究的衣裙，鲸鱼骨束腰带紧匝着她，她恢复了少妇的体格，两只手伸出来也有着结实可爱的手腕。然而背后的春天与她无关。画家的环境渐渐好了，苦日子已经成了过去，可是苦日子里熬炼出来的她反觉过不惯。她脸上的愉快是没有内容的愉快。去掉那鲜丽的背景，人脸上的愉快就变得出奇地空洞，简直近于痴呆。

看过赛尚夫人那样的贤妻，再看到一个自私的女人，反倒有一种松快的感觉。《戴着包头与皮围巾的女人》，苍白的长脸长鼻子，大眼睛里有阴冷的魅惑，还带着城里人下乡的那种不屑的神气。也许是个贵妇，也许是个具有贵妇风度的女骗子。

叫作《塑像》的一张画，不多的几笔就表达出那坚致酸硬的、石头的特殊的感觉。图画不能比这更为接近塑像了。原意是否讽刺，不得而知，据我看来却有点讽刺的感觉——那典型的小孩塑像，用肥胖的突出的腮、突出的肚子与筋络来表示神一般的健康与活力，结果却表示了贪嗔，骄纵，过度的酒色财气，和神差得很远，和孩子差得更远了。

此外有许多以集体出浴为题材的，都是在水边林下，有时候是清一色的男子，但以女子居多，似乎注重在难画的姿势与人体的图案美的布置，尤其是最后的一张《水沿的女人们》，人体的表现逐渐抽象化了，开了后世文体派的风气。

"谢肉祭"的素描有两张，画的大约是狂欢节男女间公开的追逐。空气混乱，所以笔法也乱得很，只看得出一点：一切女人的肚子都比男人大。

《谢肉祭最后之日》却是一张杰作。两个浪子，打扮做小丑模样，大玩了一通回来了，一个挟着手杖；一个立脚不稳，弯腰撑着膝盖，身段还是很俏皮，但他们走的是下山路。所有的线条都是倾斜的，空气是满足了欲望之后的松弛。"谢肉祭"是古典的风俗，久已失传了，可是这里两个人的面部表情却非常之普遍。佻佽，简单的自信，小聪明，无情也无味。

《头盖骨与青年》画着一个正在长大的学生坐在一张小桌子旁边，膝盖紧抵桌腿，仿佛挤不下，处处扞格不入。学生的脸的确是个学生，顽皮，好问，有许多空想，不大看得起人。廉价的荷叶边桌子，可以想象做那水浪形的边缘嵌在肉上的感觉。桌上放着书、尺、骷髅头压着纸。医学上所用的骷髅是极亲切的东西，很家常，尤其是学生时代的家常，像出了汗的脚闷在篮球鞋里的气味。

描写老年有《戴着荷叶边帽子的妇人》,她垂着头坐在那里数她的念珠,帽子底下露出狐狸样的脸,人性已经死去了大部分,剩下的只有贪婪,又没有气力去偷,抢,囤,因此心里时刻不安;她念经不像是为了求安静,也不像是为了天国的理想,仅仅是数点手里咕碌谷碌的小硬核,数着眼面前的东西,她和它们在一起的日子也不久长了,她也不能拿它们怎样,只能东舐舐,西舐舐,使得什么上头都沾上一层腥液。

赛尚本人的老年就不像这样。他的末一张自画像,戴着花花公子式歪在一边的"打鸟帽",养着白胡须,高挑的细眉毛,脸上也有一种世事洞明的奸猾,但是那眼睛里的微笑非常可爱,仿佛说:看开了,这世界没有我也会有春天来到。——老年不可爱,但是老年人有许多可爱的。

风景画里我最喜欢那张《破屋》,是中午的太阳下的一座白房子,有一只独眼样的黑洞洞的窗,从屋顶上往下裂开一条大缝,房子像在那里笑,一震一震,笑得要倒了。通到屋子的小路,已经看不大见了,四下里生着高高下下的草,在日光中极淡极淡,一片模糊。那哽噎的日色,使人想起"长安古道音尘绝,音尘绝——西风残照,汉家陵阙。"可是这里并没有巍峨的过去,有的只是中产阶级的荒凉,更空虚的空虚。

作者简介

张爱玲(1920—1995),著名女作家。著有《霸王别姬》《沉香屑第一炉香》《沉香屑第二炉香》《倾城之恋》《金锁记》《红玫瑰与白玫瑰》等小说及《谈女人》《童言无忌》《姑姑语录》等散文。

张爱玲卓越超群的才情世人公认，她的文学创作成就首推小说创作，但作为一个十分优秀的散文家，她同样当之无愧。张爱玲的散文，机俏漂亮、通脱睿智而又文采丰赡，理性、情趣、灵悟皆自然溢出，不见丝毫刻意而为的匠艺。绘画鉴赏散文《谈画》收录在1944年由上海五洲书报社出版的散文集《流言》中，张爱玲立足于具体人生与现实的艺术观念和方法，对赛尚的绘画作品进行了赏析和评价，以其独有的颖悟天分去把握和理解赛尚作品的意象、色彩所表达的整体情调氛围和意境。文中对每幅画作的评论，都是她真实地浸渍着现实人生情味的艺术感受。

　　在张爱玲看来，对于《蒙娜丽莎》的微笑的多种理解，从前学校里先生的解释是幼稚肤浅的，而英国文人从中看到"鬼灵的智慧，深海底神秘的鱼藻"的神秘兮兮的浪漫主义联想也是不可取的。在张爱玲的审美理解中，蒙娜丽莎的微笑并非那样深奥离奇，这种艺术美蕴含的或许更多是世俗人情的意义——比如一个女人对恋人充满爱意的宽容，"一个女人蓦然想到恋人的任何一个小动作，使他显得异常稚气，可爱又可怜，她突然充满了宽容，无限制地生长到自身之外去，荫庇了他的过去与将来，眼睛里就许有这样的苍茫的微笑"；——比如一个母亲对孩子的稚气和聪慧充满幸福感的体味："也许她想起她的小孩今天早晨说的那句聪明的话——真是什么都懂得呢——到八月里才满四岁——就这样笑了起来，但又矜持着"。她认为正是这些可爱可亲的生活细节，赋予了蒙娜丽莎微笑的从容与优美。

　　这种立足于具体人生与现实的艺术观念和方法，在她对赛尚绘画作品的赏析与评价中，得到了充分而细致的实践性展示。对1863年所作的一张肖像画，张爱玲体味出里面"有一种奇异的、不安于现实的感觉"，使人"产生一种微妙的、文明的恐怖"；对1864年所作的僧侣肖像，张爱玲从形象的细节和画面整体的灰与灰白色调中，理悟出"那严寒里没有凄楚，只有最基本的、人与风雪山河的苦斗"；从《抱着基督尸体的圣母像》，张爱玲嗅出了这位极普通的清贫妇人暗色衣裳里面"焐着的贫穷的气味"；从《散步的人》中，张爱玲感受到两个散步者"衬衫里焖着一重重新的旧的汗味，但仍然领结打得齐齐整整，手挽着手，茫然地、好脾气地向我们走来，显得非常之楚楚可怜"。对《野外风景》中两个时髦男子的背影，张爱玲评说它给人一种渺小的可悲的感觉，而从画中两个时装妇女的形象中，她看出了黑头发的有一种世俗的伶俐，黄头发的则多了一点高尚的做作。她认为这些形象怪诞地放在一起，便构成了这幅画梦一样的荒凉意境。还有对两张名叫"却凯"的人物画像的评析，张爱玲也是重点抓取其间蕴含的现实生活内容——第一张画中突现了"却凯"的"畏怯、唠叨、琐碎"，第二张画重在刻绘"却凯"的忧伤、惆怅和"对于人生的留恋"。这些感觉描述无疑都叠印着她自身的切实生命体验，极像她在小说中对世俗人生的描写——机俏而带着善意的揶揄，悲天悯人的情怀无所不在。

张爱玲从画中体悟到的情调、氛围及意境，也凝聚了她的个性意识和自身生活体验，甚至直接表现了她自己的生活态度和人生价值观。文中张爱玲对赛尚太太几幅画像进行对照分析，认为从中可以洞悉非常有意味的心理变化，从第一幅画中恋爱的太阳照在赛尚太太身上，到多年后第二次画出的这个女人的形象，张爱玲分析出这样的意蕴："铁打的妇德，永生永世的微笑的忍耐"。又隔了五年后的一张肖像里，画家虽然抓住了她柔情的神态，但张爱玲却从中看出了人物眼中的凄凉。在另一张肖像里，她注意到赛尚太太老得太快太早，表情是微笑的，但眼中流露的已是惨淡和无奈的神色。再接下来的一张，赛尚太太脸上浮现的微笑，在张爱玲眼中却变得"疲乏、粗蠢、散漫"，"好像是失望后的讽刺"。对赛尚太太最后的一张肖像，她认为虽然人物身穿考究的服饰，身后是热闹鲜明的春色，但这春天却根本与人物无关，赛尚太太脸上的愉快"出奇地空洞，简直近于痴呆"。这样的心理变化历程，与其说是画家的创作本意，不如说是欣赏者张爱玲对女性悲剧人生的观察和感受——较之生命中数不尽的磨难与愁怨，生命中某些快乐的细节和时光太短暂太仓促了。

对于赛尚的风景画，张爱玲最偏爱题名为《破屋》的那一幅。究其原因，是她从中看出了人生的荒凉与虚空。这种能从对生活不经意的一瞥中看到地老天荒，从而洞彻人生的悲凉的深刻洞察力，的确是她独具的一种魅力。所以说，张爱玲的谈画，并非是纯粹的绘画赏析，而是在画里寻找人间与人生，借谈画表述自己的生活观与艺术观。

（李掖平）

中国在我墙上

王鼎钧

你用了三页信纸谈祖国山川,我花了一个上午的工夫读中国全图。中国在我眼底;中国在我墙上。山东仍然像骆驼头,湖北仍然像青蛙,甘肃仍然像哑铃,海南岛仍然像鸟蛋。

我花了整整一个上午。正看反看,横看竖看,看疆界道路山脉河流,看五千年,看十亿人。中国,蚌壳一样的中国,汉瓦一样的中国,电子线路板一样的中国。中国供人玩赏,供人考证,供人通上电流任他颤抖叫喊。中国啊,你这起皱的老脸,流泪的苦脸,硝镪水蚀过、文身术污染过的脸啊,谁够资格来替你看相,看你的天庭、印堂、沟洫、法令纹,为你断未来一个世纪的体咎?咳,我实在有些迷信。

地图是一种缩地术,也是一种障眼法。城市怎能是一个黑点,河流怎能是一根发丝,湖泊怎会是淡淡的蛙痕,山岳怎会是深色的水渍。太多的遮掩,太多的欺瞒。地图使人骄傲,自以为与地球对等,于是膨胀自己,放大土地,把山垫高,把海挖深,俨然按图施工的盘古。每一个黑点都放大,放大,放大到透明无色,天朗气清,露出里巷门牌,让寻人者一瞥看清。出了门才知道自己渺小,过一条马路都心惊肉跳。这个上午我沉默,中国也沉默,我忙碌,中国稳坐不动,任我神游,等我筋疲力竭。

现在,在我眼前,中国是一幅画。我在寻思我怎么从画中掉出来。一千年前有个预言家说,地是方的,你只要一直走,一直走,就会掉下去。哥伦布不能证实的,由我应验了。看我走过的那些路!比例尺为证,脚印为证。披星戴月,忍饥耐饿,风打头雨打脸,走得仙人掌的骨髓枯竭,太阳内出血,驼掌变薄。走在耕种前的丑陋里,收获后的零乱凄凉里,追逐地平线如追逐公义,穿过夸父化成的树林,林中无桃,暗数处女化成了多少喷泉,喷泉仰脸对天祈祷,天只给他几片云影。那些里程、那些里程呀,连接起来比赤道还长,可是没发现好望角。一直走,一直走,走得汽车也得了心绞痛。

我实在太累,实在希望静止,我羡慕深山里的那些树。走走走,即使重走一遍,童年也不可能在那一头等我。走走走,还不是看冬换了动物,夏换了植物,看最后的玫瑰最先的菊花,听最后的雁最先的纺织娘。四十年可以将人变鬼、将河变路、将芙蓉花变断肠草。四十年一阵风过,断线的风筝沿河而下,小成一粒沙子,使我的眼红肿。水不为沉舟永远荡漾,漩涡会闭,真相沉埋,千帆驶过。我实在太累、太累。

说到树,那天在公园里我心中一动。蟒蛇一样的根,铁铸石雕一样的根,占领土地,竖立旗帜。树不用寻根,它的根下入泉壤,上见青云,树即根,根即是树。除非砍伐肢解,花果飘零,躯干进锯木厂,残枝堆在灶口。那时根又从何寻起,即使寻到了根,根也难救。

我坐对那些树,欣赏他们的自尊自信,很想问他们:生在这里有抱怨没有?想生在山顶和明月握手?想生在水边看自己轮回?讨厌还是喜欢树上那一伙麻雀?讨厌还是喜欢树下那盏灯?如何在此成苗?如何从牛蹄的甲缝里活过来?何时学会垄断阳光杀死闲草?何时学会高举双臂贿赂上帝?谁是你的祖先?谁是你的子孙?

湖边还参差看老柳。这些柳，春天用它的嫩黄感动我，夏天用它的婀娜感动我，秋天用它的萧条感动我。它们和当年那些令我想起你的发丝来的垂柳同一族类。它们在这里以足够的时间完成自己，亭亭拂拂，如曳杖而行，如持笏而立，如伞如盖，如泉如瀑，如须如髯，如烟如雨。老家的那些柳树却全变成一个个坑洞。它们只不过是柳树罢了，树中最柔和的，只不过藏几只乌鸦泼一片浓荫罢了！

你很难领会我的意思。我们都是人海的潜泳者，隔了一大段时间才冒出水面，谁也不知道对方在水底干些什么。在人们的猜疑编造声中，我们都想凭一张药方治对方的百病。我怎能为了到峨眉山上看猴子而回去？泰山日出怎能治疗怀乡？假洋鬼子只称道长城和故宫，一个真正的中国人，他的梦里到底有些什么？还剩下几件？中国，伟大的中国，黄河九次改道的中国，包容世界第二大沙漠的中国，却不肯给我母亲一抔土。我不能以故乡为墓，我没有那么大；我也不能说坟墓是一种奢侈品，我没有那么小。我哪有心情去看十三陵。

《旧约》里面有一段话：生有时，死有时；聚有时，散有时。你看，我的确很迷信。

作者简介

王鼎钧（1925— ），著名散文家。主要散文作品有《人生三书》（《开放的人生》《人生试金石》《我们现代人》）、《人生观察》、《长短调》、《世事与棋》、《情人眼》、《碎玻璃》等。

何处望神州？满眼风光墙上头！一张中国地图，引发了羁旅海外的游子如海的乡愁！

但这里面深藏的又岂止是单纯的思念？假如有一天能回故里，恐怕会"近乡情更怯"了。"道逢乡里人，家中有阿谁？"所以，作者说"四十年可以将人变鬼、将河变路、将芙蓉花变断肠草。四十年一阵风过，断线的风筝沿河而下，小成一粒沙子，使我的眼红肿。"所以，他才引用《圣经》里的话说："生有时，死有时；聚有时，散有时。"几十年的世事沧桑、颠沛流离，连故乡也会变得可疑了！

然而，乡情已成痼疾，如何疗之，看来只有呆坐地图前，苦苦思忆了！"每一个黑点都放大，放大，放大到透明无色，天朗气清，露出里巷门牌，让寻人者一瞥看清。出了门才知道自己渺小，过一条马路都心惊肉跳。这个上午我沉默，中国也沉默，我忙碌，中国稳坐不动，任我神游，等我筋疲力尽。"

在当代中国散文的艺术创新方面，台湾比大陆走得早，成就也大。余光中、许达然和本文作者王鼎钧等人，都有很大建树，他们开创了中华散文一代新风，而且各有特色。同前两者相比，王鼎钧先生似乎更喜欢运用传统精神和古典意象，同时借鉴意识流和抽象变形等手法，把现代社会的意象、诗词典故等巧妙地熔为一炉，让人耳目一新。比如"中国，蚌壳一样的中国，汉瓦一样的中国，电子线路板一样的中国。"比如"水不为沉舟永远荡漾，漩涡闭合，真理沉埋，千帆驶过。"比如"一直走，一直走，走得汽车也得了心绞痛。"比如"它们在这里以足够的时间完成自己，亭亭拂拂，如曳杖而行，如持笏而立，如伞如盖，如泉如瀑，如须如髯，如烟如雨。"比如"我们都是人海的潜泳者，隔了一大段时间才冒出水面，谁也不知道对方在水底干些什么。"这些新旧的意象、中外的手法被作者运用得炉火纯青，很值得借鉴！

而把一封给友人的信这么不露痕迹地变成一篇精致的散文，不也令人艳羡吗？!

（凯璇 永波 国艳）

一个父亲的札记

周国平

一、平凡的神秘

我曾经无数次地思考神秘,但神秘始终在我之外,不可捉摸。

自从妈妈怀了你,像完成一个庄严的使命,耐心地孕育着你,肚子一天天骄傲地膨大,我觉得神秘就在我的眼前。

你诞生了,世界发生了奇异的变化,一个有你存在的世界是一个全新的世界,我觉得我已经置身于神秘之中。

诚然,街上天天走着许多大肚子的孕妇,医院里天天产下许多皱巴巴的婴儿,孕育和诞生实在平凡之极。

然而,我要说,人能参与的神秘本来就平凡。

我还要说,人不能参与的神秘纯粹是虚构。

创造生命,就是参与神秘。

二、摇篮和家园

出生后第七天,你和妈妈离开医院,回到了家里。我们终于"团圆"了。

说你"回"到家里，似不确切，因为你是第一次来这个家。

不对。应该说，你来了，我们才第一次有了这个家。

孩子是使家成其为家的根据。没有孩子，家至多是一场有点儿过分认真的爱情游戏。有了孩子，家才有了自身的实质和事业。

男人是天地间的流浪汉，他寻找家园，找到了女人。可是，对于家园，女人有更正确的理解。她知道，接纳了一个流浪汉，还远远不等于建立了一个家园。于是，她着手编织一只摇篮——摇篮才是家园的起点和中心。

屋里有摇篮，摇篮里有婴儿，心里多么踏实。

三、心甘情愿的辛苦

未曾生儿育女的人，不可能知道父母的爱心有多痴。

在怀你之前，我和妈妈一直没有拿定主意要不要孩子。甚至你也是一次"事故"的产物。我们觉得孩子好玩，但又怕带孩子辛苦。有了你，我们才发现，这种心甘情愿的辛苦是多么有滋有味，爸爸从给你换尿布中品尝的乐趣不亚于写出一首好诗！

这样一个肉团团的小躯体，有着和自己相同的生命密码，它所勾起的如痴如醉的恋和牵肠挂肚的爱，也许只能用生物本能来解释了。

哲学家会说，这种没来由的爱不过是大自然的狡计，它借此把乐于服役的父母们当成了人类种族延续的工具。好吧，就算如此。我但有一问：当哲学家和诗人怀着另一种没来由的爱从事精神的劳作时，他们岂非也不过是充当了人类文化延续的工具。

四、弱小的力量

我不愿做暴君的奴隶,我却被你的弱小所征服。

你的力量比不上一株小草,小草还足以支撑起自己幼小的生命,你却只能用啼哭寻求外界的援助。可是你的啼哭是天下最有权威的命令,一声令下,妈妈的乳头已经为你擦拭干净,爸爸也已经用臂弯为你架设一只温暖的小床。

此刻你闭眼安睡了。你的小身子信赖地依偎在我的怀里,你的小手紧紧抓住我的衣襟。闻着你身上散发的乳香味,我不禁流泪了。你把你的小生命无保留地托付给了我,相信在爸爸怀里能得到绝对的安全。

你怎会知道,爸爸连他自己也保护不了,我们的命运都在上帝的掌握之中。

不过,对于爸爸妈妈,你的弱小确有非凡之力——是魅力,也是威力。惟其因为你弱小,我们的爱更深,我们的责任更重,我们的服务更勤。你的弱小召唤我们迫不及待地为你献身。

五、忘恩负义的父母

过去常听说,做父母的如何为子女受苦、奉献、牺牲,似乎恩重如山。自己做了父母,才知道这受苦同时就是享乐,这奉献同时就是收获,这牺牲同时就是满足。所以,如果要说恩,那也是相互的。而且,愈是有爱心的父母,愈会感到所得远远大于所予。

对孩子的爱是一种被动的主动,一种身不由己的心甘情愿。孩子那么可爱,由不得你不爱。

对孩子的爱是一种自私的无私,一种不为公的舍己。这种骨肉之情若陷入盲目,真可以使你为孩子牺牲一切,包括你自己,包括天下。

其实，任何做父母的，当他们陶醉于孩子的可爱时，都不会以恩主自居。一旦以恩主自居，就必定是忘记了孩子曾经给予他们的巨大快乐，也就是说，忘恩负义了。人们总谴责忘恩负义的子女，殊不知天下还有忘恩负义的父母呢！

六、盼望生女

我盼望生个女儿——
因为生命是女人给我的礼物，我愿把它奉还给女人；
因为我知道自己是一个溺爱的父亲。我怕把儿子宠骄，却不怕把女儿宠娇；
因为儿子只能分担我的孤独。女儿不但分担而且抚慰我的孤独；
因为上帝和我都苛求男儿而宽待女儿，浑小子令我们头疼，傻妞却使我们破颜；
因为诗人和女性订有永久的盟约。

七、最得意的作品

你的摇篮放在爸爸的书房里，你成了这间大屋子的主人。从此爸爸不读书，只读你。

你是爸爸妈妈合写的一本奇妙的书。在你问世前，无论爸爸妈妈怎么想像，也想像不出你的模样。现在你展现在我们面前，那么完美，仿佛不能改动一字。

我整天坐在摇篮边，怔怔地看你，百看不厌。你的小脸蛋白白净净的，透着一股灵气。有时候片刻之间，你的脸上会闪过千百种表情：微笑、沉思、横眉蔑视、皱眉厌烦。眼睛变成月牙形的娇媚……不过，多数时候，你出奇的恬静，那时你最美。入睡时，你的两条小胳膊平举在脑袋两侧，脸上的神态安详得近乎佛相。醒时，你静静地睁着一双乌黑澄澈的大眼睛，久久凝视空间中某处，不知在想什么。那目光自信而超然，真令人感到神秘。

看你这么可爱，我常常忍不住要抱起你来，和你说话。那时候，你会盯着我看，眼中闪现两朵仿佛会意的小火花，嘴角微微一动似乎在应答。

你是爸爸最得意的作品，我读你读得入迷。

作者简介

周国平（1945— ），著名学者、作家。著有学术著作《尼采：在世纪的转折点上》《尼采与形而上学》，散文集《守望的距离》《各自的朝圣路》，随感集《人与永恒》等。

一个天使般可爱的小生命未及开放便猝然凋零了，《一个父亲的札记》是作家周国平以从血脉里流淌出的真挚与爱为纪念女儿点燃的一脉心香。本文是节选。在散文中，周国平以一位诗人、哲学家的目光去写自己女儿生命的诞生、开放和凋零，让读者感觉其在毫不雕饰的语言中蕴藉了无尽的父爱，让我们体味到一个新生命的逝去给初为人父的作者所带来的深深的悲痛。

散文最大的特色在于其情感抒发的饱满与充沛，作者以第二人称来写，将一个未知世事的婴儿作为倾诉的对象，感情的抒发直接自然，真挚而富于感染力。父亲或看着女儿闭眼安睡，或抱着女儿柔弱的身体诉说，在身体与身体的碰撞、心灵与心灵的会晤中体味那绵延不绝的父女之爱、血缘之爱。为了将这种情感淋漓尽致地表现出来，作者从多个角度写了孩子存在的意义：使家成为一个真正的家，使男人与女人成为充满爱心的父母,使所有的父母付出一切,甚至自己,甚至天下。这样,由于情感的浸润,作者使这一切表达自然而不造作,甚至即使是一些哲理性的感悟,也多由于有感而发而易于理解,易于引起读者的共鸣。

散文的另一特色在于其充满感情的细节描写。作者以一位父亲对女儿的深深的爱恋,细细地观察她的一举一动,一颦一笑。在父亲的眼里,女儿所有的生命活动都是一首美妙的乐章,看之不尽,品之不够,再平凡的动作和表情在父亲那里也是世间最美的诗篇。那个小小的孩子,"你的小身子信赖地依偎在我的怀里";女儿的弱小无助引起了父亲更深的爱怜。女儿"白白净净"的、会闪过千百种表情的小脸蛋,睡时可爱的姿态和醒时宁静的眼神都被作者一一细碎而充满爱怜地写来。这些细节描写真挚细腻,字里行间倾注着父亲对女儿的无尽爱意。

散文的语言平朴深沉,而且由于情感的托扶,使语言产生了一种扑面而来的诗意,一种简单的返璞归真,使散文直逼读者的肺腑。

(高翠英)

巩乃斯的马

周涛

我一直对不爱马的人怀有一点偏见,认为那是由于生气不足和对美的感觉迟钝所造成的,而且这种缺陷很难弥补。有时候读传记,看到有些了不起的人物以牛或骆驼自喻,就有点替他们惋惜,他们一定是没见过真正的马。

在我眼里,牛总是有点落后的象征的意思,一副安贫知命的样子,这大概是由于过分提倡"老黄牛"精神引起的生理反感。骆驼却是沙漠的怪胎,为了适应严酷的环境,把自己改造得那么丑陋畸形。至于毛驴,顶多是个黑色幽默派的小丑,难当大用。它们的特性和模样,都清清楚楚地写着人类对动物的征服,生命对强者的屈服,所以我不喜欢。它们不是作为人类朋友的形象出现的,而是俘虏,是仆役。有时候,看到小孩子鞭打牛,高大的骆驼在妇人面前下跪,发情的毛驴被缚在车套里龇牙大鸣,我心里便产生一种悲哀和怜悯。

那卧在盐车之下哀哀嘶鸣的骏马和诗人臧克家笔下的"老马",不也是可悲的吗?但是不同。那可悲里含有一种不公,这一层含义在别的畜牲中是没有的。在南方,我也见到过矮小的马,样子有些滑稽,但那不是它的过错。既然橘树有自己的土壤，马当然有它的故乡了，自古好马生塞北，在伊犁，在巩乃斯大草原，马作为茫茫天地之间的一种尤物，便呈现了它的全部魅力。

那是1970年，我在一个农场接受"再教育"，第一次触摸到了冷酷、丑恶、冰凉的生活实体，不正常的政治气候像潮闷险恶的黑云一样压在头顶上，使人压抑到不能忍受的地步。高强度的体力劳动并不能打击我对生活的热爱，精神上的压抑却有可能摧毁我的信念。

终于，有一天夜晚，我和一个外号叫"蓝毛"的长着古希腊人脸型的上士一起爬起来，偷偷摸进马棚，解下两匹喉咙里滚动着咴咴低鸣的骏马，在冬夜旷野的雪地上奔驰开了。

天低云暗，雪地一片模糊，但是马不会跑进巩乃斯河里去。雪原右侧是巩乃斯河，形成了沿河的一道陡直的不规则的土壁：光背的马儿驮着我们在土壁顶上的雪原轻快地小跑，喷着鼻息，四蹄发出嚓嚓的有节奏的声音，最后大颠着狂奔起来。随着马的奔驰、起伏、跳跃和喘息。我们的心情变得开朗、舒展，压抑消失，豪兴顿起，在空旷的雪野上打着唿哨乱喊，在颠簸的马背上感受自由的亲切和驾驭自己命运的能力，是何等的痛快舒畅啊！我们高兴得大笑，笑得从马背上栽下来，躺在深雪里还是止不住地狂笑，直到笑得眼睛里流出了泪水……

那两匹可爱的光背马，这时已在近处缓缓停住，低垂着脖颈，一副歉疚地想说"对不起"的神态，它们温柔的眼睛里仿佛充满了怜悯和抱怨，还有一点诧异，弄不懂我们这两个究竟是怎么了。我拍拍马的脖颈，抚摸一会儿它的鼻梁和嘴唇，它会意了，抖抖鬃毛像抖掉疑虑，跟着我们慢慢走回去。一路上，我们谈着马，闻着身后热烘烘的马汗味和四围里新鲜刺鼻的气息，觉得好像不是走在冬夜的雪原上。

马能给人以勇气，给人以幻想，这也不是笨拙的动物所能有的。在巩乃斯后来的那些日子里，观察马渐渐成了我的一种艺术享受。

我喜欢看一群马，那是一个马的家族在夏牧场上游移，散乱而有秩序，首领就是那里面一眼就望得出的种公马，它是马群的灵魂。作为这群马的首领当之无愧，因为它的确是无与伦比的强壮和美丽，匀称高大，毛色闪闪发光，最明显的特征是颈上披散着垂地的长鬃，有的浓黑，流泻着力与威严；有的金红，燃烧着火焰般的光彩；它管理着保护着这群牝马和顽皮的长腿短身子马驹儿，眼光里保持着父爱般的尊严。

马的这种社会结构中，首领的地位由强者在竞争中确立的，任何一匹马都可以争群，通过追逐、撕咬、拼斗，使最强的马成为公认的首领。为了保证这群马的品种不至于退化，就不能搞"指定"，也不能看谁和种公马的关系好，也不能凭血缘关系接班。

生存竞争的规律使一切生物把生存下去作第一意识，而人却有时候忘记，造成许多误会。

唉，天似穹庐，笼盖四野，在巩乃斯草原度过的那些日子里，我与世隔绝，生活单调；人与人互相警惕，唯恐失一言而遭灭顶之祸，心灵寂寞。只有一个乐趣，看马。好在巩乃斯草原马多，不像书可以被焚，画可以被禁，知识可以被践踏，马总不至于被驱逐出境吧？这样，我就从马的世界里找到了奔驰的诗韵，辽阔草原的油画，夕阳落照中兀立于荒草的群雕，大规模转场时铺散在山坡上的好文章，熊熊篝火边的通宵马经，毡房里悠长喑哑的长歌在烈马苍凉的嘶鸣中展开，醉酒的青年哈萨克在群犬的追逐中纵马狂奔，东倒西歪地俯身鞭打猛犬，使我蓦然感受到生活不朽的壮美和那时潜藏在我们心里的共同忧郁……

哦，巩乃斯的马，给了我一个多么完整的世界！凡是那时被取消的，你都重新又给予了我！弄得我直到今天听到马蹄踏过大地的有力声响时，就在屋子里坐卧不宁，总想出动看看，是一匹什么样儿的马走过去了。而且我还听不得马嘶，一听到那铜号般高亢，鹰啼般苍凉的声音，我就热血陡涌，热泪盈眶，大有战士出征走上古战场，"风萧萧兮易水寒"的悲壮之慨。

有一次我碰上巩乃斯草原夏日迅疾猛烈的暴雨，那雨来势之快，可以使悠然在晴空盘旋的孤鹰来不及躲避而被击落，雨脚之猛，竟能把牧草覆盖的原野一瞬间打得烟尘滚滚。就在那场短暂暴雨的吆打下，我见到了最壮阔的马群奔跑的场面。仿佛分散在所有山谷里的马都被赶到了这儿来了，好家伙，被暴雨的长鞭抽打着，被低沉的怒雷恐吓着，被刺进大地倏忽消逝的闪电激奋着，马，这不肯安分的生灵从无数谷口、山坡涌出来，山洪奔泻似的在这原野上汇聚了，小群汇成大群，大群在运动中扩展，成为一片喧叫、纷乱、快速移动的集团冲锋场面！争先恐后，前呼后应，披头散发，淋漓尽致！有的疯狂地向前奔驰，像一队尖兵，要去踏住那闪电；有的来回奔跑，忙乱得像临危不惧、收拾残局的大将；小马跟着母马认真而紧张地跑，不再顽皮、撒欢，一下子变得老练了许多；牧人在不可收拾的潮水中被携裹，他大喊大叫，却毫无声响，他的喊声像一块小石片扔进奔腾喧嚣的大河。

雄浑的马蹄声在大地奏出的鼓点，悲怆苍劲的嘶鸣、叫喊在拥挤的空间碰撞、飞溅，划出一条条不规则的曲线，扭住、缠住漫天雨网，和雷声雨声交织成惊心动魄的大舞台。而这一切，得在飞速移动中展现，几分钟后，马群消失，暴雨停歇，你再看不见了。

我久久地站在那里，发愣、发痴、发呆。我见到了，见过了，这世间罕见的奇景，这无可替代的伟大的马群，这古战场的再现，这交响乐伴奏下的复活的雕塑群和油画长卷！我把这几分钟间见到的记在脑子里，相信，它所给予我的将使我终身受用不尽……

马就是这样，它奔放有力却不让人畏惧，毫无凶暴之相；它优美柔顺却不任人随意欺凌，并不懦弱，我说它是进取精神的象征，是崇高感情的化身，是力与美的巧妙结合恐怕也并不过分。屠格涅夫有一次在他的庄园里说托尔斯泰"大概您在什么时候当过马"，因为托尔斯泰不仅爱马、写马，并且坚信"这匹马能思考并且是有感情的"。它们和历史上的那些伟大的人物、民族的英雄一起被铸成铜像屹立在最醒目的地方。

　　过去我只认为，只有《静静的顿河》才是马的史诗；离开巩乃斯之后，我不这么看了。瞧瞧我们巩乃斯的良种马吧，这些古人称之为骐骥、称之为汗血马的英气勃勃的后裔们，日出而撒欢，日入而哀鸣。它们好像永远是这样散漫而又有所期待，这样原始而又有感知，这样不假雕饰而又优美，这样我行我素而又不会被世界所淘汰。成吉思汗的铁骑作为一个兵种已经消失，六根棍马车作为一种代步工具已被淘汰，但是马却不会被什么新玩艺儿取代，它有它的价值。

　　牛从挽用变为食用，仍然是实用物；毛驴和骆驼将会成为动物园里的展览品，因为它们只会越来越稀少；而马，车辆只是在实用意义上取代了它，解放了它，它从实用物进化为一种艺术品的时候恰恰开始了。

　　值得自豪的是我们中国有好马。从秦始皇的兵马俑、铜车马到唐太宗的六骏、从马踏飞燕的奇妙构想到大宛汗血马的美妙传说，从关云长的赤兔马到朱德总司令的长征坐骑……纵览马的历史，还会发现它和我们民族的历史紧密相连着。这也难怪，骏马与武士与英雄本有着难以割舍的亲缘关系呢，彼此作用的相互发挥、彼此气质的相互补益，曾创造出多少叱咤风云的壮美形象？纵使有一天马终于脱离了征战这一辉煌事业，人们也随时会从军人的身上发现马的神韵和遗风的。我们有多少关于马的故事呵，我们是十分爱马的民族呢。至今，如同我们的一切美好传统都像黄河之水似的遗传下来那样，我们的历代名马的筋骨、血脉、气韵、精神也都遗传下来了。那种"龙马精神"就在巩乃斯的良种马身上——

　　　　此马非凡马，
　　　　房星是本星；
　　　　向前敲瘦骨，

犹自带铜声。

我想,即便我一直固执地对不爱马的人怀一点偏见,恐怕也是可以得到谅解了吧。

作者简介

周涛(1946—),著名诗人、散文家。著有诗集《神山》《野马群》,散文集《稀世之鸟》《游牧长城》《周涛散文》等。

在作家对动物的抒写谱系中,鲁迅以其在《狗·猫·鼠》中的率真,老舍以其对笔下小麻雀的温情,王小波则以在《一只特立独行的猪》中的诙谐,使他们的散文在散文史上具有了堪称经典的品格。周涛的《巩乃斯的马》则无疑是以其雄浑壮阔的气度和深切浓郁的情感跻身到经典散文之列的。马似乎历来是豪爽坦荡的化身。作者在本文的开篇便朗朗道出"一直对不爱马的人怀有一点偏见,认为那是由于生气不足和对美的感觉迟钝所造成的",并且认为不喜欢马,而去以牛或骆驼自喻,是一种"缺陷"。这开诚布公的宣言虽然带着浓郁的主观色彩,但正是这"偏见"充分体现了作者对马的洒脱不羁的个性,对马所承载的豪爽强壮的精神气度的由衷喜爱与赞赏。

散文是在对牛、骆驼以及毛驴的贬抑中逐步道出了对马的肯定的。作者认为,牛是"落后的象征",骆驼是"沙漠的怪胎",毛驴是个"黑色幽默派的小丑",它们的特性和模样,都清清楚楚地写着人类对动物的征服,生命对强者的屈服。它们不是以人类朋友的形象出现的,而是人类的俘虏和仆役。巩乃斯大草原上的马,则是茫茫天地间的一种"尤物",它豪爽强壮的精神气度能给人以勇气,给人以幻想;它们是生命的强者,倔强不屈而又柔顺美丽,有着言之不尽的魅力,这不是笨拙的动物所能有的。作者通过迂回的铺垫和引导,最后坦言,他是在特定历史条件下,在苦闷的精神状态中,发现了巩乃斯马的豪迈与柔情。他讲述了在特殊的历史时期,在冷酷、丑恶和冰凉的内心体验中,高强度的体力劳动和精神上的压抑和摧残下,信念的支撑难以为继时,一次冬夜雪原上的策马狂奔,使他领悟到生命的激情和豪兴的奔放,并在消沉和压抑中感受到自由的亲切和驾驭自己命运的能力。由这雪夜的经历为起点,作者开始刻意地观察马,欣赏马强壮而美丽、匀称而高大的身躯,留恋它的长鬃流泻着力量与威严,在夏日暴雨里的狂奔马群中,领略雄浑壮阔的力量展示和神采飞扬的生命光华。

作者以纵横捭阖的胸襟和气势,融文学艺术、历史文化和英雄情怀于一体,由马的形象所承载的"筋骨、血脉、气韵、精神"推延开去,落脚于中华民族"龙马精神"的美好传统。作者在对马的生命强力之流泻的抒写和沉醉中,表达着对不受羁绊的生命力的向往和进取精神的渴求。将现实与想象、感性与理性交织在一起,塑造了奔放有力却毫无凶暴之相,优美恭顺却并不怯懦,充满了野性却并不颠顸的巩乃斯骏马形象,把它们作为进取精神的象征,崇高感情的化身和力与美的巧妙结合。在马的洒脱不羁的个性和人的生存困境之间,在马的野性自由与历史的无奈困顿之间,在生命强力的壮美流洒和流淌于民族精神中的英雄豪情之间,任豪情挥洒,神思飞扬,展开着对历史的反思、生命的追思和个体生存的思考,形成了恢宏壮阔、情感浓郁的抒情格调。

(崔凯璇)

废墟

余秋雨

一

我诅咒废墟,我又寄情废墟。

废墟吞没了我的企盼,我的记忆。片片瓦砾散落在荒草之间,断残的石柱在夕阳下站立,书中的记载,童年的幻想,全在废墟中陨灭,昔日的光荣成了嘲弄,创业的祖辈在寒风中声声咆哮。夜临了,什么没有见过的明月苦笑了一下,躲进云层,投给废墟一片遮羞的阴影。

但是,代代层累并不是历史。废墟是毁灭,是葬送,是诀别,是选择。时间的力量,理应在大地上留下痕迹;岁月的巨轮,理应在车道间碾碎凹凸。没有废墟就无所谓昨天,没有昨天就无所谓今天和明天。废墟是课本,让我们把平面的事情读成立体;废墟是过程,人生就是从旧的废墟出发,走向新的废墟。营造之初就想到它今后的凋零,因此废墟是目的;更新的营造以废墟为基地,因此废墟是手段。废墟是进化的长链。

一位朋友告诉我,一次,他走进一个著名的废墟,才一抬头，已是满脸眼泪。这眼泪的成分非常复杂。是憎恨，是失落，又不完全是。废墟表现出固执，活像一个残疾了的悲剧英雄。废墟昭示着沧桑，让人偷窥到民族步履的蹒跚。废墟是垂死老人发出的指令，使你不能不动容。

废墟有一种形式美，把拔离大地的美转化为皈附大地的美。再过多少年，它还会化为泥土，完全融入大地。将融未融的阶段，便是废墟。母亲微笑着怂恿过儿子们的创造，又微笑着收纳了这种创造。母亲怕儿子们过于劳累。看到过秋天的飘飘黄叶吗？母亲怕它们冷，收入怀抱。没有黄叶就没有秋天，废墟就是建筑的黄叶。

人们说，黄叶的意义在于哺育春天。我说，黄叶本身也是美。

两位朋友在我面前争论。一位说，他最喜欢在疏星残月的夜间，在废墟间独行，或吟诗，或高唱，直到东方泛白；另一位说，有了对晨曦的期待，这种夜游便失之于矫揉。他的习惯，是趁着残月的微光，找一条小路悄然走回。

我呢，我比他们年长，已没有如许豪情和精力。我只怕，人们把所有的废墟都统统刷新、修缮和重建。

二

不能设想，古罗马的角斗场需要重建，庞贝古城需要重建，柬埔寨的吴哥窟需要重建，玛雅文化遗址需要重建。

这就像不能设想，远年的古铜器需要抛光，出土的断戟需要镀镍，宋版图书需要上塑，马王堆的汉代老太需要植皮丰胸、重施浓妆。

只要历史不阻断，时间不倒退，一切都会衰老。老就老了吧，安详地交给世界一副慈祥美。假饰天真是最残酷的自我糟践。没有皱纹的祖母是可怕的，没有白发的老者是让人遗憾的。没有废墟的人生太累了，没有废墟的世界太挤了,掩盖废墟的举动太伪诈了。

还历史以真实,还生命以过程。

——这就是人类的大明智。

并非所有的废墟都值得留存。否则地球将会伤痕斑斑。废墟是古代派往现代的使节,庄严地保持着派出者的习俗和服饰,不敢轻易地入乡随俗。使节总是稀少的,经过君王的挑剔和筛选。使节负有沉重的使命,不负使命的来访者不是使节。当代的瓦砾堆不是我们所说的废墟,古代的旷野也不在我们关注的范围。废墟是祖辈曾经发动过的壮举,会聚着当时当地的力量和精粹。碎成齑粉的遗址也不是废墟,废墟中应有历史最强劲的韧带。废墟能提供破读的可能,废墟散发着让人流连盘桓的磁力。是的,废墟是一个磁场,一极古代,一极现代,心灵的罗盘在这里感应强烈。失去了磁力就失去了废墟的生命,它很快就会被人们淘汰。

并非所有的修缮都属于荒唐。小心翼翼地清理,不露痕迹地加固,再苦心设计,让它既保持原貌又便于观看。这种劳作,是对废墟的恩惠。全部劳作的终点,是使它更成为一个名副其实的废墟,一个人人都愿意凭吊的废墟。修缮,总意味着一定程度的损坏。把损坏降到最低度,是一切真正的废墟修缮家的夙愿。也并非所有的重建都需要否定。如果连废墟也没有了,重建一个来实现现代人吞古纳今的宏志,那又何妨。但是,那只是现代建筑家的古典风格,沿用一个古名,不无幽默。黄鹤楼重建了,可以装电梯;阿房宫若重建,可以作宾馆;滕王阁若重建,可以辟商场。这与历史干系不大。如果既有废墟,又要重建,那么,我建议,千万保留废墟,傍邻重建。在废墟上打地基,让人心痛。

总而言之,对废墟来说,要义在于保存。圆明园废墟是北京城最有历史感的文化遗迹之一,如果把它完全铲平,造一座崭新的圆明园,多么得不偿失。大清王朝不见了,熊熊火光不见了,民族的郁忿不见了,历史的感悟不见了,抹去了昨夜的故事,去收拾前夜的残梦。但是,收拾来的又不是前夜的残梦，只是今日的游戏。

三

中国历来缺少废墟文化。废墟二字，在中文中让人心惊肉跳。

或者是冬烘气十足地怀古，或者是实用主义地趋时。怀古者只想以古代今，趋时者只想以今灭古。结果，两相杀伐，两败俱伤，既斫伤了历史，又砍折了现代。鲜血淋淋，伤痕累累，偌大一个民族，前不见古人，后不见来者，念天地之悠悠，独怆然而涕下。

上天，在中国人心中留下一些空隙吧！让古代留几个脚印在现代，让现代心平气和地逼视着古代。废墟不值得羞愧，我们太善于羞愧；废墟不必要遮盖，我们太擅长遮盖。

中国历史充满了悲剧，但中国人怕看真正的悲剧。最终都有一个大团圆，以博得情绪的安慰，心理的满足。唯有屈原不想大团圆，杜甫不想大团圆，曹雪芹不想大团圆，孔尚任不想大团圆，鲁迅不想大团圆，白先勇不想大团圆。他们保存了废墟，自己站立在上，皱眉看着强颜欢笑的民族。

没有悲剧就没有悲壮，没有悲壮就没有崇高。雪峰是伟大的，因为满坡掩埋着登山者的遗体；大海是伟大的，因为处处漂浮着船楫的残骸；登月是伟大的，因为有"挑战者号"的陨落；人生是伟大的，因为有白发，有诀别，有无可奈何的失落。古希腊傍海而居，无数向往彼岸的勇士在狂波间前仆后继，于是有了光耀万世的希腊悲剧。

悲剧英雄总未免孤独，在中国，他们尤其孤独。

诚恳坦然地承认奋斗后的失败，成功后的失落，我们只会更沉着。中国人若要变得大气，不能再把所有的废墟驱逐。

四

废墟的留存,是现代人文明的象征。

废墟,辉映着现代人的自信。

废墟不会阻遏街市,妨碍前进。现代人目光深邃,知道自己站在历史的第几级台阶。他不会妄想自己脚下是一个拔地而起的高台。因此,他乐于看着身前身后的所有台阶。

是现代的历史哲学点化了废墟,而历史哲学也需要寻找教材。只有在现代的喧嚣中,废墟的宁静才有力度;只有在现代人的沉思中,废墟才能上升为寓言。

因此,古代的废墟,实在是一种现代构建。

现代,不仅仅是一截时间。现代是宽容,现代是气度,现代是辽阔,现代是浩瀚。

我们,挟带着废墟走向现代。

作者简介

余秋雨(1946—),著名散文家、文化学者、艺术理论家、文化史学家。著有《文化苦旅》《千年一叹》《山居笔记》《霜冷长河》《行者无疆》《借我一生》《笛声何处》《寻觅中华》等。

废墟作为一个传统文化的符号包含着丰富驳杂的历史内容,这篇散文即是一个当代学者立足于现代文化对古典文明进行的缅怀和沉思,并在此基础上昭示了一种全新的现代文化观念。作者通过对废墟文化的层层剥离和阐释,彰显了一个现代人对古代文化应该持有批判继承态度的

科学理性精神。既能够从历史的根基中寻找有利于现代发展的力量、精神和魂魄,又能够超越文化遗迹中的因袭负重,建构一种充满着生命强力的新文化。现代人既要在浮躁趋利的现实生活中给自己留有精神空间,以对传统文化进行反思清理,又要有挟带和吞吐废墟走向现代化的气度和魄力;只有如此才是一种清新健康的文化精神,只有这样才能建构出既有历史底蕴又包含现代理性的科学文明。这也是本文的主题所在。

散文共由四个部分组成,它们相互独立而又有着内在联系。第一部分描述了自己对废墟的感情基调。在第二部分中,针对现实中对废墟所进行的刷新、修缮和重建行为,作者提出了异议和建议。第三部分描述了废墟文化所承载的悲剧意义,在最后一部分中,作者阐释了废墟的留存与社会现代性的关系。在艺术风格上,散文语言凝练、蕴藉,意境深邃、阔大,大量排比、类比和对比手法的应用使散文气势恢宏。又因为废墟本来就是作为一种历史的、文化的陈迹而存在,其自身包含着厚重、颓败和沧桑的况味,这就使得行文流淌着一种苍凉、宏大、凝重的氤氲之气。同时,比喻和拟人手法的运用也使散文凝重而不失活泼,使形象描写生动而充满着生命力;如写明月苦笑,躲进云层;写大地母亲宽容的微笑,把废墟喻为古代派往现代的使节,等等。

在结构上,散文的四个部分既相互独立又有着内在的统一。各部分自成体系,各以正论、反论或例证建构作者的立场和论点,同时各部分又均指向对传统文化进行富有现代性的建设和发扬这一主题。既灵活而巧妙,又有着思想上逐层递进的功能。

(崔凯璇)

种子的力量

梁晓声

当然，种子在未撞触到土壤的时候，是没有任何力量可言的。尤其，种子仅仅是一粒或几粒的时候，简直那么的渺小，那么的微不足道，那么的不起眼，谁会将对一粒或几粒种子的有无当成一回事呢？

我们吃的粮食，诸如大米、小米、苞谷、高粱……皆属农作物的种子；桃和杏的核儿，是果树的种子；柳树的种子裹在柳絮里，榆树的种子夹在榆钱儿里；榛树的种子就是我们吃的榛子，松树的种子就是我们吃的松子……都是常识。

据说，地球上的动物，包括人和家畜家禽类在内，哺乳类大约四五千种之多；仅蛇的种类就在两千种以上；鸟类一万五千余种；鱼类三百种以上。虫类是生物中最多的。草虫之类的原生虫类一万五千余种；毛虫之类四千余种；章鱼、墨鱼、文蛤等软体动物近十万种；虾和螃蟹等甲壳类节肢动物估计两万种左右；而我们常见的蜘蛛竟也有三万余种；蝴蝶的种类同样惊人的多……

那么植物究竟有多少种呢？分纲别类的一统计，想必其数字之大，也是足以令我们咋舌的吧？想必，有多少类植物，就应该有多少类植物的种子吧？

而我见过，并且能说出的种子，才二十几种。比我能连绰号说出的《水浒传》人物还少半数。

像许多人一样，我对种子发生兴趣，首先由于它们的奇妙。比如蒲公英的种子居然能乘"伞"飞行；比如某些植物的种子带刺，是为了免得被鸟儿吃光，使种类的延续受到影响；而某类披绒的种子，又是为了容易随风飘到更远处，占据新的"领地"……关于种子的许多奇妙特点，听植物学家们细细道来，肯定是非常有趣的。

我对种子发生兴趣的第二方面，是它们顽强的生命力。它们怎么就那么善于生存呢？被鸟啄食下去了，被食草类动物吞食下去了，经过鸟兽的消化系统，随粪排出，相当一部分种子，居然仍是种子。只要落地，只要与土壤接触，只要是在春季，它们就"抓住机遇"，克服种种条件的恶劣性，生长为这样或那样的植物。有时错过了春季它们也不沮丧，也不自暴自弃，而是本能地加快生长速度，争取到了秋季的时候，和别的许多种子一样，完成由一粒种子变成一棵植物进而结出更多种子的"使命"。请想想吧，黄山那棵"知名度"极高的"迎客松"，已经在崖畔生长了多少年了啊！当初，一粒松子怎么就落在那么险峻的地方了呢？自从它也能够结松子以后，黄山内又有多少松树会是它的"后代"呢？飞鸟会把它结下的松子最远衔到了何处呢？

我家附近有小园林。前几天散步，偶然发现有一蔓豆角秧，像牵牛花似的缠在一棵松树上。秧蔓和叶子是完全地枯干了。我驻足数了数，共结了七枚豆角。豆荚儿也枯干了。捏了捏，荚儿里的豆子，居然的相当饱满。在晚秋黄昏时分的阳光下，豆角静止地垂悬着，仿佛在企盼着人去摘。

在几十棵一片松林中，怎么竟会有这一蔓豆角秧完成了生长呢？

哦，倏忽间我想明白了——春季，在松林前边的几处地方，有农妇摆摊卖过粮豆……

为了验证我的联想，我摘下一枚豆角，剥开枯干的荚儿，果然有几颗带纹理的豆子呈现于我掌上。非是菜豆，正是粮豆啊！它们的纹理清晰而美观，使它们看去如一颗颗带纹理的玉石。

那些农妇中有谁会想到，春季里掉落在她摊位附近的一颗粮豆，在这儿会度过了由种子到植物的整整一生呢？是风将它吹刮来的？是鸟儿将它衔来的？是人的鞋在雨天将它和泥土一起带过来的？每一种可能都是前提。但前提的前提，乃因它毕竟是将会长成植物的种子啊！……

我将七枚豆荚都剥开了，将一把玉石般的豆子用手绢包好，揣入衣兜。我决定将它们带回交给传达室的朱师傅，请他在来年的春季，种于我们宿舍楼前的绿化地中。既是饱满的种子，为什么不给它们一种更加良好的，确保它们能生长为植物的条件呢？

大约是1984年，我们十几位作家在北戴河开笔会。集体散步时，有人突然指着叫道："瞧，那是一株什么植物呀？"——但见在一片蒿草中，有一株别样的植物，结下了几十颗红艳艳的圆溜溜的小豆子。红得是那么的抢眼，那么的赏心悦目。红得真真爱煞人啊！

内中有南方作家走近细看片刻，断定地说："是红豆！"

于是有诗人诗兴大发，吟"红豆生南国，春来发几枝"之句。

南方的相思红豆，怎么会生长到北戴河来了呢？而且，孤单单的仅仅一株，还生长于一片蒿草之间。显然，不是人栽种的。也不太可能是什么鸟儿衔着由南方飞至北方带来并且自空中丢下的吧？

年龄虽长，创作思维却最为活跃浪漫的天津作家林希兄，以充满遐想意味的目光望那艳艳的红豆良久，遂低头自语："真想为此株相思植物，写一篇纯情小说呢！"

众人皆促他立刻进入构思状态。

有一作家朋友欲采摘之，林希兄阻曰：不可。曰：愿君勿采撷，留作相思种。数年后,也许此处竟结结落落地生长出一片红豆,供人人经过驻足观赏,岂非北戴河又一道风景?

于是一同离开。林希兄边行边想,断断续续地虚构一则缠绵悱恻的爱情故事,直听得我等一行人肃静无声。可惜十几年后的今天,我已记不起来了,不能复述于此。亦不知他其后究竟写没写成一篇小说发表……

我是知青时,曾见过最为奇异的由种子变成树木的事。某年扑灭山火后,我们一些知青徒步返连。正行间,一名知青指着一棵老松嚷:"怎么会那样!怎么会那样!"——众人驻足看时,见一株枯死了的老松的秃枝,遒劲地托举着一个圆桌面大的巢,显然是鹰巢无异。那老松生长在山崖上,那鹰巢中,居然生长着一株柳树,树干碗口般粗,三米余高。如发的柳丝,繁茂倒垂,形成帷盖,罩着鹰巢。想那巢中即或有些微土壤,又怎么能维持一棵碗口般粗的柳树的根的拱扎呢?众人再细看时,却见那柳树的根是裸露的——粗粗细细地从巢中破围而出,似数不清的指,牢牢抓住着巢的四周。并且,延长下来,盘绕着枯死了的老松的干。柳树裸露的根,将柳树本身,将鹰巢,将老松,三位一体紧紧编结在一起。使那巢看去非常的安全,不怕风吹雨打……

一粒种子,怎么会到鹰巢里去了呢?又怎么居然会长成碗口般粗的柳树呢?种子在巢中变成一棵嫩树苗后,老鹰和雏鹰,怎么竟没啄断它呢?

种子,它在大自然中创造了多么不可思议的现象啊!

我领教种子的力量,就是这以后的几件事。

第一件事是——大宿舍内的砖地,中央隆了起来。且在夏季里越隆越高。一天,我这名知青班长动员说:"咱们把砖全都扒起来,将砖下的地铲平后再铺上吧!"于是说干就干,砖扒起后发现,砖下嫩嫩的密密的,是生长着的麦芽!原来这老房子成为宿舍前,曾是麦种仓库。落在地上的种子，未被清扫便铺上了砖。对于每年收获几十万斤近百万吨麦子的人们，屋地的一层麦粒，谁会格外在惜呢？而正是那一层小小的，不起眼的麦种，不但在砖下发芽生长，而且将我们天天踩在上面的砖一块块顶得高高隆起，比周围的砖高出半尺左右……

第二件事是——有位老职工回原籍探家，请我住到他家替他看家。那是在春季，刚下过几场雨。他家灶间漏雨，雨滴顺墙淌入了一口粗糙的木箱里。我知那木箱里只不过装了满满一箱喂鸡喂猪的麦子，殊不在意。十几天后的深夜，一声闷响，如土地雷爆炸，将我从梦中惊醒。骇然奔入灶间，但见那木箱被鼓散了几块板，箱盖也被鼓开，压在箱盖上的，腌咸菜用的几块压缸石滚落地上，膨胀并且发出了长芽的麦子泻出箱外，在地上铺了厚厚一层……

于是我始信老人们的经验说法——谁如果打算生一缸豆芽，其实只泡半缸豆子足矣。万勿盖了缸盖，并在盖上压石头。谁如果不信这经验，膨胀的豆子鼓裂谁家的缸，是必然的。

我们兵团大面积耕种的经验是——种子入土，三天内须用拖拉机拉着石碾碾一遍。叫"镇压"。未经"镇压"的麦种，长势不旺。

人心也可视为一片土。

因而有词叫"心地"，或"心田"。

在这样那样的情况下，有这样那样的种子，或由我们自己，或由别人们，一粒粒播下在我们的"心地"里了。可能是不经意间播下的，也可能是在我们自己非常清楚非常明白的情况下播下的。那种子可能是爱，也可能是恨；可能是善良的，也可能是憎恨的，甚至可能是邪恶的。比如强烈的贪婪和嫉妒，比如极端的自私和可怕的报复的种子……

播在"心地"里的一切的种子，皆会发芽、生长。它们的生长皆会形成一种力量。那力量必如麦种隆起铺地砖一样，使我们"心地"不平。甚至，会像发芽的麦种鼓破木箱，发芽的豆子鼓裂缸体一样，使人心遭到破坏。当然，这是指那些丑恶的甚至邪恶的种子。对于这样一些种子，"镇压"往往适得其反。因为它们一向比良好的种子在人心里长势更旺。自我"镇压"等于促长。某人表面看去并不恶，突然一日做下很恶的事，使我们闻听了呆如木鸡，往往便是由于自以为"镇压"得法，其实欺人欺己。

唯一行之有效的措施是，时时对于丑恶的邪恶的种子怀有恐惧之心。因为人当明白，丑陋的邪恶的种子一旦入了"心地"，而不及时从"心地"间掘除了，对于人心构成的危险是如癌细胞一样的。

首先是，人自己不要往"心地"里种下坏的种子；其次是，别人如果将一粒坏的种播在我们心里了，那我们就得赶紧操起我们理性的锄了……

"人之性如水焉，置之圆则圆，置之方则方"——古人在理之言也。

人类测试出了真空的力量。

人类也测试出了蒸汽的动力。

并且，两种力都被人类所利用着。

可是，有谁测试过小小的种子生长的力量么？

什么样的一架显微镜，才能最真实地摄下好的种子或坏的种子在我们"心地"间生长的速度与过程呢？

没有之前，唯靠我们自己理性的显微倍数去发现……

作者简介

梁晓声（1949— ），著名作家、编剧。著有小说《从复旦到北影》《雪城》，小说集《天若有情》《白桦树皮灯罩》《死神》等。

这篇散文从我们司空见惯的生活现象着笔，在往往被人们所忽略的身边琐事中发现了深刻的道理——种子生命力的奇妙和顽强，并由此联想到人们的"心地"里也会有各种各样的"种子"——念头或欲望萌生滋长。由于人的欲念同自然界中植物的种子一样有着同样坚韧顽强的生命力，驱使着人的言行举止，对此我们便须特别提防其中恶的种子，用理性和智慧去对待它。

散文从细微处着眼，由细小的日常现象联想生发开去，具有平中见奇，奇趣中又见严肃深刻的艺术追求。作者把语言的重心放在生活中的一些奇特景观上，如神奇的"种子旅行"及其在悬崖缝隙中顽强抗争的生命力，这样就把这些司空见惯却又常为人所忽略的现象推到读者面前，引发读者的感慨和思考。并进一步由对自然界现象的重视推及对人的普遍心理的考察，从而使作品在更高更深的层次上揭示了"种子的力量"这一主题所包含的思想意义。本文思路清晰而流畅，由现象常识到引发的思索，再到进一步的联想、推理和深入探寻；步步推进，逐层深入，最终引向对人自身的反顾和审视，水到渠成，没有人工雕琢的牵强。这就使散文既有丰富翔实的自然科学知识、妙趣横生的生活常识，又有对自然界神奇力量的探究和人心隐秘的昭示，从而形成内涵丰富、风格平朴，又不失活泼风趣的行文风格。

在表达方式上，作者对现象的思考和现象背后道理的展示是通过生动活泼的事例来表现的，而非枯燥的说教。如以蒲公英的种子"带伞飞行"和某些种子带刺的特点，说明植物种子在进化、发展过程中呈现出的奇妙的繁衍特性。作者不多作评述，而是让读者通过他所列举的事例细细体会其中蕴含的深意。同样，在表现种子力量的几件事中，作者也是采用这种让"事件说话"的手法，以麦芽顶砖块、鼓散木箱、鼓裂瓦罐等事例自身的神奇来展示种子生命力的强大。在艺术上，联想和想象的丰富与阔达是这篇散文的主要特色。作者把生活中可有可无的一粒或几粒种子作为联想的触发点，一任思绪飞扬，展开浮想联翩。由黄山上的那棵迎客松想象着松子如何在险峻的地方生根、成长，经历了多少春秋，又有多少后代在繁衍生息；由松林中的一棵豆秧想象它的来龙去脉，等等。作者联想手法的精巧应用还表现在他由种子力量的特征联想到人的欲念的坚韧顽强，从而把抽象的道理用具体而形象的事例揭示出来。作者从种子生命的强力不可"镇压"，否则就会造成毁灭性的后果，联想到人内心那种邪恶的种子也有着摧毁一切的力量；并在两者相互对比映衬的阐释中，使我们深谙生命的规律，从而能够以理性的智慧进行疏导、消除，以有效地根除灾难。这就是"种子的力量"给予我们的启示吧！

（崔凯璇）

想念地坛

史铁生

想念地坛,主要是想念它的安静。

坐在那园子里,坐在不管它的哪一个角落,任何地方,喧嚣都在远处。近旁只有荒藤老树,只有栖居了鸟儿的废殿颓檐、长满了野草的残墙断壁,暮鸦吵闹着归来,雨燕盘桓吟唱,风过檐铃,雨落空林,蜂飞蝶舞,草动虫鸣……四季的歌咏此起彼伏从不间断。地坛的安静并非无声。

有一天大雾迷漫,世界缩小到只剩了园中的一棵老树。有一天春光浩荡,草地上的野花铺铺展展开得让人心惊。有一天漫天飞雪,园中堆银砌玉,犹如一座晶莹的迷宫。有一天大雨滂沱,忽而云开,太阳轰轰烈烈,满天满地都是它的威光。数不尽的那些日子里,那些年月,地坛应该记得,有一个人,摇了轮椅,一次次走来,逃也似的投靠这一处静地。

一进园门,心便安稳。有一条界线似的,迈过它,只要一迈过它便有清纯之气扑来,悠远、浑厚。于是时间也似放慢了速度,就好比电影中的慢镜头,人便不那么慌张了,可以放下心来把你的每一个动作都看看清楚,每一丝风吹叶动,每一缕愤懑和妄想、盼念与惶茫,总之把你所有的心绪都看看明白。

因而地坛的安静，也不是与世隔离。

那安静，如今想来，是由于四周和心中的荒旷。一个无措的灵魂，不期而至竟仿佛走回到生命的起点。

记得我在那园中成年累月地走，在那儿呆坐，张望，暗自地祈求或怨叹，在那儿睡了又醒，醒了看几页书……然后在那儿想："好吧好吧，我看你还能怎样！"这念头不觉出声，如空谷回音。

谁？谁还能怎样？我，我自己。

我常看那个轮椅上的人和轮椅下他的影子，心说我怎么会是他呢？怎么会和他一块坐在了这儿？我仔细看他，看他究竟有什么倒霉的特点，或还将有什么不幸的征兆，想看看他终于怎样去死，赴死之途莫非还有绝路？哪日何日？我记得忽然我有了一种放弃的心情，仿佛我已经消失，已经不在，唯一缕轻魂在园中游荡，刹那间清风朗月，如沐慈悲。于是乎我听见了那恒久而辽阔的安静。恒久，辽阔，但非死寂，那中间确犹如林语堂所说的，一种"温柔的声音，同时也是强迫的声音"。

我记得于是我铺开一张纸，觉得确乎有些什么东西最好是写下来。哪日何日？但我一直记得那份忽临的轻松和快慰，也不考虑词句，也不过问技巧，也不以为能拿它去派什么用场，只是写，只是看有些路单靠腿（轮椅）去走明显是不够。写，真是个办法，是条条绝路之后的一条路。

只是多年以后我才在书上读到了一种说法：写作的零度。

《写作的零度》，其汉译本实在是有些磕磕绊绊，一些段落只好猜读，或难免还有误解。我不是学者，读不了罗兰·巴特的法文原著应当不算是玩忽职守。是这题目先就吸引了我，这五个字，已经契合了我的心意。在我想，写作的零度即生命的起点，写作由之出发的地方即生命之固有的疑难，写作之终于的寻求，即灵魂最初的眺望。譬如那一条蛇的诱惑，以及自古而今对生命意义的不息询问。譬如那两片无花果叶的遮蔽，以及人类以爱情的名义、自古而今的相互寻找。譬如上帝对亚当和夏娃的惩罚，以及万千心魂自古而今所祈盼着的团圆。

"写作的零度"，当然不是说清高到不必理睬纷繁的实际生活，洁癖到把变迁的历史虚无得干净，只在形而上寻求生命的解答。不是的。但生活的谜面变化多端，谜底却似亘古不变，缤纷错乱的现实之网终难免编织进四顾迷茫，从而编织到形而上的询问。人太容易在实际中走失，驻足于路上的奇观美景而忘了原本是要去哪儿，倘此时灵机一闪，笑遇荒诞，恍然间记起了比如说罗伯—格里耶的"去年在马里昂巴"，比如说贝克特的"等待戈多"，那便是回归了"零度"，重新过问生命的意义。零度，这个词真用得好，我愿意它不期然地还有着如下两种意思：一是说生命本无意义，零嘛，本来什么都没有；二是说，可平白无故地生命它来了，是何用意？虚位以待，来向你要求意义。一个生命的诞生，便是一次对意义的要求。荒诞感，正是这样的要求。所以要看重荒诞，要善待它。不信等着瞧，无论何时何地，必都是荒诞领你回到最初的眺望，逼迫你去看那生命固有的疑难。

否则，写作，你寻的是什么根？倘只是炫耀祖宗的光荣，弃心魂一向的困惑于不问，岂不还是阿Q的传统？倘写作变成潇洒，变成了身份或地位的投资，它就不要嘲笑喧嚣，它已经加入喧嚣。尤其，写作要是爱上了比赛、擂台和排名榜，它就更何必谴责什么"霸权"？它自己已经是了。我大致看懂了排名的用意：时不时地抛出一份名单，把大家排比得就像是梁山泊的一百零八将，被排者争风吃醋，排者乘机拿走的是权力。可以玩味的是，这排名之妙，商界倒比文坛还要醒悟得晚些。

这又让我想起我曾经写过的那个可怕的孩子。那个矮小瘦弱的孩子，他凭什么让人害怕？他有一种天赋的诡诈——只要把周围的孩子经常地排一排座次，他凭空地就有了权力。"我第一跟谁好，第二跟谁好……第十跟谁好"和"我不跟谁好"，于是，欢欣者欢欣地追随他，苦闷者苦闷着还是去追随他。我记得，那是我很长一段童年时光中恐惧的来源，是我的一次写作的零度。生命的恐惧或疑难，在原本干干净净的眺望中忽而向我要求着计谋；我记得我的第一个计谋，是阿谀。但恐惧并未因此消散，疑难却因此更加疑难。我还记得我抱着那只用于阿谀的破足球，抱着我破碎的计谋，在夕阳和晚风中回家的情景……那又是一次写作的零度。零度，并不止有一次。每当你立于生命固有的疑难，立于灵魂一向的祈盼，你就回到了零度。一次次回到那儿正如一次次走进地坛，一次次投靠安静，走回到生命的起点，重新看看，你到底是要去哪儿？是否已经偏离亚当和夏娃相互寻找的方向？

想念地坛，就是不断地回望零度。放弃强力，当然还有阿谀。现在可真是反了！——面要面霸，居要豪居，海鲜称帝，狗肉称王，人呢？名人，强人，人物。可你看地坛，它早已放弃昔日荣华，一天天在风雨中放弃，五百年，安静了；安静得草木葳蕤，生机盎然。土地，要你气熏烟蒸地去恭维它吗？万物，是你雕栏玉砌就可以挟持的？疯话。再看那些老柏树，历无数春秋寒暑依旧镇定自若，不为流光掠影所迷。我曾注意过它们的坚强，但在想念里，我看见万物的美德更在于柔弱。"坚强"，你想吧，希特勒也会赞成。世间的语汇，可有什么会是强梁所拒？只有"柔弱"。柔弱是爱者的独信。柔弱不是软弱，软弱通常都装扮得强大，走到台前骂人，退回幕后出汗。柔弱，是信者仰慕神恩的心情，静聆神命的姿态。想想看，倘那老柏树无风自摇岂不可怕？要是野草长得比树还高，八成是发生了核泄漏——听说切尔诺贝利附近有这现象。

我曾写过"设若有一位园神"这样的话，现在想，就是那些老柏树吧；千百年中，它们看风看雨，看日行月走人世更迭，浓荫中惟供奉了所有的记忆，随时提醒着你悠远的梦想。

但要是"爱"也喧嚣，"美"也招摇，"真诚"沦为一句时髦的广告，那怎么办？惟柔弱是爱愿的识别，正如放弃是喧嚣的解剖。人一活脱便要嚣张，天生的这么一种动物。这动物适合在地坛放养些时日——我是说当年的地坛。

回望地坛，回望它的安静，想念中坐在不管它的哪一个角落，重新铺开一张纸吧。写，真是个办法，油然地通向着安静。写，这形式，注定是个人的，容易撞见诚实，容易被诚实揪住不放，容易在市场之外遭遇心中的阴暗，在自以为是时回归零度。把一切污浊、畸形、歧路，重新放回到那儿去检查，勿使伪劣的心魂流失。

有人跟我说，曾去地坛找我，或看了那一篇《我与地坛》去那儿寻找安静。可一来呢，我搬家搬得离地坛远了，不常去了。二来我偶尔请朋友开车送我去看它，发现它早已面目全非。我想，那就不必再去地坛寻找安静，莫如在安静中寻找地坛。恰如庄生梦蝶，当年我在地坛里挥霍光阴，曾屡屡地有过怀疑：我在地坛吗？还是地坛在我？现在我看虚空中也有一条界线，靠想念去迈过它，只要一迈过它便有清纯之气扑面而来。我已不在地坛，地坛在我。

作者简介

史铁生（1951—2010），著名小说家、散文家。著有《合欢树》《我的梦想》《我21岁那年》《我与地坛》《墙下短记》等。

地坛为方形，又名方泽坛，在北京市东城区，原是明清帝王在夏至这一天祭祀祇神的地方。于1957年进行修建，现称为地坛公园。史铁生笔下的地坛极为安静。

地坛之于史铁生，正如石壁之于达摩。我想，地坛很幸运，荒芜了五百年，居然成了一个作家心灵的栖息地；史铁生很幸福，痛苦绝望中，居然在这里让灵魂站立得如此纯粹而高大！安静的地坛，居然是一堆静谧的烈火，与重生的凤凰相映生辉！

从遥远的清平湾——"一个无措的灵魂"，走到地坛，这个"并非无声""也不是与世隔绝"的"荒旷"的地方，"不期而至竟仿佛走回到生命的起点"。那些荒藤老树、废殿颓檐、野花荒草、鸦噪虫鸣，那些雨雾雪晴，都曾给他那愤懑、妄想、盼望、惶茫的心灵以慰藉与启迪！在这里，他与死神交流，与自己的灵魂对话，一点点地剔除内心的芜杂，一点点地使信仰的力量变得强大。"古人之观于天地、山川、草木、虫鱼、鸟兽，往往有得，以其求思之深而无不在也！"我们仿佛看见那个坐在轮椅上的人，经年累月地在地坛深处徘徊、思索。

"每当你立于生命固有的疑难，立于灵魂一向的祈盼，你就回到了零度。一次次回到那儿正如一次次走进地坛，一次次投靠安静，走回到生命的起点，重新看看，你到底是要去哪儿？"在一次次对生命意义的追问中，他以地坛为师，选择了"放弃""柔弱"和"安静"，当然，这并不意味着消极，这只是对生命中精神意义和价值的肯定，是对物欲横流、强者称王的世界的一种拒绝，正如他的地坛，"并非无声"，"也不是与世隔绝"。壁立千仞，无欲则刚，何必狗苟蝇营呢？

从这个角度讲，地坛应该成为我们共同的老师！

就本文的艺术特色而言，有两点特别值得学习和借鉴：一是它精致的构思，一是它平静的叙述风格。散文紧扣"安静"一词，以波澜不惊的口吻，层层深入，浑然天成，回味隽永，让人沉浸其中，久久难以释怀。

（张国钟）

月迹

贾平凹

我们这些孩子,什么都觉得新鲜,常常又什么都不觉满足;中秋的夜里,我们在院子里盼着月亮,好久却不见出来,便坐回中堂里,放了竹窗帘儿闷着、缠奶奶说故事。奶奶是会说故事的;说了一个,还要再说一个……奶奶突然说:

"月亮进来了!"

我们看时,那竹窗帘儿里,果然有了月亮,款款地,悄没声地溜进来,出现在窗前的穿衣镜上了:原来月亮是长了腿的,爬着那竹帘格儿,先是一个白道儿,再是半圆,渐渐地爬很高了,穿衣镜上的圆便满盈了。我们都高兴起来,又都屏气儿不出,生怕那是个尘影儿变的,会一口气吹跑了呢。月亮还在竹帘儿上爬,那满圆却慢慢又亏了,末了,便全没了踪迹,只留下一个空镜,一个失望。奶奶说:

"它走了,它是匆匆的;你们快出去寻月吧。"

我们就都跑出门去,它果然就在院子里,但再也不是那么一个满满的圆了,尽院子的白光,是玉玉的,银银的,灯光也没有这般儿亮的。院子的中央处,是那棵粗粗的桂树,疏疏的枝,疏疏的叶,桂花还没有开,却有了累累的骨朵儿了。我们都走近去,不知道那个满圆儿去哪儿了,却疑心这骨朵儿是繁星儿变的;抬头看着天空,星儿似乎就比平日少了许多。月亮正在头顶,明显大多了,也圆多了,清清晰晰看见里边有了什么东西。

"奶奶,那月上是什么呢?"我问。

"是树,孩子。"奶奶说。

"什么树呢?"

"桂树。"

我们都面面相觑了,倏乎间,哪儿好像有了一种气息,就在我们身后袅袅,到了头发梢儿上,添了一种淡淡的痒痒的感觉;似乎我们已在了月里,那月桂分明就是我们身后的这一棵了。

奶奶瞧着我们,就笑了:

"傻孩子,那里边已经有人了呢。"

"谁?"我们都吃惊了。

"嫦娥。"奶奶说。

"嫦娥是谁?"

"一个女子。"

哦,一个女子。我想:月亮里,地该是银铺的,墙该是玉砌的,那么好个地方,配住的一定是十分漂亮的女子了。

"有三妹漂亮吗?"

"和三妹一样漂亮的。"

三妹就乐了:

"啊啊,月亮是属于我的了!"

三妹是我们中最漂亮的,我们都羡慕起来:看着她的狂样儿,心里却有了一股嫉妒。我们便争执了起来,每个人都说月亮是属于自己的。奶奶从屋里端了一壶甜酒出来,给我们每人倒了一小杯儿,说:

"孩子们,瞧瞧你们的酒杯,你们都有一个月亮哩!"

我们都看着那杯酒，果真里边就浮起一个小小的月亮的满圆。捧着，一动不动的，手刚一动，它便酥酥地颤，使人可怜儿的样子。大家都喝下肚去，月亮就在每一个人的心里了。

奶奶说：

"月亮是每个人的，它并没走，你们再去找吧。"

我们越发觉得奇了，便在院里找起来。妙极了，它真没有走去，我们很快就在葡萄叶儿上，瓷花盆儿上，爷爷的锨刃儿上发现了。我们来了兴趣，竟寻出了院门。

院门外，便是一条小河。河水细细的，却漫着一大片的净沙；全没白日那么的粗糙，灿灿地闪着银光。我们从沙滩上跑过去，弟弟刚站到河的上湾，就大呼小叫了："月亮在这儿！"

妹妹几乎同时在下湾喊道："月亮在这儿！"

我两处去看了，两处的水里都有月亮；沿着河沿跑，而且那一处的水里都有月亮了。我们都看着天上，我突然又在弟弟妹妹的眼睛里看见了小小的月亮。我想，我的眼睛里也一定是会有的。噢，月亮竟是这么多的：只要你愿意，它就有了哩。

我们坐在沙滩上，掬着沙儿，瞧那光辉，我说：

"你们说，月亮是个什么呢？"

"月亮是我所要的。"弟弟说。

"月亮是个好。"妹妹说。

我同意他们的话。正像奶奶说的那样：它是属于我们的，每个人的。我们就又仰起头来看那天上的月亮，月亮白光光的，在天空上。我突然觉得，我们有了月亮，那无边无际的天空也是我们的了：那月亮不是我们按在天空上的印章吗？

大家都觉得满足了，身子也来了困意，就坐在沙滩上，相依相偎地甜甜地睡了一会儿。

作者简介

贾平凹（1952— ），著名作家。著有散文集《月迹》《心迹》《爱的踪迹》《走山东》《商州三录》《说话》，小说《废都》《白夜》《土门》《秦腔》等。

　　《月迹》是贾平凹散文的代表作。这篇散文通过清澈明净的儿童视角、纯真无瑕的童心记叙了一场饶有情趣的"寻月"过程。作者用那行云一般轻柔和秋水一般隽永的笔触，在广阔无垠的空中书写着对月亮亘古不变的挚爱和崇拜的感情。在感受月的温柔厚爱的同时，给我们弹奏了一首轻盈优雅的月光曲，让读者回味无穷。

　　这篇散文构思清晰，文笔流畅，在儿童追寻月迹的行踪中弥漫着淡雅恬静的古诗的意境。在一个中秋的夜里，几个农村的孩子坐在院子里盼月亮，在奶奶的故事里，孩子们开始了寻月。散文的开头，作者就以儿童丰富的想象力给我们描绘了一个中秋夜月的淡雅图画。交代了寻月的起因，接下来就开始了寻月的行动。先是在院子里寻，满院是"玉玉的，银银的"月光，孩子们用丰富的想象力疑心院子里桂树的骨朵是繁星变的，这种幻觉想象符合儿童天真可爱的心理。在孩子们都想拥有月亮的时候，奶奶抓住了孩子的心理，告诉他们"月亮是每一个人的"，将寻月行动推向了小河。满怀好奇心的孩子们来到河边，不仅河里有月亮，连孩子们的眼睛里也出现了月亮。接着在沙滩上又展开了一场关于"月亮是个什么"的讨论。弟弟说"月亮是我所要的"，妹妹讲"月亮是个好"，奶奶说：月亮是我们的，是属于每个人的。几个孩子在奶奶的话里拥有了月亮，拥有了天空。奶奶的这句话尽传精神，散文意境升华。至此"水到渠成，天机自露"：美好的东西无处不在，关键在于你是否执着地去寻觅。

　　在《月迹》这篇散文里，"月亮"这一具体的艺术形象有着天然去雕饰的纯真之美，只是用"白光""玉玉的""银银的"等间接素淡之词，没有任何夸张，却有着大自然淡而有味、纯而不腻的韵味，颇有中国古典文化的深邃风骨。

贾平凹的散文创作在艺术上追求传统的空与灵，在徐开徐合、平实自然的阴柔美中，充盈着质朴厚实的艺术魅力。本文是一篇清新恬淡、含蓄隽美、富有诗意的散文。

（李海燕）

一只特立独行的猪

王小波

插队的时候，我喂过猪，也放过牛。假如没有人来管，这两种动物也完全知道该怎样生活。它们会自由自在地闲逛，饥则食渴则饮，春天来临时还要谈谈爱情；这样一来，它们的生活层次很低，完全乏善可陈。人来了以后，给它们的生活做出了安排：每一头牛和每一口猪的生活都有了主题。就它们中的大多数而言，这种生活主题是很悲惨的：前者的主题是干活，后者的主题是长肉。我不认为这有什么可抱怨的，因为我当时的生活也不见得丰富了多少，除了八个样板戏，也没有什么消遣。有极少数的猪和牛，它们的生活另有安排，以猪为例，种猪和母猪除了吃，还有别的事可干。就我所见，它们对这些安排也不大喜欢。种猪的任务是交配，换言之，我们的政策准许它当个花花公子。但是疲惫的种猪往往摆出一种肉猪（肉猪是阉过的）才有的正人君子架势，死活不肯跳到母猪背上去。母猪的任务是生崽儿，但有些母猪却要把猪崽儿吃掉。总的来说，人的安排使猪痛苦不堪。但它们还是接受了：猪总是猪啊。

对生活做种种设置是人特有的品性。不光是设置动物，也设置自己。我们知道,在古希腊有个斯巴达,那里的生活被设置得了无生趣,其目的就是要使男人成为亡命战士,使女人成为生育机器,前者像些斗鸡,后者像些母猪。这两类动物是很特别的,但我以为,它们肯定不喜欢自己的生活。但不喜欢又能怎么样?人也好,动物也罢,都很难改变自己的命运。

以下谈到的一只猪有些与众不同。我喂猪时,它已经有四五岁了,从名分上说,它是肉猪,但长得又黑又瘦,两眼炯炯有光。这家伙像山羊一样敏捷,一米高的猪栏一跳就过;它还能跳上猪圈的房顶,这一点又像是猫——所以它总是到处游逛,根本就不在圈里呆着。所有喂过猪的知青都把它当宠儿来对待,它也是我的宠儿——因为它只对知青好,容许他们走到三米之内,要是别的人,它早就跑了。它是公的,原本该敲掉。不过你去试试看,哪怕你把劁猪刀藏在身后,它也能嗅出来,朝你瞪大眼睛,噢噢地吼起来。我总是用细米糠熬的粥喂它,等它吃够了以后,才把糠兑到野草里喂别的猪。其他猪看了嫉妒,一起嚷起来。这时候整个猪场一片鬼哭狼嚎,但我和它都不在乎。吃饱了以后,它就跳上房顶去晒太阳;或者模仿各种声音。它会学汽车响、拖拉机响,学得都很像;有时整天不见踪影,我估计它到附近的村寨里找母猪去了。我们这里也有母猪,都关在圈里,被过度的生育搞得走了形,又脏又臭,它对它们不感兴趣;村寨里的母猪好看一些。它有很多精彩的事迹,但我喂猪的时间短,知道得有限,索性就不写了。总而言之,所有喂过猪的知青都喜欢它,喜欢它特立独行的派头儿,还说它活得潇洒。但老乡们就不这么浪漫,他们说,这猪不正经。领导则痛恨它,这一点以后还要谈到。我对它则不止是喜欢——我尊敬它,常常不顾自己虚长十几岁这一现实,把它叫作"猪兄"。如前所述,这位猪兄会模仿各种声音。我想它也学过人说话,但没有学会——假如学会了,我们就可以做倾心之谈。但这不能怪它。人和猪的音色差得太远了。

后来，猪兄学会了汽笛叫，这个本领给它招来了麻烦。我们那里有一座糖厂，中午要鸣一次汽笛，让工人换班。我们队下地干活时，听见这汽笛响就收工回来。我的猪兄每天上午十点钟总要跳到房上学汽笛，地里的人听见它叫就回来——这可比糖厂鸣笛早了一个半小时。坦白地说，这不能全怪猪兄，它毕竟不是锅炉，叫起来和汽笛还有些区别，但老乡们却硬说听不出来。领导上因此开了一个会，把它定成了破坏春耕的坏分子，要对它采取专政手段——会议的精神我已经知道了，但我不为它担忧——因为假如专政是指绳索和杀猪刀的话，那是一点门都没有的。以前的领导也不是没试过，一百人也逮不住它。狗也没用：猪兄跑起来像颗鱼雷，能把狗撞出一丈开外。谁知这回是动了真格的：指导员带了二十几个人，手拿五四式手枪；副指导员带了十几人，手持看青的火枪，分两路在猪场外的空地上兜捕它。这就使我陷入了内心的矛盾：按我和它的交情，我该舞起两把杀猪刀冲出去，和它并肩战斗。但我又觉得这样做太过惊世骇俗——它毕竟是只猪啊；还有一个理由，我不敢对抗领导，我怀疑这才是问题之所在。总之，我在一边看着。猪兄的镇定使我佩服之极：它很冷静地躲在手枪和火枪的连线之内，任凭人喊狗咬，不离那条线。这样，拿手枪的人开火就会把拿火枪的打死，反之亦然；两头同时开火，两头都会被打死。至于它，因为目标小，多半没事。就这样连兜了几个圈子，它找到了一个空子，一头撞出去了；跑得潇洒之极。以后我在甘蔗地里还见过它一次，它长出了獠牙，还认识我，但已不容我走近了。这种冷淡使我痛心，但我也赞成它对心怀叵测的人保持距离。

我已经四十岁了，除了这只猪，还没见过谁敢于如此无视对生活的设置。相反，我倒见过很多想要设置别人生活的人，还有对被设置的生活安之若素的人。因为这个缘故，我一直怀念这只特立独行的猪。

作者简介

王小波（1952—1997），著名作家。著有小说《黄金时代》《白银时代》《青铜时代》《黑铁时代》，杂文集《我的精神家园》《沉默的大多数》等。

不知为何，人总喜欢设置。不单设置动物，也设置别人、自身。由于一个人总是处于一个由那么多的别人所组成的强大的社会中，人也就免不了被社会、他人所设置的命运，人喜欢设置自身对自由的渴望，也就动辄受到压抑。屈从这种压抑可能会获得一些世俗的利益，人自身的诗意盎然的生命活力、渴求自由的本性却又往往被遏制。这真是一个要命的悖论，人因此活得极累、极苦、极麻烦。人啊，你该何去何从？该如何面对这个永恒的两难处境？

王小波潇洒行文、诙谐叙事的《一只特立独行的猪》，用微笑对这个深刻的问题给出了一个有益的启示性回答。全文以猪的被设置来象征人的境遇，又用文章的主角——一只特立独行的猪来对比人在相同境遇下的畏缩、顺从、苟且偷生。猪和牛被做出种种设置，被安排得井井有条，如同当时"文化大革命"时期的社会对人们的生存与命运所作的裁决与规定。在这种情况下，人由于种种的身外利益、关系、人情乃至文化的束缚，无法超然于所有的利害之外，所以只能龟缩在自己的命运之壳里，不敢稍有反抗。作者用自嘲来表现这一点。而这只猪呢？显出了无所顾忌、旁顾无人的英雄气概。它大胆地逃出了人为其设置的樊篱，潇洒随意、自由自在地活着。它甚至连婚姻也自己决定，常常跑到村寨里去找好看的母猪。它模仿各种声音，跳到房上学汽笛叫。它用猪所能有的最大的智慧和超常的勇敢与强大的人的力量为它安排的死亡的命运抗争。最终，猪胜利了，它后来出现在甘蔗地，终于返回了大自然的怀抱，为自己的灵性、自由意志与勇敢找到了接纳地。而那些安于被设置的猪却依然免不了被屠宰的命运。

　　这个结尾意味深长。人们因为斤斤计较于自己的利害得失而听凭那些不公平、不合理的设置来束缚、戕害自己自由的心灵，难道真能以此做代价为自己换来滋养青葱生命的利益吗？历史上的名人、伟人、杰人，哪一个没有一点特立独行的派头儿？他们的特立独行，同那只特立独行的猪一样，是离经叛道，是蔑视俗规、蔑视不合理的社会"设置"，是我行我素，若不如此，怎会不被芸芸众生所淹没？

　　由此，我们对开始的那个问题可能会有一个全新的眼光。

（赵雪梅　高翠英）

弯人自述

陈村

三十七年前的今天,本人来到这个世界——四肢活跃,身材魁梧,声音洪亮,食欲旺盛。这样的小子人见人爱,想必立刻收到许多即兴的评论。我记不清了,自己当时是否沾沾自喜。要是当时就知道,时过三十余年,自己将成为一名把握曲线美的"弯人",婴儿的我是否还会得意地晃动着那个大头?

母亲爱听旧戏,戏中有句唱词:"官人好比天上月。"我说"弯人好比天上月"。自然,不是元宵中秋般的圆月。仿佛是一次月全食,地球的暗影袭来,蚕呀么蚕食得紧,后来,只剩得一个月牙儿——那就是我。齐白石笔下的虾,嬉戏浅水,一伸一收,在收的那一刻定格——那就是我。西方一位名叫丘比特的爱神,背着一对小白翅,飞来飞去发人情思,手中所持的那张可爱的神弓——那就是我。天上的彩虹,地上的河曲——那就是就是我。

出于自爱,我通常只以较为美丽的事物自比。这样,自己弯起来的同时,仿佛也占有了永恒、壮阔、鲜活、精灵之气。我鼓励读者有这样的误会。

俗话说：弯人不是一天造成的。说得真是对极了！有道是百炼成弯，有道是拳不离手曲不离口弯不离身。只要功夫深，直汉弯成弓。我们的黄河，不就是这样形成的，东弯西弯，弯成了万里黄河。

弯了之后，第一个好处是和任何人都有了永恒的话题，而且从来不必备课。比如他问："你这腰，好像扭了？"我就答。问的词不是"扭了"就是"伤了""不得劲了""不方便"。接下来一定是"怎么不去看看？"我答些世情再答些科学。几问几答之后，俨然成了熟人。而且，提问的总是学生。如果学生不提问，我就自问自答——我当教师时经常这样，所有的教师都这样。

我的病真是生对了，不是那种难言之隐，要去请教电线杆上的"香港老军医"。这种病在任何场合说起来都是很雅的。脊椎是堂堂正正的骨头，不像有些组织通往不三不四的地方。这个病的全称是"强直性脊柱炎"。强而直，本也不是坏词，比起"肿毒"一类词好听得多。

此病的又一个好处是生得醒目。除了我女儿尚以为当父亲是要弯一弯的，其余的人都一目了然。有些病要靠病人自己去宣传，比如胃疼、脚癣、早搏。就说胃疼，一直等到疼得弯下腰，人们才会关切。其实，人们是被弯腰的姿势唤起了同情。而我总是弯着腰，胃还偏偏不疼。可见，生病要生得巧。

与我共同生活的人总是一再被人们提醒，要好好照顾我。面对这种人道主义的关心，他们除了说"这是应该的，我已这么做了"，还能有什么别的回答呢？家庭生活中，不聪明的人总是要逞强，以势压人或以理服人。我反其道而行，公开地明白地称弱。老子曰："知其雄，守其雌，为天下溪。为天下溪，常德不离。常德不离，复归于婴儿。"老子阐述过"柔弱胜刚强"的哲学。从一滴水看太阳，老子确实很伟大。

其实我也很伟大。

我的身上无时无刻不产生哲学。

我的病，据说是由于免疫系统信号错乱，将自身当作入侵者来攻击。这才是真正的自相矛盾。可怜我的亲爱的脊椎骨，一个个被自己攻无不克的攻击力干掉了。这应验了那句老话：堡垒总是从内部攻破的。更可怜的是医学界，至今未能抓获人体内的叛徒。叛徒像电脑病毒一样潜伏着，很可怕。

尽管没当成老子，我还有另一次伟大的机会，当一名中国的卡夫卡。

没人知道我面对《变形记》是何等的沮丧。我就是那个格里高尔·萨姆沙，我就是那只无可奈何的甲虫，是我而不是卡夫卡的脊背背叛了自己。我拥有当一只甲虫的全部感觉。可惜我生得太晚了。假如我要创作，只能创作动画片，像《忍者神龟》一样的卡通，爬过来爬过去。

是不是想试试？

既弯之，则安之。

如果有意识地寻找，像找男子汉一样用点力气，弯其实是一种境界。

还是老子在说："曲则全，枉则正，洼则盈，敝则新，少则得，多则惑。"

弯更是一种审美趣味。

赵州桥是立体的一例，高高拱起，占了天时，青史留名。九曲桥是平面的另一例，水平摇曳，尽了地利，游人如云。现代人提倡亲爱自然，粗粗一想，凡自然的造物，没见过笔直的一根。遥想人类当年，四肢趴地，长背向天，臀圆颅方，天然生趣，何直之有？平而致曲，直而后弯，大到天体，小到心术，莫如此。这么一想，实在不必妄自菲薄，人生难得一回弯呢。

话虽这么说，初弯之时，心里尚且想不开。一次大病，长久卧床，亏得家人照顾医生用心，慢慢好转，试着下床。心想从此可以站起来，不免高兴。谁知站着总是别扭，去镜前照照，站是站了，站得较弯，一点潇洒全无。

在去医院的路上，看着直来直去的路人，心中好生羡慕。触景生情，闷闷不乐。挂完专科门诊的号，去候诊室排队，忽然发现一部分人已经先弯起来了。真是一个好消息！心中的郁闷一扫而空。

记得有个笑话，说有个口吃的人问别人现现在几几点钟。那人不答，再问再不答。口吃者以为他是聋哑人，就不问了，走了。他走，那人"唉"了一声。一旁有人问，刚才为什么不回答。他说"历历史的经经验值得注注意。"他也口吃，过去回答口吃者，被认为是取笑对方，挨了耳光。历史的经验确实值得注意。我不和与我同病者一起前进，以免被看成半只书名号。更不与之站在街头聊天，否则像阿Q和小D，影子在墙上映出一道虹。那时，是否要来个新的笔名——半虹？

过去看老头爱背着手踱步，心里不解，以为是要摆摆派头。现在才知，人一弯过去，重心就向前了，要做出一个天鹅之死的姿势来平衡。我从不站着抱女儿，而是背她。她像起重机的压铁，帮着我省力。像我这样的人，实在应该去打篮球，始终是努力向前的模样，教练一定喜欢。假如我勤快一些，坚持散步，一定能致富，因为地上的钱无疑是我首先发现。

还是回到医院。过去，我见到医生总有说不出的自卑感，我像一名"可以教育好的子女"等候盘查。如今我再也教育不好啦，神色就有点不逊。医生照例还是很神气。我敲敲自己的骨头，意思是"你会看吗？"他当然不会。他要是会看此病早就出大名发大财不会坐在这里。然后我就报几个药名，由他来抄方子。这样，上医院的感觉好多了。

我当然是个与众不同之人，所以，从不染指奇装异服。本人就是奇装异服，只此一件，永不磨损。一个人如果弯起来的话，的确十分耀眼。想当明星而四处碰壁者，不妨一学。虽然没人在床头挂自己的尊容，虽然不被抢着握手，请去电视上做如泣如诉的广告，明星效果还是有一点的。本人只要上街，自信必有人观赏，所以从不在服装发式上费心，天长日久，更不计较并不计算什么"回头率"。何况，回头看我的人，目光中是绝对没有邪念的。

　　有一次我赶火车去外地，身背结结实实的一个包，腰间引出一副耳机。途中换公共汽车三辆，经过隧道时将耳机戴上，听听这洞中可有无线电波。车是出奇地空，好几位乘客在看我。见我对视，忙将视线低下去。过了一会又看。我实在是被看惯了，心里非常坦然。下了汽车，阔步通过大厅、候车室、月台，等到在自己铺位上坐下，才发现身上那条关系到文明的拉链不曾关闭。好生凉快。

　　要是换一个人，会有我的空城计的气魄么？

　　还是在汽车上。

　　我怕坐公共汽车。人一弯，占的体积就大。自从成为弯人，才知道上海的乘客们是如何地丝丝入扣。他们容不得我的奢侈，一波一波地要将我弄直。要是真的能直，我早就直着走上来了，还用得着费大家的力吗？

　　接着就是怕站在姑娘的身后，尤其是梳一根马尾巴的那种姑娘。姑娘稍不满意就摇头晃脑，将马尾巴甩东甩西地赶着苍蝇。本人的整根脊柱像那泰山顶上一青松，无法避让，只好以手隔面，似乎害羞。姑娘常常并不因此而饶人，总是将眼睛白过来，白得快时简直就是浪里白条。然而，我还是一青松。我常在心里对她讲：你说呀，说呀。她一说我就能解释，化马尾为垂柳，柳浪闻莺，人间天堂。可是，汽车上的战斗往往是无声片，撇撇嘴白白眼就结束了。为此，我尽可能不乘公共汽车。让无名的姑娘生气，于心不安。

　　此外还有难堪。在车上，一对恋人相视轻语。我身后的大力士一使劲，就出现了一个第三者。我的头伸在两位之间。我充耳不闻，你们尽可以说下去。你们可以将我看成一根石柱，卢沟桥上的那种，柱头刻着个石狮。你们说下去。我决无打搅你们的心肠。我与石狮的差别只在于我会出汗，汗狮。有时，也真的有人说下去，多半是小伙子，他已深入目中无人的境界。说到不聪明的地方，我很想代他说。我是小说家，一向很会说。可是我必须沉默。人们不回避石狮，就因为它沉默。

依然是公共汽车。汽车是个出故事的地方。等到有一天，我们大家都有了自备汽车，我们会想念那段过去的坏时光吗？在车上，曾有人给我让座，我也给别人让座。但是，相濡以沫，不如相忘于江湖？

无论社会发展到什么时代，我总会记得公共汽车上的一则故事。

那是白天。我上车后站在一个身材高大的男子之后。车不算太挤，没到只用一只脚站的地步。后来就有点挤了，我贴向高大的男子。忽然发现他抱着一个婴儿，婴儿伏在他胸前睡着似的。我高举双手撑住扶手，不叫自己挤了他。大家都不容易是不是。在拥挤的车中，总嫌车开得太慢。

不知过了多少时间，婴儿慢慢抬起头，脸对着我。我看见一双只有婴儿才有的大眼睛，眼圈涂有眼影。她的目光有点迷惘，像在看我，又像没看。我和她面对面，相距不过半尺。心里一惊，停了停，才想到闭目念佛。过了一会，我睁开眼，她正抬着头，眼神依然迷惘。她的男友的右手拢着她。我从不跳舞，没有如此近地与陌生异性对视的经验。面对美丽的脸庞，只好再闭上眼睛。车停站，赶紧躲开，要不然真会打架的。为这样美丽的姑娘打架十分值得，可惜我又打不过人家。

我总是很谦逊地低头弯腰。人要是仰着头，很有点目中无人的神气。而低头像沉思也像反省。要是早生一二十年，我这种人是要挨斗的。我预先培养成这般姿势，斗起来也许少吃点亏。风度其实是不重要的，谦恭才更被人们赏识。这个道理，日本人最懂。但是我不笑，连微笑也不。男人总在微笑，看起来有点不正经。而我是最正派的，从不回头看侧身而过的美人。回头率爱好者见了我只好昏过去，本人永不回头。

而且，本人既不点头也不摇头。好像旧时的皇上，批一句"知道了"，不必再问。

在大学，我免修体育。谈恋爱，我从不将腿走得贼慢，还一溜小跑。去登记身份证，工作人员难以确定我的身高。本人只论身长不论身高。

早上高一些，晚上矮一点，最后只好折中算了。爬山是我所爱，我常常走不动楼梯，病得猖狂时拉着扶手像拔河一样将自己拔上去。但我却能爬山，见到山就精神了，拄一支杖勤勤恳恳地爬。等我登上山顶，就想：山，我是弯着爬上来的。山应该羞愧。本人在爱的战线上一向成绩平平，就想，弯着尚且如此，一旦直起来是何等潇洒何等魅力，只怕会忙不过来！于是罢了，就弯着吧。

当然也有苦处。晚上睡觉，侧身要一个枕头，平卧要两个枕头。初睡要两个枕头，睡醒只要一个半。弄得枕头很忙。我曾起用空气枕头，可升可降，非常快活。可惜用不久就告了乏，吹气放气常要操作，吹气吹得肺气肿，放气时声音不雅。于是君子不取。

还有一苦是难以想象的。

电影上，情人接吻，两个脑袋如中国的纸扇一开一合，煞是好看。有心想学学不来，只好不变应万变，永远的中正式。好在这样的幸福时刻不多，也就免得常常伤感。

我最大的心病是死后。

只要不是被腰斩，我死起来就有点麻烦。如果也开追悼会，招来亲朋好友恩人仇人，一个个沉痛得肃穆。没想到我来也，躺在车上被推将出来，上身欠起，面带微笑，两颊扑着红粉，是个和众人打招呼的样子，这岂不是闹鬼么？要是吓死个把人，我的罪孽就深重了，地狱因此要加到十九层。

一个人活不好倒也罢了，要是死也死得折腾，没意思了。一个人活着出点风头也罢了，安息之时却像要坐起来，这个风头出得太大了。

为此，心有不安。

不知为什么，我在梦中经常奔跑、跳跃。我常常当上足球运动员，脚下功夫当然杰出，头球也十分了得。醒来之后，不知身在何处。

医生从来嘱咐我睡硬板床，我偏买来软床。我有自己的理论，如能在软床上睡平已是本事，然后可以论硬板。初学围棋，得了几个手筋，便找九段高手搦战，岂不是找死？

去年因眼睛住了一月医院。不能看书，就操练起来。在那张较硬的床上撤去枕头装死。很久，忽然砰地一声，全身一震，一节骨头打开了。这对我犹如一声春雷。站起来看看，人直了许多，几乎能冒充含着胸的直人。我将双手抱在胸前，较为得意，盘算着出院后给广有读者的晚报写篇短文，题目也想好，叫作《调戏骨头》。

后来我出了医院，可以看书写字了，却没为晚报动笔。我又回到了自己的软床，操心谋生而不是操心骨头。要是没有饭吃，调戏得笔直的自己不是还会弯下腰来吗？

我的那篇流产的短文有个漂亮的结束。它的最后一句是：

我想做一个正直的人。

作者简介

陈村（1954—   ），著名作家。散文集有《生活风景》《古典的人》《一下子四十个》《弯人自述》《杨家有女》《看来看去》《陈言勿去录》等。

这篇文章以诙谐的语言描述了作者自己作为"弯人"的生活体会，体现了作者坦荡、达观的心态。作者毫不隐讳自己的病情，不因成为"弯人"而悲哀低沉，相反却在生活中以乐观的心境化不便为快乐，化忧愁为幽默，在开放的心境中独享人生的平静与超然。

散文在轻松的语言下闪现着在生命遭到不幸之后的达观信念。与许多人的自暴自弃不同，作者坦然正视自己的处境，并在幽默的语言中体现了其顺其自然、乐天知命的人生态度。作者在提到弯腰如何形成时，打趣道:"俗话说:弯人不是一天造成的。说得真是对极了!有道是百炼成弯,有道是拳不离手曲不离口弯不离身。只要功夫深,直汉弯成弓。"作者旁征博引,在妙趣横生的语言中不含一丝感伤与叹息。但不可否认,作者在风趣的话语中仍潜隐着诸多的无奈与辛酸,而当作者抛掉风趣变为自嘲时,这种感觉就尤为明显了:"电影上,情人接吻,两个脑袋如中国的纸扇一开一合,煞是好看。有心想学学不来,只好不变应万变,永远的中正式。"作者弯腰带来了人生美好境遇的缺失,这种残缺怎不令人感叹!但作者虽有些苦涩但并不悲观,虽有些遗憾却并不日日追悔。相反,作者在乐天中抱有信念,在自强不息中寻求生命更高的境界。爬山时,作者"拄一支杖勤勤恳恳地爬。等我登上山顶,就想:山,我是弯着爬上来的。山应该羞愧"。体现出作者不屈服于生命的残缺,而渴求在与外界的较量中重新确立起自己力量的精神。最后,作者写道:"我的那篇流产的短文有个漂亮的结束。它的最后一句是:我想做一个正直的人。"在这里,作者不仅想从身体上重新站起来,而且更想从精神的废墟中站立起来,重新确立起一个强健的自己,坦荡地对待一切,做一个无愧于生命的精神上的健全者。

这篇散文在语言上最大的特色是诙谐、生动、幽默,让读者看到的不是生活的阴暗与凄凉,而是生命头顶点缀的美丽的五彩灯。在诸如"生病要生得巧""既弯之,则安之""人生难得一回弯"等句子中,作者出语风趣,在对格言、俗语、文言用语的引用中,从常人不能发现的事物中巧妙地发现其笑处所在,由此对自己的病大感"自豪",令人忍俊不禁。

(高翠英)

陪考一日

莫言

7月6日晚,带着书、衣服、药品、食物等诸多在这三天里有可能用得着的东西,我们搭出租车去赶考。我们很幸运,女儿的考场排在本校,而且提前在校内培训中心定了一个有空调的房间,这样既是熟悉的环境,又免除了来回奔波之苦。信佛的妻子说:这是佛祖的保佑啊!我也说,是的,这是佛祖的保佑。坐在出租车上,看到车牌照上的号码尾数是575,心中暗喜,也许就能考575分,那样上个重点大学就没有问题了。车在路口等灯时,侧目一看旁边的车,车牌的尾数是268,心里顿时沉重起来。如果考268分那就糟透了。赶快看后边的车牌尾数,是629,心中大喜,但转念一想,女儿极不喜欢理科而学了理科,二模只模了540分,怎么可能考629?能考575就是天大的喜事了。

车过了三环路,看到一些学生和家长背包提篮地向几家为高考学生开了特价房间的大饭店拥去。虽说是特价,但每天还是要400元,而我们租的房间只要120元。在这样的时刻,钱是小事,关键是这些大饭店距考场还有一段搭车不值、步行又嫌远的尴尬距离,而我们的房间距考场只有100米!

我心中满是感动，为了这好运气。

安顿好行李后，女儿马上伏案复习语文，说是"临阵磨枪，不快也光"。我劝她看看电视，或者到校园里转转，她不肯。一直复习到深夜十一点，在我的反复劝说下，才熄灯上床。上了床也睡不着，一会儿说忘了《墙头马上》是谁的作品，一会儿又问高尔基到底是俄国作家还是苏联作家。我索性装睡不搭她的话，心中暗暗盘算，要不要给她吃安定片。不给她吃怕折腾一夜不睡，给她吃又怕影响了脑子。终于听到她打起了轻微的鼾，不敢开灯看表，估计已是零点多了。

凌晨，窗外的杨树上，成群的麻雀齐声噪叫，然后便是喜鹊喳喳地大叫。我生怕鸟叫声把她吵醒，但她已经醒了。看看表，才四点多钟。这孩子平时特别贪睡，别说几声鸟叫，就是在她耳边放鞭炮也惊不醒，常常是她妈搬着她的脖子把她搬起来，一松手，她随即躺下又睡过去了，但现在几声鸟叫就把她惊醒了。拉开窗帘，看到外边天已大亮，麻雀不叫了，喜鹊还在叫。我心中欢喜，因为喜鹊叫是个好兆头。女儿洗了一把脸又开始复习，我知道劝也没用，干脆就不说什么了。离考试还有四个半小时，我很担心到上考场时她已经很疲倦，心中十分着急。

早饭就在学校食堂里吃，这个平时胃口很好的孩子此时一点胃口也没有。饭后，劝她在校园里转转，刚转了几分钟，她说还有许多问题没有搞清楚，然后又匆匆上楼去复习。从七点开始，她就一趟趟地跑卫生间。我想起了我的奶奶。当年闹日本的时候，一听说日本鬼子来了，我奶奶就往厕所跑。解放后许多年了，我们恶作剧，大喊一声：鬼子来了！我奶奶马上就脸色苍白，提着裤子往厕所跑去。唉，这高考竟然像日本鬼子一样可怕了。

终于熬到了八点二十分，学校里的大喇叭开始广播考生须知。我送女儿去考场，看到从培训中心到考场的路上拉起了一条红线，家长只许送到线外。女儿过了线，去向她学校的带队老师报到。

八点三十分，考生开始入场。我远远地看到穿着红裙子的女儿随着成群的考生拥进大楼，终于消失了。距离正式开考还有一段时间，但方才还熙熙攘攘的校园内已经安静了下来，杨树上的蝉鸣变得格外刺耳。一位穿着黄军裤的家长仰脸望望，说：北京啥时候有了这玩意儿？另一位戴眼镜的家长说：应该让学校把它们赶走。又有人说：没那么悬乎，考起来他们什么也听不到的。正说着蝉的事，看到一个手提着考试袋的小胖子大摇大摆地走了过来。人们几乎是一起看表，发现离开考还有不到十分钟了。几个带队的老师迎着那小胖子跑过来，好像是责怪他来得太晚了。但那小胖子抬腕看看表，依然是不慌不忙地、大摇大摆地向考场走。家长们都被这个小子从容不迫的气度所折服。有的说，这孩子，如果不是个最好的学生，就是一个最坏的学生。穿黄裤子的家长说，不管是好学生还是坏学生，他的心理素质绝对好，这样的孩子长大了可以当军队的指挥官。大家正议论着，就听到从学校大门外传来一阵低声的喧哗。于是都把身体探过红线，歪头往大门口望去，只见两个汉子架着一个身体瘦弱的男生，急急忙忙地跑了进来。那男生的腿就像没了骨头似的在地上拖拉着，脖子歪到一边，似乎支撑不了脑袋的重量。一个中年妇女——显然是母亲——紧跟在男孩的身后，手里拿着考试袋，还有毛巾药品之类的东西，一边小跑着，一边抬起胳膊擦着脸上的汗水与泪水。一群老师从考试大楼里跑出来，把男孩从那两个男人手里接应过去，那位母亲也被拦挡在考试大楼之外。红线外的我们，一个个都很感慨很同情的样子，有的叹气，有的低声咕哝着什么。我的觉悟不高，心中有对这个带病参加考试的男生的同情，但更多的是暗自庆幸，不管怎么说，我的女儿已经平平安安地坐在考场里，现在已经拿起笔来开始答题了吧。考试正式开始了，蝉声使校园里显得格外安静。我们这些住在培训中心的幸运家长，站在树荫里，看到那些聚集在大门外强烈阳光里的家长们，心中又是一番感慨。因为我们事先知道了培训中心对外营业的消息，因为我们花了每天120元钱，我们就可以站在树荫里看着那些站在烈日下的与我们身份一样的人。可见世界上的事情，绝对的公平是不存在的，譬如这高考，本身也存在着很多不公平，但它比当年的推荐工农兵大学生是公平得多了。对广大的老百姓的孩子来说，高考是最好的方式，任何不经过考试的方式，譬如保送，譬如推荐，譬如各种加分，都存在着暗箱操作的可能性。

有的家长回房间里去了，但大多数的家长还站在那里说话，话题飘忽不定，一会儿说天气，说北京成了非洲了，成了印度了，一会儿又说当年的高考是如何的随便，不像现在的如临大敌。学校的保安过来干涉，让家长们不要在校园内说话，家长们很顺从地散开了。

将近十一点半时，家长们都把着红线，眼巴巴地望着考试大楼。大喇叭响起来，说时间到了，请考生们立即停止书写，把卷子整理好放在桌子上。女儿的年级主任跑过来，兴奋地对我说：莫先生，有一道18分的题与我们海淀区二模卷子上的题几乎一样！家长们也随着兴奋起来。一位不知是哪个学校的带队老师说：行了，明年海淀区的教参书又要大卖了。

学生们从大楼里拥出来。我发现了女儿，远远地看到她走得很昂扬，心中感到有了一点底。看清了她脸上的笑意，心中更加欣慰。迎住她，听她说：感觉好极了，一进考场就感到心中十分宁静，作文写得很好，题目是"天上一轮绿月亮"。

下午考化学，散场时，大多数孩子都是喜笑颜开，都说今年的化学题出得比较容易，女儿自觉考得也不错。第一天大获全胜，赶快打电话往家报告喜讯。晚饭后，女儿开始复习数学，直至十一点。临睡前，她突然说：爸爸，下午的化学考卷上，有一道题，说"原未溶解……"我审题时，以为卷子印错，在"原未"的"未"字上用铅笔写了一个"来"字，忘记擦去了。我说这有什么关系？她突然紧张起来，说监考老师说，不许在卷子上做任何记号，做了记号的就当作弊卷处理，得零分。我说你这算什么记号？如果这也算记号，那作文题目是不是也算记号？另外，即便算记号，你知道谁来判你的卷子？她听不进我的话，心情越来越坏，说我完了，化学要得零分了。我说，我说了你不信，你可以打电话问问你的老师，听听她怎么说。她给老师打通了电话，一边诉说一边哭。老师也说没有事。但她还是不放心。无奈，我又给山东老家在中学当校长的大哥打电话，让他劝说。总算是不哭了，但心中还是放不下，说我们是在安慰她。我说：退一万步说，他们把我们的卷子当成了作弊卷，给了零分，我们一定要上诉，跟他们打官司。爸爸认识不少报社的人，可以借助媒体的力量，把官司打赢⋯⋯

　　凌晨一点钟，女儿心事重重地睡着了。我躺在床上，暗暗地祷告着：佛祖保佑，让孩子一觉睡到八点，但愿她把化学卷子的事忘记，全身心地投入到明天的考试中去。明天上午考数学，下午物理，这两项都是她的弱项⋯⋯

作者简介

莫言（1955—　），著名作家，2012年诺贝尔文学奖获得者。著有小说《丰乳肥臀》《红高粱家族》《透明的红萝卜》，散文《会唱歌的墙》《卖白菜》等。

　　散文贵在真情的自然流露，一篇好的散文是"情"的艺术，更是"真"的艺术。散文只有具备了"情"这一基本要素，才能感染读者，使读者获取审美震撼。散文只有具备了"真"这一基本要素，才能与读者达成心灵契合，散文的审美价值才会大大提升。读莫言的散文《陪考一日》，我们随处可以感觉到弥漫在篇中角角落落的真挚的亲情，"可怜天下父

母心"，这句话在这篇散文中得到了很好的诠释。

莫言是以写小说见长的作家，他善于以奇谲幻动之笔创设本真原始的理想世界，他的《红高粱》《檀香刑》等作品，曾感染了一批又一批的读者。在《陪考一日》这篇散文中，我们看到了莫言文风的另一面，领略了他驾驭散文的纯熟技艺。

《陪考一日》这篇散文顺时性地记录了作者陪同女儿参加高考的经历。由于高考这一全国性考试的特殊性质，所以每到高考时候，社会的方方面面都会予以极大的关注，但最为紧张的莫过于考生及其家长了。散文在紧张的气氛和心理氛围中推进。从打车陪女儿赶考、给女儿预订有空调的房间，到悉心照顾女儿的饮食起居，再到在场外陪同女儿一起度过高考的第一天，所有这些都是信笔写来，自然而流畅，字里行间都站立着一个紧张而揪心的父亲形象，流溢着一种高强度、高密度的焦虑紧张的情绪基调。

散文最出彩的地方是对于家长心理的细腻刻画与细致描写。父母对子女的亲情是世间最珍贵的感情之一。由于孩子参加高考，父母可能比考生自己更加紧张而焦虑。作品开头作者对车牌的一番心理活动，考前家长对蝉声的议论、对喧哗骚动的拉长脖子的张望等，这些写实性细节描写把犹如惊弓之鸟的家长们刻画得栩栩如生，把那颗惊魂未定的关切之心彰显得淋漓尽致。文章中处处充溢着父亲对女儿的呵护与关心之情，特别是一些极细微的亲情流露，既感人至深，又令人啼笑皆非，真正写活了"可怜天下父母心"这句套话和至理。例如，文章中写到，当女儿由于过度紧张，晚上辗转难眠时，作者也是忐忑不安，思绪纷杂，"不给她吃（安定片）怕折腾一夜不睡，给她吃又怕影响脑子"，作者被这样一种矛盾的心理纠缠着，直到"终于听到她打起了轻微的鼾"，作者才稍感宽慰。散文的最后一段更是将这种细微复杂的父爱之情推向了极致，女儿睡去了，"我躺在床上，暗暗地祷告着：佛祖保佑，让孩子一觉睡到八点，但愿她把化学卷子的事忘记，全身心地投入到明天的考试中去。明天上午数学，下午物理，这两项都是她的弱项……"散文至此戛然而止，仿佛把一副生动传神的画面定格在脑海中一样，挥之不去。人们常说父爱无声，但在这里，作者却把它表现得细致而博大，绵密而冗长的爱细致传神地挥洒出圆润而丰实的诗性光芒。

《陪考一日》这篇散文语言平白晓畅，感情充沛而真实，不施铅华而才情迸发，结构浑然天成，没有丝毫做作牵强之感。在紧张的作品氛围当中，不时蹦出几句幽默话语，对紧张的气氛予以消解，这些充分体现出作为小说大家的莫言驾驭文字的深厚功底。

（仕永波）

高原，我的中国色

乔 良

是东亚细亚。

东亚细亚的腹地，一派空旷辽远、触目惊心的苍黄。

亿万斯年，谁能说清从哪一刻起，不分季节，不分昼夜，不知疲倦的西风带，就开始施展它的法力？塔克拉玛干，古尔班通古特，巴丹吉林，乌兰布合……还有，腾格里。这些个神秘的荒漠呵，一古脑儿地，被那股精血旺盛到近乎粗野的雄风卷扬而起，向秦岭北麓的盆地倾压过来。

漫空里都是黄色的粉尘。

纷纷扬扬。飘飘洒洒。盆地不见了。凹陷的大地上隆起一丘黄土。黄土越积越厚，越堆越高。积成峁，堆成梁，又堆积成一大片一大片的塬。

这就是高原。黄土高原。

极目处，四野八荒，唯有黄色，尽是黄色。黄色。黄色。连那会从巴颜喀拉的山岩间夺路而来的大河，也暴烈地流泻着一川黏稠的黄色！

浑黄的天地间，走来一个黄皮肤的老者。看不清他的面孔，听不清他的声音，只有那被黄土染成褐色的长髯在被太阳喷成紫色的浮尘中飘拂……老者身后,迤逦着长长、长长一列只在身体的隐秘处裹着兽皮的男人和女人。

一棵巨大的柏树,便在这人群中生下根来。

轩辕柏。

所有黄皮肤的男人女人和他们的后生,都把这巨树唤作轩辕柏。它的根须像无数手指深抠进黄土,扎向地心,伸向天际,用力合抱住整个儿的高原。

始皇帝横扫六合的战车,汉高祖豪唱大风的猛士,倚在驼峰上西出阳关的商旅,打着呼哨、舞着弯刀、浑身酒气的成吉思汗的铁骑,和五千年岁月一道,从这金子样的高原上骄傲地走过去,走过去,直到……

暮云垂落下来。低矮的天地尽头,走来一个小小的黑点。

一个军人。

他站在一架冲沟纵横,皱折斑驳的山梁上。

天可真低。他想,一抬手准能碰到老天爷的脑门儿。

残阳把他周身涂成一色金黄。他伸出手臂,出神地欣赏着自己的皮肤。金黄的晖光从手臂上滑落下去,掉在高原上。一样的颜色。他想,我的肤色和高原一样。

豪迈的西风从长空飒然而至。他的衣襟和裤脚同时低唱起喑哑而粗犷的古歌。刹那间,他获得了人与天地自然、与遥远的初民时代那种无缝无隙的交合。是一种虚空又充实,疏朗又密集,渺小又雄大的感觉。

他不禁微微一笑。

然而,只一笑,那难以言喻的快感消退了。渐渐塞满胸臆的,是无边的冷漠,莫名的苍凉。竟然没有一只飞鸟,竟然没有一丛绿草。只有我,他想,我和高原。于是他又想,这冷漠、这苍凉不仅仅属于我,还属于遗落在高原上的千年长史。

一千年。

畏惧盗寇的商贾们抛离了驼队踩出的丝绸古道，面对异族的武夫们丢弃了千里烽遂和兵刃甲胄，一路凄惶，簇拥着玉辇华盖，偏安向丰盈又富庶的南方。

南方，绿油油、软绵绵、滑腻腻的南方。没有强烈的紫外线辐射，没有弥漫天际的黄沙烟尘，没有冰，没有雪，没有能冻断狗尾巴的酷寒。有丽山秀水，丝竹管弦，有妖冶的娥眉，婀娜的柳腰，有令人销魂的熏风、细雨……那叫人柔肠寸断的杏花春雨呵，竟把炎黄子民们孔武剽悍的魂魄和膂力一并溶化！而历史，却在某个迷茫的黄昏，被埋进深深的黄土。

有多厚的黄土，就有多厚的奥秘的高原，每一只彩陶罐、每一柄青铜剑都会讲一个先民的故事给你听的高原，沉默了。陪伴它的，是一轮千年不沉的孤月。

唉，南方，南方。

他忽然想到了西方。当黄皮肤的汉子们由于贫血而变得面色苍白时，麦哲伦高傲的船队刚刚在这颗星球上画完一圈弧线。野心勃勃的哥伦布，正携着西班牙国王致中国皇帝的国书，横渡大西洋，惊喜地打量着近在咫尺的新大陆。

真是一群好汉子。有了他们，西方才后来居上。

他感到胸口有一团东西被揪着发疼。

他看到斯文·海定、斯坦因、华尔纳们，正把成捆的经卷盗出敦煌，正把昭陵的宝马凿下石壁，而恭立一旁的黄种汉子，手里只有一杆能把自己打倒在地的烟枪！

他想喊。

他想站到最高的那架山梁上去，对着苍茫的穹窿嘶喊：

难道华夏民族所有的武士，都走进了始皇陵兵马俑的行列？

没有风，没有声息。高原沉默着。

一块没有精壮和血性汉子的土地是悲哀的。

他想起了他那些戴着立体声耳机、抱着六弦琴横穿斑马线的兄弟们。他们全都身条瘦长、脸色煞白，像一根根垂在瓜架上的丝瓜。他们要去参加这一年中的第三百六十七次家庭舞会吧？他们的迪斯科跳得真好。他们忧郁的歌声真动人。但，他们只从银幕上见过高原和黄土。他们更不知道紫外线直射进皮肤和毛孔时的滋味，更不知道那黄土堆成的高原上埋着的古中国。

可那才是中国，那才叫中国。在病榻上呻吟了八百年，又被人凌辱了二百年的，不是真正的中国。真正的中国是闪着丝绸之光、敦煌之光，修筑起长城，开凿出运河，创造了儒教、道教，融合了佛教、伊斯兰教，同化了一支支异族入侵者的中国。

真正的中国是一条好汉。

这裸着青筋、露着傲骨的高原也是一条好汉。

他真想把那些整天价只会怨天尤人的小白脸们都带到这里来，染他一身一脸的国色——黄帝、黄河、黄土高原的本色。让他们亲近一下泥土的纯朴和漠风的豪气。

他想，要使这片贫瘠的、失血过多的土地复苏过来，需要的是更强劲的肌肉，更坚硬的骨骼，更热的黄河一般湍急的血流。需要比麦哲伦和哥伦布们还勇健的如守护始皇陵的武士俑那样的壮汉。

他想，我也该是这样的汉子。

他想，有了这些男汉子，高原，这金子似的高原便不会死去，因为轩辕柏在这里扎着一根粗大的、深邃的根茎。

这个人，这个军人，就是我。

> **作者简介**
>
> 乔良(1955—),军旅作家。著有小说《雷,在峡谷中回响》《远天的风》《大冰河》《末日之门》《灵旗》,长篇报告文学《城市与老板的编年史》等。

《高原,我的中国色》这篇散文基于对民族广阔的生存背景的关切,同时又借助于高原这个雄伟壮阔而又深含内蕴的意象,使抒情主体强烈而又痛苦的情感体验,随着一行行饱含深情的文字迸发而出,表现了一种能够激励人们情怀,开拓人们胸襟的独特历史意识。

这篇散文首先在时空交叉中给我们展示了高原色——黄色的形成以及高原上以高原色作为象征的民族生存、奋斗的历史。大秦、强汉、盛唐,丝绸之路、敦煌之光、长城之光,中国大地上的辉煌是由黄河、黄土铸造的。在作者粗犷的笔下,那显示高原地貌和炎黄子孙肤色的黄色,是国色、壮美、刚阳的同义词。《高原,我的中国色》所蕴含的主旨自然而然地流露出来。

在抒发了对中国北方高原的厚重感情后,作者笔锋一转,将有着"丽山秀水""杏花春雨"的绿色南方作为黄色北方的对立面来写,展示了我们民族滑向衰弱的轨迹。中国历史上偏南一隅坐江山的君主不胜枚举,东晋、东吴、南宋、南明等,它们夹带着滚滚黄尘的朔风南下,在纵情销魂的熏风细雨中,最终把"炎黄子民们孔武剽悍的魂魄和膂力一并溶化"。刚勇进取的高原精神与消沉颓废的南方心态此消彼长,构成中国的历代兴衰史。如果说南方柔软滑腻的"绿色"让中国陷于柔弱,那么西方强悍征服海洋的舰队,则又使我们的民族蒙受了耻辱。作者愤怒了,他喊出了民族高亢激昂的声音。在这一声刈着苍茫扈塋的嘶喊中,作者呼唤我们伟大民族自强不息的奋斗之魂:真正的中国是一条好汉,代表民族精神的黄土高原绝非一堆废墟,只要我们用现代的意识去考量它,用强悍的力量去发掘它,就一定会从那段被尘土掩埋了上千年的历史底层中发掘出熠熠生辉的精神宝藏。这种催人奋进的激情充溢在字里行间,使得这篇散文具有了非凡的力度。

《高原,我的中国色》这篇散文在思想感情上热烈强悍,激励着人们的情志;在艺术上,情景交融,结构清晰,文笔流畅。在这篇散文里,作者感情的迸发借助了大量对比手法的使用:北方的"黄土"与南方的"绿"色,东方的"贫白"与西方的强悍,现代的忧伤与古代的辉煌……在这一系列对比中,作者借古鉴今,述昔讽世,给我们敲响警钟:安而知危,让我们意识到自己肩上正承载着民族的命运、华夏的未来。

本文的另一个艺术特色是善于将形象性与启示性结合起来,将对历史的感悟用生动的艺术形象表现出来。在讲到民族由强盛走向衰微时,不是重新叙述这段历史,而是巧妙地用西方与东方,历史上的秦皇汉武与唱着忧郁歌曲的小白脸,扎根于高原的巨柏与吊在架上的丝瓜这几组形象遥相呼应,进行对比。这种形象化描述的运用,避免了枯燥的叙述,可以更好地激发读者的感情。

(李海燕)

故居取灯

丁建元

这是另一类老房子，无所谓它原属于钟鸣鼎食之族，还是翰墨诗书之家，或者就是柴桑巷内的蓬门寒舍。从造房的先辈始起代代衍传里，除了自然意义上后人对先人生命的承续，如果有哪辈、哪人，以超过俗常的心志和行为与时势交合，终有建树并赢得英名，为世所重，就为他住过的房子增添了光彩。

他的后代一群里的忠正之人，无论他们这时候仍袭荣泽，还是落魄潦倒，他们肯定不会忘记光荣的祖辈，即使不必如旧时那样在堂中供奉，但在一些谦恭的心中总立起缅怀的灵牌。如果因为种种，他们不再拥有祖先遗留下的那座房子，但他们一定会更加强烈地牵念着那在着的或废逝的老宅。这时候的老房子，已经不是寻常栖居之所，它具备了庙祠的质性。

被人纪念的故居便是这样。当那些杰人、伟人们走完了他们的生命里程后，总能在岁月里留下不尽的余响作为卓异的人生感召，除了使当世和后世的人敬仰，也使后人们禁不住要寻找这些杰人、伟人们成就的轨迹和隐秘。这样，他们会首先从房子开始，一直溯寻到故居——那些优质生命始成的初地，精神开端的所在。人的造化虽然有社会境遇的砥砺雕琢，但也不能舍略故宅对他们灵魂的哺育。譬如那座老房子里那位先人，具有优秀的秉性和品质，并以这种秉性品质光耀了门楣，你就不能否认它对子孙的熏陶。除了当世的直接，还有后来者宗传的叙述以垂范启示，使这房宅有了一种难以言说的门风。并非所有的后人都能感受着这种神秘的围浸，但总有某位颖慧者在缓然未觉里得到点化，如还归的祖魂立在云端，从隙间投下一束亮光，使那位凡孙的智性和德性敞明。即使老房子里的先代们皆为庸卑，房子里烟色的四壁间是黯淡萧索的气息，是窒息性压抑灵魂的滞重的命运，也可能因为外面世界的诱惑和潮流所趋，使其中某位原本也要板结的生命，具有了充满血性的叛逆性发奋，也成为时代和历史的精英。

　　他们留下了作为故居的老房子，这老房子从此就不再属于私有，逐渐成为文化的景点和精神的胜迹，使后人们在静静的浏览和观瞻中，完成一次深深的人生履践与登临。走进这些故居与阅读史传是不同的。我曾经两次到绍兴，两度走在柔雅秀丽的山阴道上。白亮亮的湖塘里，映着静态的白云，河渠上卧着、拱跨着造型各异生着苔斑的石桥。秋末里，田畴间绿翠和金黄连缀铺展，胭脂红的乌桕树下，系着黑色的鱼脊般的乌篷船。然而如画的风景对于我，难以比附作为故居的文化引力。我两次都要去拜谒鲁迅、秋瑾和徐渭的故居。那些黑瓦白墙格棂轩窗的老房子，被无数类似的老房子围起来。沿着润潮细腻的石板铺成的街巷，走近那些故居，我总感到是要进行庄重的生命晤对。在同一块土地上的三处故居，那棵老枣树与青藤，花雕酒和刀剑，总让我认真寻找它们共同的品格和蕴涵。故居的主人们，都是面对人间的黑暗悲凉和人性的丑恶卑鄙，以各自的器械和方式进行决斗的。虽结局有别，但都是以孤傲从容踩着丛生的荆棘，走向冥星临照的黑色的天际。我甚至还想知道他们最先的居所（譬如秋瑾）在何处，形成他们个性的是来自家教还是外化，他们共同的一脉精神源泉通抵到哪里——仿佛通连着勾践的那枚悬在梁上的闪着幽光的青铜色的苦胆！

对故居的保存和修缮，还有带着热忱来参观的人群，都表现了人类即使在有些腐化、败坏与堕落现象存在的年代，也泯灭不了真诚崇高的追求。那些几十年甚至几百年的老房子，历经酸风斜雨，甚至逢历刀兵战火，或被一世的恶意政治和愚昧劫乱所摧残。然而历史的有情轮回，总要还其本来面目，最终昭示出和昭雪出蒙上尘垢的珍存。那么多珍存也存在于众多的故居里。走进故居的人们，并不太在意故居与当年真实的差距。它毕竟以独有的建造和陈列收藏凝住了一段流年，把后人无法靠近的历史缩进这有限的空间。那些各在其位的器物，仿佛仍存着主人的余温，散发着亲切的生命气息。参观者通过自己的联想，在宁寂中似乎聆听到这先哲的垂教，在默默交感中使心灵得到高尚的洗礼。故居就是给来者以暂时的错觉，使他们飞越时光与那些非凡的精神重逢。

在这个世界上留下故居的人，似乎都属于神域的来客，或者接受圣灵的指派，抑或因为对人间的热爱或垂悯独自上路，也可能因违背了天条而贬谪凡尘，头上还箍戴着耻辱的荆冠。他们高瞻远瞩，以超人的胆识和谋略拯救苍生，改变了一邦一国一个民族苦难长久的命运。他们就是弥尔顿诗篇中的撒旦，直面强权和独裁，举起倚天的剑戟，召集起地狱里的苦魂，在燃烧着的硫磺烟火中，与上帝的军队展开英猛悲壮的战斗而不惧怕毁灭。还有，在专横者钳制思想扼杀自由，因为恐惧真理的声音用刀对准所有的舌头的时候，就有如布鲁诺、赫尔岑、车尔尼雪夫斯基和鲁迅们在夜的墓场上，在沾着血肉的冰冷的石头间寻找火星，燃起火把，发出响亮的旷野呼告，如同被缚在高加索山上的普罗米修斯，不怕秃鹰的利爪尖喙撕食着自己的心肝，面对着爱因斯坦的故居，人们会想到无数像他那样的智慧巨人，以缜密精确而具有穿透力的思维，穿过客观世界的表象，进入了宏观、微观、胀观与渺观，破解了造物设置的重重迷宫，窥到了上帝完成的不轻易示于人类的奇异幽邃的完美秩序，为人类造福。站在斯宾诺莎故居里，这位曾经靠磨光学镜片为生的思想家，会使人们想到所有的沉思巨人，以对真理的痴迷，辛勤地转动着星球般的大脑，在理性的天宇里发出隆隆的音响，然后把自己磨成的镜片儿分发给人们，让人们用它去透视社会人生和自然，无限地接近终极真理。对着普希金、莱蒙托夫的故居，人们会想到那些铿锵有力的诗篇，韵律如同长剑敲击着马靴，歌颂着正义，诅咒着邪恶，呼唤着纯金般的信仰和良知，喊出了时代的心声……

各式各样的老房子，那些草庐与瓦舍，立在风雪里的木板房，被白桦林和枞树环围着的庄园，墙上蔓延着常春藤的楼房……那些曾经居此的人，在各自的现实中，从各自的方面完成了历史性的使命，在时间壁墙上镌刻下独特的业绩。后人们走进这些故居，除了仰慕他们的成就，更会追思他们在人生路上所呈现的灵魂风貌。或许在他们最初的故居里，作为童年、少年而受家风熏染和父辈传教，但他们终要从那最先的房子里走出，独对复杂的世界，无不遭受艰难困苦。茫茫人海里人心险恶，有时候也正因为他们胸有远志秀出于林，而遭受小人仇敌的倾轧暗算、排挤诬蔑，还有贫穷的折磨，使他们被灰运、厄运反复笼罩着，陷入困境，如在茫茫苦海中的礁石上独咽着孤独和悲哀，灵魂带着累累伤痕沉浸在迷惘中。他们欲要改变世界、扭转乾坤，就会被追捕、囚禁、放逐甚至被送上绞刑架和断头台。这些杰人们、伟人们的杰出伟大便在这里，因为对事业的坚信而劳其筋骨，饿其体肤，养其浩然之气，挺起宁折不弯的瘦硬的脊梁穿越荒原。上苍不会把桂冠轻易给予安闲的梦呓者，所以它才让故居具有了品位，让一群群来观的人们献上敬意和鲜花。

在法国的克拉姆西小城，枯竭的运河边的一座老房子里，有位秀颀的孩子端正地坐在钢琴前，听他母亲讲授着指法和曲谱。他的母亲没有想到,她对儿子讲述的那位要扼住命运咽喉的音乐之王的故事,已经成为他神龛里的首位偶像。这偶像写下的乐曲和他自己的故事,使这位孱弱善感的少年多次走出人生低谷。许多年后这位年轻人来到维也纳,站在那座黑色的西班牙小屋前默默致哀,因为他的崇拜者就客死在这里,小屋是他最后的故居。之后,这位年轻人又来到波恩,以敬仰的目光凝视着那座低矮的小阁楼。这诞生了贝多芬的老房子,成为这位法兰西青年的精神圣殿。他由此体会到了:所有不朽的东西必定要诞生在世界坚硬的夹缝里,生命内部必要忍受天与人共同造成的重难。自这开始,他"得到了鼓励,和人生重新缔了约,一路向神明唱着病愈者的感谢曲",走向奋争的战场。再早,当俄罗斯帝国击败了拿破仑的远征,随着沙皇亚历山大远征巴黎的青年军官们,却被法国大革命的思想所吸收,他们成群结队,来到爱维尔弗农山庄,当年卢梭隐居的地方,来接受新的精神。故居,就把一簇神火交给了他们。之后,便在彼得堡的广场上,爆发了反对专制争取自由的十二月党人的起义。

  这就是故居的魅力。无数的名人、杰人与伟人留下的老房子,以各自的贮存,共同组成了人类丰富而辉煌的精神。故居是星体,是镶嵌着钻石与珠宝的王座,点缀闪耀在历史的行程中,如同一条漫长的奇幻灿烂的光带。青年罗曼·罗兰从贝多芬的故居里取走了一枚取火的燧石,又以自己的智慧操行炫然于世,留下了自己的故居。人类就这样自后向前,因袭着鲜活顽强的基因,钩成了断而又续、裂又弥合的金质长链。优秀人物的故居,就是大地上全部伟大芳馨之所寄。故居的存在是历史财富的仓廪,储备着世纪里灵魂的口粮。尤其是在精神的散乱和荒芜的年月里,它就可以应急与赈救。千年前的普卢塔克就看到了纪念那些"公认的优秀人物"的意义,它会使人们能够"坚决"地"否认我们在与周围交往时所遇到的那些下流、无耻和卑鄙的勾当"。

  我们怎能不对故居推重?一个民族在一座老房子里,整个人类共在一座更大的房子里。所有的民族区域里，都有各自纪念的曾经有益于世界的人物，他们是属于人类的先贤。当肤色和语言有别的人们走进他们的故居，他们都能感到微妙的震颤，心灵就会像复瓣之花接受露珠那样张开。人性深层的脉动原是相通的，我们的土地也靠所有的故居维系，而充满希望地无限延宕……

作者简介

丁建元（1956— ），著名散文家、资深出版人。著有《眷恋黄昏》《恋山的野菊》《寻找生命的原色》《色之魅》等。

　　故居是老房子的一种，但从老房子中走出来，故居就有了某种庄严和神圣。毕竟，在这儿孕育了许多"优质的生命"和不朽的灵魂，老房子因此叫作故居。

　　故居的灯是那些燃烧不熄的伟大灵魂，是闪光的精神。这世上有多少故居，就应该有多少不灭的灯。它们照亮方方域域，照亮子子孙孙，照亮不同肤色的前来瞻观和取火的人们。"故居的存在是历史财富的仓廪，储备着世纪里灵魂的口粮"。来故居的人们总是为了得到某种洇染和启迪。来故居可以呼吸先贤们呼吸过的空气，可以与他们来一次灵魂与灵魂的晤对，感受伟大灵魂超凡入圣的智慧之光。

　　"历史的有情轮回"埋葬了琐细和平凡，却留下这么多灯盏，而作者的慧心妙笔无疑拨亮了它们。作者由故居联想到留下故居的先人、后代和来此参观的后世人群，从故居以及所存留的器物中透视历史，感悟民族、人类生存的真谛。把故居的灵魂，先贤们那心灵的雨露、精神的芳蕊作燃油的灯盏点亮，奉献于读者的面前。这是能给人的灵魂以温暖的灯盏。作者也以此启示我们，启示我们每一个人：去打开故居那尘封的门吧，点燃故居里的灯，那光芒能照亮我们前行的路，给我们的魂魄以征程中的口粮。

故居永远在我们民族的身后，在人类的身后。

一篇《故居取灯》穿过历史的厚障和疆域的阻隔，使每一个故居都成为广泛和超越的意义存在，故居的灯因而也就如天空的星星，点缀的是整个苍穹。这远远突破了将故居单纯作为怀旧对象以抒个人幽思之文的狭隘视野，也远远超越了对某种个体精神的直面描写，散文的思想深度由此厚重起来。同时，本文思路开阔灵活，时空转换自然，从秋瑾到普希金，从"三味书屋"到"被白桦林和枞树环围着的庄园"，古今中外，同时纳入笔下，有序而不拥挤，充分体现了散文的特点。再者，作者文笔严谨准确、真诚流畅，文字格调随情感变化而变化，篇幅虽长，却无繁复杂沓之感。

（董国艳　岳永洁）

盼雪

张炜

一个无雪的冬天，会令人感到尴尬。该冷的时刻不冷，四季不再分明，大自然也写出了荒诞的一笔。

下雪吧，让洁白的绒毯铺盖大地，以这个节令独有的方式去温柔人心、安定人心。

雪朵可以擦洗世界，所以你总是能够在雪后看到一方更加碧蓝的天空。一只狗走向原野，小鸟在落满雪粉的枝丫上悄立。大地恬然入睡，万物陷于默想。姑娘歌唱了，红色的围巾松松地包在头发上。你相信雪的下边是一片翠绿吗？紫色的地黄花儿将开放，墨绿的叶面上留着雪痕。一个洁净的干练的老人拄着拐杖走过，呼出了白气。那白气像他写出的一道诗行。他的头发也是银白的，他的黑呢大衣多么庄重。

老人缓缓地行走，拐杖提离地面。他走过的岁月中有多少个这样的冬天？不记得了。他只记得在雪地上、在雪松的后边，他第一次吻一个姑娘的情景。那时他们都年轻，厚厚的雪使他们的脚陷下去了。

雪的世界，一个多么适合思索和回忆、追忆和遐想的世界啊。浑浊的思绪被纯正了沉淀了，人心像伏下的白朵一样安静。我们的流逝的时光，我们的没有留下痕迹的一串连一串的脉音，这时一齐涌到眼前耳畔。

河冰封锁了半条水流，雪缀在冰碴上，棕红色的羽毛细密光滑——一个多么神奇的长嘴鸟儿在那里啄着什么。谁能叫得上它的名字来？谁以前见过它吗？我们怎么没有更早地留意它？这真是一个错误。让我们被这一时的冲动指引着，去请教那些鸟类学家吧。多么美妙的冲动，发生在白雪皑皑的境界里。

你见过人们借助一副滑雪板飞速穿越的情景吗？那有多么帅气。还有，迷人的雪雕、娃娃们的同样稚拙的雪人……这一切奇迹都被白色的调子统领了、概括了。

人在最危急的时刻，在有了病疼的时刻，往往被抬进医院——那里有什么特征？那里会有一群群身着白色长衣、头戴白帽的人，有白色病床、白色被子……他们以这样的颜色挽留生命、唤起这个生命的记忆。白色究竟在多大程度上参与了缓解与诊治，又给了人多少安慰和信任呢？白色，白色，活动着、沉默着的白色……它与雪的联想，它与一个生命的关系的联想，就这样发生着。

大雪覆盖之下，种子接受庇护，在温湿的地方慢慢领悟。终有一个春天的来临，它萌发了。积蓄起的力量一直向上，挤成一片，越来越茁壮，充满了汁水。如果没有冬雪，就难以有这样的景象。大地一片荒凉，泥板龟裂，千里不毛，干燥焦躁浮躁，从树心到人心，希望变得越来越少。不是不想振奋，而是缺少借以振奋的那一切色彩、那一切真实的蓬勃的东西。

下雪吧，下雪吧。

可不巧的是我们又走进了一个无雪的冬天。

大雪哪去了呢？问爷爷们，他们也在摇头。大雪到底哪去了呢？如果连我们这个湿润的半岛上也缺雨少雪，其他大陆又怎么熬？下雪了，

下雪了，下了浅浅一层一脚踏出泥底，可怜人。下雪吧下雪吧，再让人骄傲地头戴翻皮帽走上一遭吧，再让真正的寒冷像过往的大雁一样降落一次吧。这样，我们就会知道，太阳和地球在挺好地运转，一个接一个的明天还将无有尽头。我们会信任时光、日月这一类永恒的东西，安然自如而不是匆忙慌促地去干手头的事情。

在这个干燥的、裸露着泥土的冬天里，人们不由得去追询根底。不错，现代科学已经告诉了大家，人类对于大自然的无节制，严重地破坏掉了生态平衡，毁掉了正常的自然循环。因此我们要忍耐一个又一个无雪的冬天。空中烟尘弥漫，人们咳声不绝。仰望天空，立刻有一粒微尘落入眼内。只有雪朵才可以擦掉这么多的尘埃，而我们拿出家中千万片抹布也做不到。下雪吧，下雪吧。大雪是老天爷手里的抹布，它一会儿就能把天空擦得瓦蓝锃亮。

下雪吧。

作者简介

张炜（1956— ），著名作家。著有散文《融入野地》《夜思》《羞涩和温柔》，小说《古船》《九月寓言》《家族》等。

张炜的散文往往通过对纯美精神家园的守望，而企图抵达一处精神的高地。即便是那些锋芒犀利的批判文章，也包含着对真善美的颂扬和对真诚的人间情怀的眷恋，批判的最终指归是重建。正是这种在嘈杂浮躁世界里笃定坚守纯美与崇高的精神力量，使我们每每从其文字世界里获得一份共鸣的感动。《盼雪》一文是作家十几年前的旧作，如今读来依旧齿颊留香，余味不绝。与其说作家是在生态平衡已然被毁的现代都市祈盼一场大雪铺天盖地地降落，不如说是他希冀身处一个如雪境一般干净纯粹的现实情境，希求获得一份如雪境一般处变不惊、安之若素的心境。

　　作家理想中的冬天不是枝凋叶败、万物萧疏、满目苍凉的，而是应呈现一个冰雕玉砌的雪世界。冰冻的寒冷虽然彻骨，却使人有十足的精气神儿，从里到外都亮堂堂、畅朗朗。而"一个无雪的冬天"，无疑会令人失望，"感到尴尬"。作家开篇从无雪的失望写起，而后热情执着地呼唤大雪的降临，勾描出一幅自己心目中理想的冬日图景——"下雪吧，让洁白的绒毯铺盖大地，以这个节令独有的方式去温柔人心，安定人心"。在这里，下雪这一自然现象已不单单具有物理意义，而被涂染上作家主观的情绪色彩。在他眼中，大雪纷纷扬扬悄然漫舞，涤荡了世间一切肮脏污秽，同时也仿佛轻轻拭去了人们心上郁积已久的烦恼尘埃。在寒冷凋敝的岁末，唯有雪花是温暖而轻灵的，它无言飘落，大地一片寂静，浮躁不安的心绪安宁下来，心灵终于得以轻松，卸下所有伪饰的面具，畅快淋漓地呼吸、言说、歌唱。人心变得透明纯净，世界因而澄澈洁白。这正是作家孜孜不倦追求寻觅的人生境界，也是审美者在他灵妙奇巧的文字中猛然惊醒的理想之梦。

　　在对雪发出诚挚的呼唤之后，作家展开穿越时空飞翔的灵性的翅膀，一往情深地回忆和想象雪情雪景。他首先生动刻绘了雪落之后生趣盎然的大地景象——"更加碧蓝的天空"、安然走向原野的"狗"、"落满雪粉的枝丫上悄立"的小鸟、"洁净的干练的老人"等；继而将笔触深入事像人物的内心——当"浑浊的思绪被纯正了沉淀了"，人们得以回想那"流逝的时光"，老人记起了若干年前自己的初恋，"在雪地上、在雪松的后边，他第一次吻了一个姑娘"。雪，唤醒了人心深处温柔甜蜜的往事，也激活了脑海中的奇思妙想。冰封的河面上那只神奇的长嘴鸟儿，"怎么没有更早地留意它"，"让我们被这一时的冲动指引着，去请教那些鸟类学家吧"。这般单纯美妙的"冲动",大概只会发生在"白雪皑皑的境界里"。

作家由雪花的洁白联想到医院里"身着白色长衣,头戴白帽的人",以及"白色病床、白色被子",雪的质直单纯的白色因而获得了丰厚的精神内涵。白色不再一如惯常暗示生命的完结,与死有关,在此它喻示着一次新生的开始,它"参与了缓解与诊治",带给人"安慰与信任",成为一种与生相连的色彩。作家通过富于意味的丰富的联想与想象,由雪净化人的心灵写到白色疗救人的肉身,完成了对雪全方位的形而上思索与神圣化阐释。至此,雪由自然物转化为情感物之后,又被升华为包含一定形而上意义的哲理物,成为由表及里净化万物的圣洁精灵。雪,这一中心意象的内涵被极大丰富的同时,也提升并扩充了散文的思想内蕴与艺术含量。

结构上,这篇散文由现实与想象双重时空构成,而现实时空与想象时空的切换转移始终伴随着作家情感思绪的起伏波动,整个文本跌宕有致,富于变化。散文以现实中的"无雪"起笔,"该冷的时刻不冷,四季不再分明,大自然也写出了荒诞的一笔",情绪基调低落沉缓。而开阔的想象一旦打开,作家随即激情洋溢地细致描绘出一幅逼真生动的雪落大地图,情思氛围也随之由无雪的失落转变为雪落的欢呼。随着联想的深入和想象时空的进一步拓宽,作家的思绪经由了唤雪、忆雪到思雪的过程,情绪状态愈发欢快畅朗,一路昂扬向上。而当思想的鸟儿完成了神游万仞的飞翔,作家便将这千丝万缕统统收回,重新回到现实之中。于是一旦正视这又一个"无雪的冬天",心情不由又变得沉重起来。文末作家不倦地追问着雪花的出处——"大雪哪去了呢",同时又热切地呼唤大雪的降临——"下雪吧下雪吧,再让人骄傲地头戴翻皮帽走上一遭吧,再让真正的寒冷像过往的大雁一样降落一次吧"。作家心怀着失雪的落寞,却并不颓丧和感伤,他清醒地认识到是"人类对于大自然的无节制,严重地破坏掉了生态平衡",因而要"忍耐一个又一个无雪的冬天"。在这种清醒背后更有一份难得的清明的坚定,他虔诚地祈盼、执拗地呼唤着雪朵的飘落,作家追索探求真纯与美的过程本身已经接近了他所期望企及的理想境界。

(李梦遥)

德加眼中的芭蕾舞女

铁凝

我的中学时代基本上是一个不崇尚读书的时代，不特别注重学生功课好坏。再说，好又如何？因为没有大学可念，我们毕业后的前途，多半是去乡村务农。仿佛就是为着务农，初中二年级时学校还开了一门"农业"课，有很多化肥的内容，氮、磷、钾、人粪尿什么的。可以想见学生对待这门课的不认真态度。那么，我们的注意力到底在哪里呢？那时各年级几乎都有毛泽东思想宣传队，用文艺节目的形式宣传毛泽东思想。年级和班级之间经常搞些文艺演出，再显赫些，还能参加市一级的中学生汇演。对待功课的不认真，促成了文艺活动的空前"繁荣"，加之工厂、军队的文艺团体也经常到学校来挑选文艺人才，如果被选中，我们的前途将不再是乡村，这对许多学生实在是太大的吸引，相当一批同学都盼望尽快发现自己身上的文艺细胞。很快我就热衷于宣传队的活动了，宣传队能释放我充沛的精力，能满足我小小的希望单调的服装有所变化的虚荣心，能让我接近我所热爱的舞蹈。

我热爱舞蹈，尤其是芭蕾舞。那个年代中国唯一的也是最著名的两部芭蕾舞剧《白毛女》和《红色娘子军》拍成电影之后，可以使我这个生活在中等城市的小观众不厌其烦地看个没完，这期间我们城市的专业文艺团体也正努力试着上演这两出难度很大的舞剧。不过内心里我瞧不上这外省的芭蕾，这里的芭蕾舞演员大多是由民族舞半路改行的，缺乏扎实的基本功。我最崇拜在上海芭蕾舞团的《白毛女》里跳"白毛女"的那个名叫石钟琴的女演员，那时如果有人要我挑出世间最完美的一个女人，我就会说是石钟琴。我还收集各种各样的芭蕾舞剧照，从家中残存的那些旧画报上寻找她们的蛛丝马迹。英国的，法国的，日本的，前苏联的，古巴的……我把这些国家的演出剧照从画报上剪下来，粘贴在一个16开的硬皮本子上，经常独自欣赏或独自模仿。不久，我的家庭还认识了来自北京铁道部文工团的一位芭蕾舞教师，这教师姓张，在他们团的《红色娘子军》中跳过洪常青的，我叫他张老师。张老师是随文工团到我们城市的一所监狱进行思想改造的，时间大约一年。当然，监狱并没有把他们当成犯人，他们在这里过着半军事化的集体生活，除去周末，平常的行动是不自由的。不知我的父母怎样认识了张老师，总之他们认识了并且相处得很好。现在想来，那是一种知识分子间的同病相怜吧。张老师经过了一周的学习、劳动后，周末来到我家，能吃一顿比平常的伙食可口的饭菜，能让紧张的神经暂时放松一下。张老师就在这样的日子里对我进行了芭蕾舞最初的基本功训练，站位，踢腿，一些旋转……让我激动不已的是，他还送给我一双芭蕾舞鞋。那时他们也经常在改造思想之余为监狱的干部职工演出，这鞋一定是他从女演员那里"偷"出来的。当我第一次穿上那双淡绿色的、鞋尖填有软木的芭蕾舞鞋，用脚尖站立起来时，我有一种自己高于一切的感觉。我不能不认为，芭蕾舞是一切舞蹈中的舞蹈。它是如此高雅，如此超凡脱俗。我把芭蕾舞鞋带到学校，立刻被毛泽东思想宣传队的同学们所羡慕。我忘乎所以地认为，我能够成为一名芭蕾舞演员。我在张老师指导下的练功还算刻苦，后来还曾被一个部队文工团选中。虽然我最终没有去专业团体跳舞，但我一直感谢那位和蔼的张老师对我的舞蹈训练，这训练使我对自己的身体充满自信，使我在那个不强调女性特征的年代里也敢于挺起自己的胸。还有对美的辨认，对生活的爱。认识德加也是从这时开始的。

德加一生有少数几个常画不衰的重要题材，芭蕾舞演员便是其中之一。最初我并不喜欢德加对芭蕾舞演员的描绘，他的描绘让我感到困惑。他笔下的芭蕾舞演员没有挺拔、傲然的身姿，典雅、飘逸的舞步和仙女样的容貌。她们的面孔多半是模糊的，神情多半是倦怠的，身材也谈不上婀娜，甚至给人畸形之感。比如《舞蹈教室》，那拄棍而立的老师和学生之间分明是一种紧张并且对立的关系。那教师心中是有火气的，而学生们却显得心不在焉。有人在说话，画面左侧那个女生在挠后背，还有人在东张西望。在这里你看不见舞蹈的神圣，有的只是一些不情愿的动作。年少无知的我以为这德加不是不懂芭蕾舞就是不会表现芭蕾舞，我尤其不能容忍的是，他把那些女孩子的腿都画得那么短。这和我收集的那些剧照相差那么遥远啊。

成年之后我又看德加，还是同样的那几幅画，我却被深深打动了。是因为我有了一些写作的经历，知道了一些写作历程的艰辛么？是因为我有了一些生活的经验，知道了一点生活在本质上的不容易么？德加的时代，在巴黎的上流社会，观赏芭蕾舞是一种流行的消遣。剧院的观众可以自由出入舞者的更衣室和舞台两侧，还可以看预演。这使出身上层的德加能够深入了解舞台大幕背后的舞者。那些从七八岁就开始习舞的女孩子，多半出身低微，为了争取比较长久的演出，挣得比较稳定的薪水，她们必然进行极其艰苦的训练。这艰苦的内涵也是复杂的，一些女孩子很可能还盼望在来往于后台的观众里找到自己可以以身相许的丈夫。这就是德加的视角，他近于冷酷地拂去了芭蕾舞公众性的优雅、超凡的那一面，他强调它枯燥、乏味的而又无休无止的训练，他抓取的是舞者背对观众时的那些更加生活化、私人化的极其真实的"偶然瞬间"。《舞蹈教室》《舞台上的舞者》和其他作品里都有这样的"偶然瞬间",在这样的瞬间里,舞者的疲乏和劳累是显而易见的,这时我才有点明白为什么德加把芭蕾舞女的腿都画得偏短并有一种僵硬感。那像是过度的压力所致,那也就暗喻了德加对艺术本质的看法:艺术和生命都是寂寞的,在所有艺术的后台上永远有着数不清的高难度的训练,数不清的预演、排练,数不清的单调、乏味的过程。即使在《舞台上的舞者》这样的表现正式演出的画面上,我们仍然能够从德加精心构图的俯视角度,在短暂欣赏了舞者那华丽的轻盈欲飞的舞姿之后,立刻发觉隐在侧幕内的一个露出一半的黑衣男人。那就是舞蹈质量的监视者吧,他使画面呈现一种不稳定的拘谨氛围,使观众从瞬间的超然回到了活生生的世俗。在德加眼里,最高雅的芭蕾舞演员和最凡俗的烫衣女工之间并没有太大差异,她们都是劳动着的人,她们为生存付出着超常的体力。在《烫衣女工》里,那个毫不掩饰地打着哈欠的女工,很容易让人想起那些疲倦地整理着舞衣的芭蕾舞女。

德加的冷静、挑剔和他对芭蕾舞演员入木三分的挖掘、刻画,彻底"破坏"了少年时我对艺术那虚无缥缈的肤浅理解。我想,少年时我对芭蕾舞的梦想毕竟是更多地追逐它那华丽而又神秘的一面,我从来就没有为它的枯燥和受罪做过准备。所有的艺术都是永无休止的劳动,而劳动本身是不分高雅和低俗的。当我坐在桌前面对白纸开始我的劳动时,德加的《烫衣女工》有时候会出现在我眼前。

作者简介

铁凝(1957—),著名作家。著有散文集《女人的白夜》,小说《玫瑰门》《无雨之城》《大浴女》《对面》《永远有多远》《没有纽扣的红衬衫》等。

普通人眼中的芭蕾舞女是婀娜、挺拔、俊秀、典雅的，而大艺术家眼中的芭蕾舞女却不尽然全是美好的。铁凝在这篇散文中为我们阐释了遮蔽在华彩艺术光环下的本质的东西，她以巧妙的结构，真挚的情感，朴素的文字传达出诸多的信息，启发我们对女性、人生以及艺术等做出深思。

　　众所周知，铁凝写了许多为人所赞誉的小说作品，在小说中她惯用的手法是以较小的角度切入，而展露、揭示出宽广的内容。有人称之为"瓮式结构"。这篇散文亦运用了这种具有独特艺术魅力的结构。本文作者以少女时代对芭蕾舞的痴迷为切入口，这是一个普通甚至是有些俗套的角度，而以下部分却是别有洞天：内容纷繁，蕴含丰厚。有个人成长历程，也有特殊时代的剪影，更有富有哲思的深化与升华。纯真烂漫的少女时代是处在"文革"的特殊时代，酷爱芭蕾的她只能满足于搜集图片、不厌地观看仅有的两部舞剧，激动不已于一双舞鞋，因为那是一个不崇尚美、不强调女性特征的时代。德加的画当然让她不解。成年后懂得了生活与艺术，再看德加，从中看到的不仅有那个等级分化的巴黎社会，还有更为深刻的艺术观与人生观。至此，少年时代从德加画中得出的感性评价与成年后从中读出的理性审视的鲜明反差，少女时代对华丽而神秘艺术梦想的痴迷与当下对艺术无休止枯燥与辛劳的体悟，外在的优雅与内在深彻的疼痛……作者都以纤细的笔触掘出，并掘向社会、历史、人生、艺术的纵深层面，使众多扑面而来的信息纷繁而深厚，整齐而韵致。正是瓮式结构的运用，使文本中所蕴藏的这些主题空间具有了巨大的张力，从而拓展了审美的内蕴深度，又增加了审美阅读的美感期待。

　　感受与体味是作者的运思方式，叹息与沉思则是她的情感底色。在对少年所处那个时代的描绘中，不动声色地流露出的那份感喟与伤感，不能不使每个有历史责任感的读者叹息与感动，为那个时代中的女性、知识分子、青年们叹息，更为那个时代叹息，也为作者对历史的那种宽容与怜悯所感动。成年以后作者对德加态度的转变，对德加艺术观的概括与透彻领悟，让人不禁在敬佩作者艺术洞察力的同时掩卷沉思：德加的伟大何在？艺术的魅力如何开掘？当下的艺术走向何方？……文中所流露出的作者一贯的对女性和人性的思考与关注，也让每个关心女性命运、关心人类的人做出思考。文中结尾处对德加的艺术观所做的升华更令人赞叹，"所有的艺术都是永无休止的劳动，而劳动本身是不分高雅和低俗的"。把艺术从高高在上的神坛上拉回到平民大众之中，把创作与女工劳作相提并论，这样的胸襟让人在敬佩与惊叹之余做潜入的思索。

总之，从《德加眼中的芭蕾舞女》中，我们既看到了作者少女时代的纯真与烂漫，成年后的深刻与慧思，又对历史上特殊的时代有了更透彻的认知，更体会到作者的智慧与非凡，同时又读懂了德加，对艺术有了一种更为深刻与全新的领悟。

（董国艳）

倾听生命行走的声音

廖华歌

冬日里,我和村人一起,从遥远的大山往公路边扛木头,一截黑乎乎用来做拐棍的干枯柳木桩,被我顺手捎回,插在了院子内的土堆上。

这算是一件什么事呢?根本就不值一提,我很快便将它忘掉了。只有母亲,偶尔会把一个湿筐子或一块刚洗出的旧布挂在它上面晾晒,使它干裂皱巴的躯体上浸一层漉漉的水渍。

过了一段时间,我突然惊奇地发现,这截木桩的到来,使院子里的一些东西竟有了很大的改变。确切地说,它改变了这个院子原本的结构。以前,院子里只有一棵小枣树,孤零零的,风刮来时,是一种寡不敌众很无奈且软弱无力的声音,听了,总叫人感到沮丧。现在不一样了,有天晚上,当尖利的吼叫声将我从梦中惊醒时,还以为是凶猛的野兽呢,仔细辨听,才知是从柳木桩上发出的声音。狂风没有将它刮歪,它仍直直地竖立在那儿,不像枣树那样弯腰屈膝,总想尽力摆脱风的肆虐,把落在自己身上的风再推给别人,结果是不但推不掉风,还每每被风撕扯得披头散发,没有了往日的形状。柳木桩不同，它不慌不乱，静立在那里，一副岿然不动的样子。它让风从它身边溜过，又吸收着它们，让它们进入自己的毛孔，成为自己身体的一部分。它们是朋友而不是仇敌。

柳木桩使得落在院子里的雨也仿佛有了灵性。多数情况下，雨会在院子的东西两边布出疏密不同的两种雨幕，每回西边的柳木桩子淋得直往下流水，东边的小枣树却干渴得蔫巴巴的没一点儿精神。就像是正行进中的雨阵突然被谁大喝一声，立即慢了下来一样，吓得雨也稀少起来。这情形以前似乎没有过，也或许有，但因为缺乏具体的事态而不曾引起注意。母亲心疼小枣树，多次动意想在柳木桩旁为小枣树再造一个新居，因怕把枣树挪死，才终未为其迁址。

大雪天，小枣树裹着棉絮，被雪压冰冻得严严的，几乎看不见任何枝梢。而柳木桩却光溜溜，水亮亮的，冰雪一附上去即刻就化，从不积存。一样的雪，一样的水，一样的严寒，却是两种情景，是风有意所为，还是枣树和柳木桩内部的原因？困惑中的我总涌起太多说不清的神秘猜测。

无风无雨的天气，我总能听出一种声音，这声音隐约而清晰，细微而执着，愈来愈厚，愈来愈深，就像是一个人在奋力行走：一会儿翻山，一会儿趟河，一会儿在清风丽日下奔跑，一会儿又走在烟雨迷蒙的山间小径……开始的时候，我怀疑是自己的耳疾在作怪，因之产生了误听；后来，又当是月光在行走，仔细想想都觉不对。究竟怎么回事呢？我在院子里一个角落一个角落地寻找，在每一件细小物什上悉心谛听。无意中，当我的目光触到柳木桩子上那几片嫩黄的叶芽，那饱胀着青色汁液的肌体，那早已扎牢结实得再也拔不出来的根须，我还有什么不明白的呢？由一截枯木桩成为一棵枝繁叶茂的大树，这之间，是一种怎样的生命行走啊。固然是我拣拾了它，但如果它自己就此停止生命的脚步，树便永远只能成为一个虚幻的影子了。

小枣树依旧灰黑着，山风把它的枝梢摧折得七零八落，此时，它还在沉睡，在被动地等待着季节的到来，看不出它对未来有什么特别的打算。这是许多生命共有的选择，是它们共同的生命方式，似也不应苛责，毕竟，成长太惨烈，抗争太艰难了。我轻轻拍了拍它的躯干，表示自己的理解和宽谅。

无喜无忧的柳木桩，静静地指向天空，指向天幕上一颗很明亮的星，不知它与这颗星之间可否具有密不示人的约会？要不，小枣树的上空怎么就没有星儿呢？我双手搂抱着它，如在抚摸一个冬天的童话，感知着它生命的跃动，真想把自己在整整一冬的感受说给它听，当然，也要说说关于它自己的一些事情，以及与它同在一个院里的这棵小枣树的生长故事，可一看到它静默冷峻的样子，只好欲言又止。

一缕月光打着旋儿爬在了柳木桩的一片叶芽上。这月光是初次探看，还是先前就多次来过？等到这片叶子渐长渐大时，它还会光临它吗？来了，还能认出这片叶子吗？它会记得自己曾经的一次爬行吗？

随着时光的流逝，这棵柳树无疑会越长越大，我却越来越老，村子在衰败与新生中不断变化，若干年后，谁还记得一个女子和一截柳木桩的琐屑事情呢？

作者简介

廖华歌(1958—)，著名作家。著有散文集《微雨霏霏》《廖华歌散文自选集》《廖华歌散文新作》《七色花树》，诗歌集《梦痕》，散文诗集《朦胧月》等。

随手这么一插，一根黑乎乎的干枯柳木桩子，竟然生根、发芽、活了。

活了的，还有作者的灵感！竟然生发出这么美丽、空灵的散文来。

这真是应了那句老话：有心栽花花不开，无心插柳柳成荫。

看来，这根柳木桩子还真有点灵性儿！

生命行走，会是什么样的声音？当人类的一双肉耳无能为力时，一双心耳便悄然起飞，在风中，在雨中，在雪中，在星空下，在月色皎洁的院落中，倾听，一根柳木桩子生命的悸动。

此事不关风与月，此心唯重思与情！在浩茫的宇宙时空之中，我们能够用心去倾听生命流转的空谷足音时，我们自己的心灵一定也是清净无尘而满含爱意的。

一根黑乎乎的干枯柳木桩子，实在像一个可怜无助、四处流浪的脏兮兮的孤儿，一不小心流落到这户人家，凭着自己的坚毅和机灵，逐渐引来了主人的牵挂和喜爱，甚至大有受到专宠的意思（要知道，这家人原本就有自己的孩子——一棵小枣树，只不过有点弱，有点笨，不太成器罢了）。

然而，我们不能简单地把这篇散文看作是托物言志，要为小柳树唱赞歌，这里面流露出的是一种深挚的博爱精神，那雨，那雪，那月光，甚至那寒风，都被作者赋予了人格的魅力。

尤为不俗的是，作者对于时间和空间有着极强的审美和建构能力。一根木桩一插，院子的结构就变了，雨落在院子里的分布也变了，"一缕月光打着旋儿爬在了柳木桩的一片叶芽上"，这些细微的变化和局部细节，都落入作者敏感的视野之内，写来别有一番滋味。"随着时光的流逝，这棵柳树无疑会越长越大，我却越来越老，村子在衰败与新生中不断变化，若干年后，谁还记得一个女子和一截柳木桩的琐屑事情呢？"结尾的这段文字，一下子把周围的一切都纳入一个宏大浩渺的时间场里，让人在心生感动之际，真切地感受到一种在时间的河流中载沉载浮的流动感，惬意而又伤感。

（张国钟）

羊的样子

鲍尔吉·原野

"泉水捧着鹿的嘴唇……"这句诗令人动心。在胡四台，雨后或黄昏的时候，我看到了几十或上百个清盈盈的水泡子小心捧着羊的嘴。

羊从远方归来，它们像孩子一样，累了，进家先找水喝。沙黄色干涸的马车道划开草场，贴满牛粪的篱笆边上，狗不停地摇尾巴；这就是胡四台村，卷毛的绵羊站在水泡子前，低头饮水，天上的云彩以为它们在照镜子，我看到羊的嘴唇在水里轻轻搅动。即使饮水，羊仍小心。它粉色的嘴巴一生都在寻觅干净的鲜草。

然而见到羊，无端地，心里会生添怜意。当羊孤零零地站立一厢时，像带着哀伤，它仿佛知道自己的宿命。在动物里，羊是温驯的物种之一，似乎想以自己的谨小慎微赎罪，期望某一天执刀的人走过来时会手软。同样是即将赴死的生灵，猪的思绪完全被忙碌、肮脏与浑浑噩噩的日子缠住了，这一切它享受不尽，因而无暇计较未来。牛勇猛，也有几分天真。它知道早晚会死掉，但不见得被屠杀。当太阳升起，绿树和远山的轮廓渐渐清晰的时候，空气中的草香让牛晕眩，完全不相信自己会被杀掉这件事。吃草吧,连同清凉的露珠。动物学家统计:牛的寿命为25年,羊15年,猪20年,鸡20年,鹰100年。这种统计如同在理论上人寿可达150年一样,永无兑现。本来牛羊可以活到寿限,它们并非像人那样被七情六欲破坏了健康。在人看来,牛羊仅仅作为人类的蛋白质资源而存在着。屠夫也从不计算它们是否到了寿限——像人类离退休那样有准确的档案依据。时至某日,它们整齐受戮,最后"上桌"。如果牲畜也经常进城,看到橱窗或商店里的汉堡、香肠和牛排之后,会整夜地睡不好觉,甚至自杀,像上千只的鲸鱼自杀一样。另一些思路较宽的动物可以这样安慰自己:那些悬于铁钩上带肋的红肉,在馅饼里和葱蒜杂掺一处的碎肉,皆为人肉。因为人是这样的多,又如此不通情理,他们自相食。这样想着,睡了,后来有鼾。

"众生"是释迦牟尼常常使用的一个词。在一段时间内,我以为指的是人或动物昆虫。一次,如此念头被某位大德劈头问住:你怎么知道"众生"仅为鸟兽虫鱼与人类?你在哪里看到佛这样说法?我不解,"众生"到底是什么呢?佛经里有一段话,"众生皆有佛性,只是尔等顽固不化。"所谓"不化"即不觉悟,因而难脱苦海。后来获知,"众生"还包括草木稼蔬,包括你无法用肉眼看见的小生灵。譬如弘一法师上座时把垫子抖一抖,免得坐在看不见的小虫身上。可知,墙角的草每一株都挺拔翠绿,青蛙鼓腹而鸣,小腻虫背剪淡绿的双翅,满心欢喜地向树枝高处攀登,这是因为"众生皆有佛性"。即知,"佛性"是一种共生的权利,而"不化"乃是不懂得与众生平等。若以平等的眼光互观,庶几近于佛门的慈悲。

乡村的道上,羊整齐站在一边,给汽车马车让路。吃草时,它偶尔抬起头"咩"地一声,其音悲戚。如果仔细观察羊瘦削的脸,无神的眼睛,大约要得出这样的结论:这些生灵"命不好"。时常是微笑着的丰子恺先生曾愤怒指斥将众羊引入屠宰厂的头羊是"羊奸"。虽然在利刃下,"羊奸"也未免刑。黄永玉说"羊,一生谨慎,是怕弄破别人的大衣"。当此物成为"别人的大衣"时,羊早已经过血刃封喉的大限了。但在有生之年,仍然小心翼翼,包括走在血水满地的屠宰厂的车间里。既然早晚会变成"别人的大衣",羊们何不痛快一番,如花果山的众猴,上蹿下跳,惊天动地,甚至穿着"别人的大衣"跳进泥坑里滚上一滚。然而不能,羊就是羊,除非给它"克隆"一些猛兽的基因。夏加尔是我深爱的俄裔画家。在他笔下,山羊是新娘,山羊穿着儿童的裤子出席音乐会。在《我和我的村庄》中,农夫荷锄而归,童话式的屋舍隐于夜色,鲜花和教堂以及挤奶的乡村姑娘被点缀在父亲和山羊的相互凝视中。山羊的眼睛黑而亮,微张的嘴唇似乎在小声唱歌。夏加尔常常画到羊,它像马友友一样拉大提琴,或者在脊背铺上鲜花的褥子,把梦中的姑娘驮到河边。旅居法国圣保罗德旺斯的马克·夏加尔在一幅画中,画了挤奶的女人和乡村之后,仍然难释乡愁,又画了一只温柔的手抚摸画面,这手竟长了七个指头,摸不够。在火光冲天、到处是死亡和哭泣的《战争》中,一只巨大的白羊象征和平。在《孤独》里,与一个痛苦的人相对着的,是一位天使和微笑的山羊。夏加尔画出了羊的纯洁,像鸟、蜜蜂一样,羊是生活在我们这个俗世的天使之一,尽管它常常是悲哀的。在汉字源流里,羊与"美"相关,又与"吉"有关,如汉瓦当之"大吉羊"。从夏加尔27岁离开彼得堡之后70年的时光里,在这位天真的、从未放弃理想的犹太老人的心中,羊成了俄罗斯故乡的象征。在大人物中,正如有人相貌似鹰,如叶利钦;像豹,如萨达姆。也有人像山羊,如安南,如受到中国人民包括儿童尊敬的越南老伯胡志明。宁静如羊的人,同样以钢铁的意志,带领人们走向胜利和平。

　　城里很少见到羊。我见过的一次是在太原街北面的一家餐馆前。几只羊被人从卡车上卸下来,其中一只,碎步走到健壮的厨工面前,前腿一弯跪了下来。羊给人下跪,这是我亲眼见到的一幕。另两只羊也随之跪下。厨工飞脚踢在羊肋上,骂了一句。羊哀哀叫唤,声音拖得很长,极其凄怆。有人捉住羊后腿，拖进屋里，门楣上的彩匾写着"天天活羊"。

后来，我看到"天天活羊"或"现杀活狗"这样的招牌就想起给人下跪的羊，它低着头，哀告。到街里办什么事的时候，我尽量不走那条道，即使有人用"你难道没吃过羊肉吗？"这样的训词来讥刺我。此时，我欣慰于胡四台满山遍野的羊，自由嚼着青草和小花，泉水捧起它们粉红的嘴唇。诗写得多好，诗中还说"青草抱住了山冈"，"在背风处，我靠回忆朋友的脸来取暖"。还有一首诗写道，"我一回头，身后的草全开花了，一大片。好像谁说了一个笑话，把一摊草惹笑了。"这些诗，仿佛是为羊而作的。

作者简介

鲍尔吉·原野（1958—　），蒙古族，著名散文家。著有《掌心化雪》《唯一的橘子唯一的灯》等文集。

这篇散文的作者别出心裁，跳出了一般描写动物的窠臼，不是全方位地描绘羊的样子而是从羊温驯哀戚的怜情和人们对羊的态度着笔，浮想联翩，纵横开阖；以优美流畅简洁而又饱含韵味的语言描画了羊——善良、纯洁、和平的天使形象。这种对"羊的样子"的全新解读既抒发了对羊的喜爱和赞美之情，又蕴含着对自然、生命的维护和尊重的倡导与思考。

本文在结构上最大的特色是以联想推动文思的运行发展，从一句诗引发了对故乡羊的怀想，由此环环相扣荡开来并形成两条线索。明线由对羊哀伤的怜意引出对动物可悲命运的描写：只能驯顺地屈从人类的屠戮，谨小慎微地听从宿命的召唤。暗线则是隐含着作者对生灵的态度：由"众生"所具有生命的平等和灵性，联想到艺术家附加给羊的种种品质,最后引出自己的观点。这其中充满着对温驯善良生灵的同情和关怀及对它们身上所体现出的纯洁等优美品质的赞赏和怜爱,从而表达了作者对自然和生命的热爱,对万物生灵间生命平等的理解和尊重。两条线索在丰富生动的联想中相互交织、相互推进,把故乡的羊的优雅,艺术中羊的灵秀,生活中羊的哀戚和思想中羊的纯洁栩栩如生地尽收文中,从而使"羊的样子"鲜活丰满起来,富有较强的立体感。

这篇散文的另一个鲜明特色在于作家以充满爱意的柔情目光注视动物的生命,使其拟人手法的运用超越了作为文学手法的局限而直接通向对主题意蕴的表达。作家充分地赋予动物以生命的灵性,使它们有着与人相同的视觉、感觉和思想,从而使文章生动活泼起来。如天上的云彩以为低头饮水的羊在照镜子,牛为早晨的草香味而晕眩,草地上的花是青草绽开的笑容,牛羊看到橱窗里自制品产生的深刻思想等。这些其实是作者自己的感觉和想法,他却不直接表述而是把它隐附于动物身上;不但使散文活泼灵动,而且加深了文本的内涵和韵味,增强了散文的可读性。作家采用这种表达方式也蕴含着更深一层的意义,即倡导一种对大自然中的生命给予一视同仁的热爱和珍视的思想。就像文中插入在餐馆里看到厨工施暴的一幕,实际上包含着对人心麻木冷漠的深沉批判,以引起读者的警醒。正如作家从此看到"天天活羊"的招牌产生的惊悸一样,他希望人有一颗对生命的敏感心灵。虽然我们在现实生活中不可能拒绝肉类食品,但是当面对活生生的生灵时,我们应该心怀悲悯之心,善待它们,因为它们也有鲜活的生命。

作家以丰富宽广的联想、生动活泼的语言和畅达自然的行文风格从外在形态和内在品质两方面刻画了羊的样子,抒写了自己对自然的由衷热爱,表达了一种对人与自然和谐共处的愿望和对纯洁、自由、平等生命境界的向往。

(崔凯璇)

雪白

王开岭

1

叫人感念和思痛的东西愈来愈多了。比如雪。

在我的印象里,雪是世界上最辽阔最庄严最富有诗意和神性的覆盖物。她使我隐约想到"圣诞、人类、福祉、博爱、命运"这些宗教和集体意味很浓的词。

那神秘无极的洁白;庞大的包容一切的寂静;纯银般安谧宽仁的光芒;浑然天地梦色绝尘的巍峨与澄明……

拿什么更美的形容她呢?她已被拿去形容世间所有美的意境了。

童年时,我的心里溢满了雪。比大地上的棉花多得多。那时候,大地依然贫穷,贫穷的孩子常常想:要是地里的雪全变成棉花该多好呵……如今,我们身上有的是厚厚的棉花了,而大地,却失去了那洁白的相濡以沫的覆护。

那时候,一个冬天常常有好几场惊心动魄的大雪。有时连续着,不舍昼夜地下;天凛地冽、银装素裹。夜晚白得耀眼,像火把节,像过年,很令人鼓舞和感动。记得初中语文里有篇杜鹏程的《夜走灵官峡》，一开头即是"纷纷扬扬的大雪又下了一整夜……"

那种盛大的雪况现在忆起来很有些隐隐动容和"俱往矣"的悲壮。不知如今的孩子会不会问：真有那么多的雪么？

是真的。雪不仅多，而且美。

记得当时班里有个家境很穷的女生，又瘦又黑，像棵细细的老也长不大的豆芽儿。一次作文课上她灵机一动把雪比喻成了"雪花膏"，她说："那天夜里，我看见天上飘起了雪花膏……"，她念的时候同学们全笑了，连戴眼镜的老师也哧哧笑了，说她是"异想天开"。于是老师接着给我们讲"异想天开"是什么意思。我就是从此学得这个成语的。老师讲"异想天开"的时候女生趴在水泥桌上（当时课桌是用水泥板搭的）呜呜哭出了声……不久，她因家贫便辍了学。

许多年后，一个偶然的机会使我记起了这件事。我猛然发现那个"雪花膏"的比喻其实是多么生动而富有诗意啊！

雪。雪花膏的雪。女孩儿的雪。

在我所有见过的比喻中，这是最珍贵最难忘的一个。也是最伤感的一个。

要知道当时穷人家的女儿是用不起雪花膏的。美丽的如诉如泣的雪花膏。

2

不知从何时起，有个声音问：我们的雪呢？

从前的那些梦想，有的很快就兑现了，比如棉花，比如雪花膏和课桌……另外一些虽遥遥无期，但我们并不苟求，慢慢来，一切都会有的，没有的都会有的……

是的，我们相信，时间已悄悄印证了这点。但另一个事实是：我们曾经有过的，现在却没有了。

比如雪。我们有了无数的雪花膏，甚至有了比雪花膏还雪花膏的雪花膏，可我们的雪呢？那"千树万树梨花开"的雪呢？

偶尔碰上一回，可那是怎样的情景啊——

稀稀落落粉针或粉末状的碎屑，仿佛老人凋谢的白须，给风一击，给地面轻轻一震，即消殒了。

这哪里是雪？分明是雪的骸，是死去的雪。

衰败的迹象即这个时候显露的。我留意到了冬日的憔悴，地温的爬升，空气的浮躁，河流、树木和鸟的稀少……眯起眼睛，我辨认出菜叶上的斑点，阳光中的尘埃和可疑的飞来飞去的阴影……最后，我还跟踪一只绿色的苍蝇，于是发现了第二，第三……

从前不是这样子的。

纯洁简美的东西愈来愈少。地球上，已很难留得住雪了。

人类创造一切的同时也破坏着一切，许多优雅的古典的秩序被打碎了，颠覆了，消解了，包括季节、生态、法则、价值、信仰和艺术……我们狂妄地征伐却失去了判断，拼命地拥有又背叛着初衷，我们消灭了贫穷还消灭了什么？

这是一个欲望大得惊人的掘金年代。抒情的方式正在消失。只有物的欲望。欲望。

我感到了不安，感到了冬天背后那双忧郁哀怨的眼睛，那些威胁她的莫名的危险……我开始了怀念，怀念那些已经流逝和几要逝去的东西，比如童年、雪、自然和本色，比如古典、村野、棉布、美和纯净……

作者简介

王开岭（1969—　），著名散文家。著有思想随笔集和文学评论集《激动的舌头》《黑暗中的锐角》《有毒的情人》《跟随勇敢的心》《精神明亮的人》等。

这篇文章以抒情、雅致的笔调回忆了童年的雪，并在将童年的雪与现在的雪的对比中表达了对文明进步的质疑。童年里，没有如雪花的棉花和雪花膏，可是有大的雪，美的雪，有美得令人伤感的女孩儿的雪；如今，物质不再贫乏，可是诗意的精神正如冬日的雪一样日见稀疏。作者在不经意的对比中显示了如今这个物质年代抒情景观的消失，以及在这种表层的消失之下人类深层的精神萎缩。

散文在诗意的语言中表达了对物质年代精神信仰日渐式微的深深的忧虑。童年时代大地贫穷，"贫穷的孩子常常想：要是地里的雪全变成棉花该多好呵"；如今，"从前的那些梦想，有的很快就兑现了，比如棉花，比如雪花膏和课桌……"但在物质获得补偿的同时，我们却正在失去某些诗性的东西。以现代科学和理性武装起来的文明大规模突进，物质铁骑正以其冰冷的步伐践踏着昔日温暖、优美而纯洁的精神领地。作者以对比和象征的手法在行文中体现了这一人类进程中的悖论，"我们狂妄地征伐却失去了判断，拼命地拥有又背叛着初衷，我们消灭了贫穷还消灭了什么？"我们还消灭了自然的原始存在，人类本真的优雅和悲天悯人的人道情怀。我们获得的同时又在失去，日益攫取也正日益丧失……这一悖论就这样顽固地盘旋在人类文明的头顶之上。对此，人类应该在其生存法则内依傍物质的擎天之柱，支撑起孱弱的精神之藤。

散文的语言自然，优雅，纯净飘逸，如同飘落的诗意迷蒙的雪。作者赋予那飘飞的白色物体以崇高的精神象征："在我的印象里，雪是世界上最辽阔最庄严最富有诗意和神性的覆盖物。她使我隐约想到'圣诞、人类、福祉、博爱、命运'这些宗教和集体意味很浓的词。"悠远高旷的想象赋予文章以深厚的精神内涵,并使行文充满理性的光辉。在本文结尾,作者写到了这种对比之下的焦灼心绪:"我感到了不安,感到了冬天背后那双忧郁哀怨的眼睛,那些威胁她的莫名的危险……我开始了怀念,怀念那些已经流逝和几要逝去的东西,比如童年、雪、自然和本色,比如古典、村野、棉布、美和纯净……"这样,散文在感性的咏叹和理性的思辨的相互渗透中,使语言凝铸成了一种朴素而简练,温和而深沉,自然而充满诗性的风格。

(高翠英)